ATB · ALEX TASCHENBÜCHER · ATB

Karl Heinz Berger

ROBIN HOOD,

der Rächer vom Sherwood

DER KINDERBUCHVERLAG BERLIN

Illustrationen von Bernhard Nast

ISBN 3-358-01060-0

Die Söhne der Witwe

Wer die Stadt Nottingham durch das Südtor verließ, gelangte nach einer halben Wegstunde an ein ausgedehntes Waldgebiet, den Sherwood. Es bedeckte viele Quadratmeilen und zog sich fort bis nach Workshop hin.
Unter seinen Eichen und Buchen tummelte sich das Wild rudelweise. In seinen klaren Bächen gab es so viele Fische, daß man sie mit der Hand fangen konnte.
Doch nicht nur dem mannigfaltigen Getier war der Sherwood Heimstatt. Seine Fels- und Erdhöhlen boten auch Menschen Unterschlupf, Männern, die mit dem harten Gesetz des Königs von England in Widerstreit geraten waren und die vom mächtigen Sheriff von Nottingham, des Königs Stellvertreter in dieser Grafschaft, darum gejagt wurden.
Der Widerschein des Feuers spiegelte sich auf den Gesichtern der Männer, die sich unter den hohen Buchen des Sherwood im Kreis gelagert hatten. Einer von ihnen hockte vor einer starken Astgabel und drehte bedächtig den Bratspieß. Eine Hirschkeule brutzelte daran, deren Duft sich verheißungsvoll in der Runde verbreitete.
Sie sahen verwegen aus, diese Gesellen, denen das Leben im Freien bei jedem Wetter die Haut gegerbt hatte. Lang quoll ihnen das Haar unter den grünen Filzhüten hervor. In ihren Bewegungen lag eine Ungezwungenheit, wie man sie nur bei Menschen antrifft, die es gewohnt sind, Herr ihrer Entschlüsse zu sein und nach niemandes Befehl zu handeln als nach dem Geheiß des eigenen Gewissens und der

Notwendigkeit.
„Ich trinke auf alle braven Männer Englands, die ein freies Leben im Wald der Knechtschaft vorziehen!" rief ein offensichtlich schon angeheiterter hagerer Bursche, dem der fuchsrote Bart in Strähnen auf die Brust herabhing, und hob das mit schäumendem Bier gefüllte Kuhhorn. „Und auf alle guten englischen Brauer, die dann und wann ein Fäßchen verlieren, wenn sie durch den Sherwood nach Nottingham ziehen."
„Henry Water", sagte mit tiefer Stimme ein Mann, der, wie seine Gefährten, in ein grasgrünes Tuchwams gekleidet war, „du bist ein Spaßvogel. Wenn wir das Fäßchen nicht losgebunden hätten, mit gütiger Erlaubnis des ängstlichen Brauers, es wäre nie vom Wagen gerollt."
„Und du bist ein Pedant, Will Scadlock", entgegnete der mit dem fuchsroten Bart, den die Kameraden seines Namens wegen oft hänselten, indem sie ihn den Wäßrigen Heinrich nannten. „Ein Faß Bier bleibt ein Faß Bier, ob es nun von selber Beine bekommen hat oder ob man ihm erst Beine machen mußte. Ein Geächteter fragt nicht danach, wie's zu ihm gekommen ist. Darum sage ich noch einmal: Ich trinke auf alle Brauer, die uns ein Faß zukommen lassen."
Und er legte den Kopf weit zurück und leerte das Horn in einem Zug.
„Ich trinke auf unser freies Leben!"
Der diesen Spruch ausbrachte, war ein Mann von vielleicht fünfundzwanzig Jahren. Auf den ersten Blick sah er zu zart aus, das harte Leben im Wald durchzustehen.

„Ich trinke darauf", fuhr er fort, „daß der Teufel die Barone, die Pfaffen, die Sheriffs und Wildheger bald zur Hölle schickt, damit sie im nächsten Jahr, dem 1190. seit Christi Geburt, unser schönes Land nicht mehr verunzieren."

„Bravo, Robin!" tönte es im Kreis, und: „Vor die Hunde mit dem Pack! Hoch lebe Robin Hood!"

Der mit Robin Hood Bezeichnete saß gegen eine Buche gelehnt, deren Fuß vom Feuer beleuchtet wurde, während sich Stamm und Krone im Dunkel verloren. Er hatte die Beine gegen die Brust gezogen und starrte, kaum daß er seinen Trinkspruch ausgebracht hatte, wieder auf seine klobigen, aus ungegerbtem Hirschleder zusammengenähten Schuhe.

„Wach auf", sagte Henry Water. „Nach einem so schönen Trinkspruch ist es eine Sünde, in Trübsinn zu verharren. Sieh uns an! Uns kann nichts das Leben vergällen. Wir leben frei wie die Tiere des Waldes!"

Frei wie die Tiere des Waldes, dachte Robin Hood. Aber eben doch wie die Tiere! Man hat uns aus den Ansiedlungen gejagt, man hetzt uns, wenn man unser ansichtig wird, man schießt auf uns mit Pfeilen und durchbohrt uns mit Schwertern, man hängt uns an Bäumen auf oder am Galgen, wenn wir uns in die Städte trauen.

Vor einigen Monaten noch trug Water den eisernen Reif des Leibeigenen um den Hals mit der Aufschrift: Eigentum des Herrn von Beauford. Und jetzt gebärdet er sich fröhlich wie ein Pferd, das über den Zaun gesprungen ist und über die Wiesen und Wege galoppiert. Ob ihm das Waldleben nicht auch zur Last wird, wenn er erst so lange wie ich unter dem Laubdach lebt?

,,Trink, Robin!" ermunterte Scadlock ihn. ,,Vergiß deinen Kummer. Spül ihn mit einem guten Schluck aus deinem Kuhhorn hinunter."

,,Mein Kummer — wenn es überhaupt ein Kummer ist, der an mir nagt, und nicht die Sehnsucht, wieder als Mensch unter Menschen leben zu können —, mein Kummer kann nicht mit Bier hinuntergespült werden."

Trotzdem erhob er sich und trank, langsam und widerwillig, wie es Scadlock schien.

Jetzt, da Robin Hood stand, verwischte sich der Eindruck, man habe einen Mann vor sich, der für das Leben im Wald zu zart gebaut sei. Nicht mehr allein der Gesichtsausdruck beherrschte die Erscheinung. Robin Hood war mittelgroß, und sein sehniger Körper ruhte auf kräftigen Beinen, die dennoch nicht plump wirkten, sondern die Schnelligkeit ahnen ließen, für die er berühmt und gefürchtet war.

Die Männer sahen zu ihm empor, und selbst der am Spieß ließ für einen Augenblick sein Geschäft außer acht.

,,Freunde", sagte er, ,,trinkt nicht zuviel. Legt euch gleich nach dem Essen zum Schlafen nieder. Ihr wißt, wir haben einen schweren Tag vor uns. Der Weg nach Nottingham ist weit, und wir müssen bei Sonnenaufgang dort sein. Sonst ist es zu spät."

Der rothaarige Water, der sein Horn schon wieder unter das Spundloch hielt und wohlgefällig zusah, wie der braune Saft gluckernd die Höhlung füllte, brach in meckerndes Gelächter aus.

,,An dir ist ein Pastor verlorengegangen, Robin!" rief

er. ,,Als ob uns das bißchen Gerstensaft etwas ausmachte. Wir werden die Bengels schon vom Galgen schneiden, keine Sorge. Aber wenn du uns das Trinken verbietest, könnte es leicht möglich sein, daß wir morgen keine Lust haben, uns in aller Herrgottsfrühe auf den Weg zu machen. Laß also das Predigen, geh schlafen, wenn du willst. Wir sind schon Männer und dürfen ein bißchen länger aufbleiben.'' Und wieder ließ er sein meckerndes Lachen hören und wollte das Horn an den Mund heben.

Keiner der Leute im Kreis um das Feuer hatte beobachtet, wie Robin an die Seite Henry Waters gekommen war. Sie sahen nur dessen Kuhhorn plötzlich in weitem Bogen durch die Luft fliegen und irgendwo im Dunkel des Waldes verschwinden. Und sie sahen, wie Water sich am Boden wälzte und sich ächzend die linke Schulter rieb.

Das Bier floß trüb aus dem Spundloch und versickerte zwischen den Blättern, die den Waldboden bedeckten, bis sich einer fand, der Verschwendung ein Ende zu bereiten, und das Loch mit einem Pfropfen aus Moos schloß.

,,Nicht allein das Alter macht den Mann'', sagte Robin ruhig. Ein spöttisches Lächeln saß in seinen Mundwinkeln, als er auf Water hinunterblickte. ,,Und das Saufen auch nicht. Ich bin zu eurem Anführer gewählt worden, als du, Henry Water, noch die Schweine deines Barons in die Eicheln getrieben hast. Und wenn wir nicht wollen, daß uns der Sheriff von Nottingham nebeneinander an die Bäume entlang Leen und Trent hängt, dann müssen wir uns an die Regeln halten, die uns das Leben, das man uns aufgezwungen hat, vorschreibt.''

Water stand langsam auf. Er hielt noch immer die Hand gegen die Schulter gepreßt.
,,Das ist keine Art, mit Freunden umzugehen", maulte er. ,,Und Bier ist auch eine Gottesgabe. Man sollte nicht so verschwenderisch damit verfahren, selbst wenn man's nicht gern trinkt. Einer wie du natürlich, so ein Hochgeborener, dem sie in der Wiege schon Lavendelkissen unter den Arsch gestopft haben, der ist was Besseres gewohnt. Wein aus Frankreich und so."
Humpelnd entfernte er sich vom Feuer, sein Trinkhorn zu suchen, und tauchte nach wenigen Minuten mit leeren Händen wieder aus dem Dunkel auf.
Da trat Robin auf ihn zu und streckte ihm versöhnlich die Hand entgegen.
,,Das mit den Lavendelkissen stimmt nicht", sagte er freundlich, aber bestimmt, während Water einige Sekunden zögerte, ehe er einschlug. ,,Bei uns gab's auch keinen Wein aus Frankreich. Wir haben Wasser getrunken und Bier, genau wie du. Und die Milch von unseren Kühen haben wir in die Stadt verkaufen müssen. Aber Milch und Bier flossen bei uns ja nur so lange, bis so ein normannischer Edler kam und aus unserem Freibauernhof eine Pacht-Sassenschaft machte. Glaub nicht den Lügen, die der Sheriff von Nottingham über mich ausstreuen läßt, um mich in euren Augen herabzusetzen. Ich bin kein Normannensprößling, ich bin ein Angelsachse wie ihr. Und wie ihr bin ich vor der Ungerechtigkeit der Normannen in die Wälder geflohen."
Der Mann am Spieß, der auch während des Zwischenfalls unverdrossen auf das Garen der Hirschkeule geachtet hatte, rief krähfröhlich in das Schweigen,

das Robin Hoods Worten gefolgt war: „Zum Essen, meine Herren! Das Fleisch ist dank meiner Kunst zart wie eine Jungfernwange."

Und er sprang hoch, daß sein feistes Bäuchlein wippte, spießte einen starken Zweig in die Keule und löste mit drei, vier geschickten Schnitten einen Batzen heraus.

„Das Salz ist knapp geworden", sagte er, während er Robin diesen ersten Bissen reichte. „Wir sollten uns demnächst bei einem durchziehenden Händler nach einem Säckchen dieser Köstlichkeit erkundigen."

Und schon war er wieder am Spieß, hantierte an der Keule, schnitt mit seinem langen Messer Stücke Fleisch ab und verteilte sie unter die Männer.

Für Minuten herrschte Stille unter den Bäumen des Waldes. Nur das ferne Schreien eines Käuzchens und das gelegentliche befriedigte Knurren eines der Essenden war zu hören. Schließlich sagte einer, dem das lange Haar grau unterm grünen Hut hervorschaute, mit vollem Mund: „Unser John Strong ist doch der beste Koch, dem ich mein Lebtag begegnet bin."

„Du bist eben nichts Gutes gewohnt, Hunter", neckte ihn ein anderer. Seine sanfte Stimme kam aus einem grobgeschnittenen Mund unter einer langen, rübenförmigen Nase. „Als ich noch die Horen einläutete und den Vätern die Sandalen flickte, mein Gott, gab es da Suppen und Soßen und fette Fleischbrocken! Nicht solch trockenes Zeug, wie wir's jetzt kauen müssen. Wir hatten Schweine in den Koben von St. Patrick, Schweine, sage ich euch ..."

Und überwältigt von der Erinnerung, schloß er die Augen und ließ die Hände, die das Stück Hirschkeule

hielten, in den Schoß sinken.
„Hört unseren Bruder Tuck!"
Sie nannten ihn noch immer mit seinem Klostertitel, obwohl er schon seit fast vier Jahren im Wald hauste.
„Wenn ich im Kloster gewesen wäre, ich hätte mich nicht in den Wald verzogen", sagte Winifred Moulder, der dem ehemaligen Mönch am nächsten saß. Er war ein äußerst dürrer Mann von vielleicht vierzig Jahren mit nur einem Auge. Das andere hatten ihm die Waldhüter ausgeschlagen, als er dabei ertappt worden war, wie er einen Baum im königlichen Forst fällte. „Ich darf gar nicht daran denken, wie fröhlich es in so einem Kloster zugeht! Das bißchen Beten würde ich schon auf mich nehmen. Man sieht's dir doch heute noch an, Bruder Tuck, daß du jahrelang nichts zu entbehren brauchtest. Unterm Krummstab läßt sich's eben gut leben."
„Im Wald lebt sich's noch besser", fiel ihm Water ins Wort. „Da brauchst du nicht mal zu beten und vor Ostern zu fasten, sieben geschlagene Wochen lang, und vor Weihnachten auch nicht."
Er schüttelte sich, als jage ihm schon der Gedanke ans Fasten einen kalten Schauer über den Rücken.
„Was ihr euch so unterm Klosterleben vorstellt, ist schandbar dumm." Bruder Tuck war aus seiner Erinnerung an die fetten Fleischtöpfe von St. Patrick erwacht und nagte wieder an dem Stück Hirschkeule. „Zu essen gab's genug, das stimmt. Aber für uns Fratres gab's auch reichlich Arbeit, von morgens bis abends. Und das Beten war zusätzlich. Ja, wenn ich einer von den Herren gewesen wäre, die sich die Tonsur scheren lassen, weil es einen älteren Bruder

gibt, dem der Titel und die Besitzungen zufallen, dann hätte ich mich auch wie im Paradies fühlen können. Aber für uns entlaufene Bauern, die im Kloster Zuflucht vor den Baronen gesucht hatten, war die Fron beileibe nicht zu Ende, wenn wir durch die Pforte gegangen waren. Uns hat man wie die Knechte gehalten, auch wenn wir am selben Tisch wie die Patres aßen. Kein Bauer kriecht so früh aus seinem Bett wie die Laienbrüder, und der gute Wein, der in den großen Fässern übers Meer kommt, ist auch nicht für die Fratres bestimmt. Den trinken die Herren, und nicht nur in der Messe. Ich habe es manchmal bereut, daß ich das Wams mit der Kutte vertauscht hatte. Eine Frau und ein paar Kinder, die können einen Mann schon über allerlei Elend wegbringen.“

„Du Narr“, unterbrach ihn Scadlock. „Ich hatte Frau und Kinder. Und nicht genügend zu essen. Beim dritten Kind ist mir die Frau gestorben. Dann kamen die Pocken und haben zwei von den Kleinen zu Engeln gemacht. Dann kam der Baron und nahm mir den Hof, weil ich mit den Abgaben im Rückstand war. Was blieb mir da übrig, als meinen letzten Jungen zu meiner Schwester nach Coventry zu geben und selber in den Wald zu gehen? Ich sag's ja: Wenn so ein Bauer ins Kloster eintritt und bleibt da ein paar Jahre, dann hat er keine Ahnung mehr, wie es in der Welt aussieht.“

Verstimmt über soviel Unvernunft, zog sich Scadlock aus dem Kreis zurück, legte sich unter einen Baum, bedeckte sich mit einem Schaffell und schlief bald ein.

Es war still geworden ums Feuer. Die großen Fleischportionen und das Bier hatten die Männer müde und maulfaul gemacht. Einer nach dem anderen verkroch sich an eine windgeschützte Stelle und legte sich zum Schlafen nieder, Henry Water nicht, ohne sich zuvor noch einmal an einem Horn voll Bier gütlich getan zu haben.

Das Feuer glomm nur noch unter der weißen Ascheschicht. Robin Hood ging nachdenklich zu seinem Schlafplatz hinüber. Als er sich noch einmal umwandte, sah er Much, den Sohn eines Müllers aus der Umgebung von Nottingham, auf einem umgestürzten Baumstamm sitzen und, das Kinn in die Hände gestützt, in das Dunkel des Waldes hinausstarren. Much war ein stiller Mann und trotz seines Spitznamens, der „viel" bedeutet, von recht kleiner Statur. So mancher traute ihm die Kraft, die in seinen Armen lag, nicht zu. Und diese Kraft wollte auch nicht zu der Melancholie passen, die oft und leicht von Muchs Gemüt Besitz ergriff. Tagelang konnte er schweigend umhergehen und den Blick seiner braunen Augen unstet schweifen lassen; dann sagten die Freunde: „Er hat wieder seine Grillen. Er denkt an seine Mühle, die langsam zerfällt, seit sein Vater gestorben ist." Und sie sprachen ihn dann nicht an, höchstens daß einer ihm ein Wort des Trostes und der Aufmunterung zurief.

Robin Hood schätzte den stillen Much mehr als manchen der lauten Männer, die nur allzuoft die eigene Furcht und Unsicherheit hinter großen Worten verbargen. Seit Much vor zwei Jahren an einem kühlen Maitag zu ihnen gestoßen war, abgerissen vom tagelangen Streunen durch den riesigen Forst und halbverhungert, hatte er nicht einmal Grund gehabt, sich an ihm zu ärgern. Stets war er in Gefahr und Not ein zuverlässiger Freund gewesen, und seine Zurückhaltung und Trauer an manchen Tagen hatten nie die Fröhlichkeit der Gesellen gestört. Er trug sie still für sich und behelligte niemanden damit. Jetzt ging Robin zu ihm, setzte sich an seine Seite und teilte sein Schweigen und seine Nachdenklichkeit für einige Minuten, ehe er fragte: „Glaubst du, Much, wir werden es morgen schaffen?"

„Wir müssen es schaffen", sagte Much. „Das Leben dreier Menschen hängt davon ab, ob unser Handstreich gelingt, das Leben dreier Menschen, auf die das Schicksal wartet, das auch wir zu gewärtigen haben, wenn wir den normannischen Häschern in die Hände fallen."

„Und dabei ist ihr Vergehen lächerlich gering im Vergleich zu dem, was man uns vorwerfen würde. Gestern, als die Mutter der drei jungen Männer zu mir kam, ganz in Tränen der Verzweiflung, und mich um Hilfe bat, ist mir die Schuftigkeit dieses Sheriffs von Nottingham und die Gottlosigkeit des Gesetzes, das er handhabt, wieder so recht zu Bewußtsein gekommen. Drei Menschen an den Galgen zu hängen, nur weil sie im königlichen Forst gewildert haben, das geht weit über das, was ein noch so friedlicher Christenmensch dulden kann."

Und aufs neue erregt von der Begegnung am Vortag, als die alte Frau, in Lumpen gehüllt, vor ihm gestanden hatte, sprang Robin auf und stocherte mit einem Stock in der Asche herum, daß die Funken stoben.

„Es stimmt, Much, was die Leute sagen. Schon William von der Normandie, der unser England vor mehr als hundert Jahren mit Krieg überzog, der uns unterworfen und uns alle zu Sklaven seiner Krieger gemacht hat, er schätzte die Tiere in den Wäldern höher als die Menschen. Er war der Vater der Bestien mehr als der Vater unserer Bauern und Stadtbewohner. Und seine Nachfolger halten an den schändlichen Gesetzen fest, die er erlassen hat. Jeder Sheriff, jeder Wildhüter in diesen Wäldern kann uns an den nächsten Baum knüpfen lassen, wenn wir auch nur einem Hasen ein Schnurrbarthaar ausrupfen. Und wenn wir Glück haben und einem mildgestimmten Richter in die Hände fallen oder wenn das Tier, das von uns geschossen wurde, nicht allzu prächtig war, dann begnadigt man uns zum Blenden oder zum Abhacken der rechten Hand. Oh, Much, dem Pack muß man die Zähne zeigen!“

Und Robin Hood sah wieder die Szene vor sich, die so entscheidend für sein Leben geworden war. Er sah sich auf dem Weg nach Nottingham vor fünf Jahren. Den Bogen hatte er geschultert, der gefüllte Köcher hing ihm an der Seite. Frohen Muts und voll Hoffnung, auf dem ausgeschriebenen Wettschießen einen Preis zu gewinnen, war er aufgebrochen. Da waren Wildhüter gekommen, sechs oder sieben mochten es gewesen sein, vielleicht auch einige mehr, allesamt kräftige, gutgenährte Burschen, die ihre eigenen Vorstellungen von dem hatten, was sie einen Spaß nannten. „Na, wohin geht's denn, Junge?“ hatte einer gefragt. „Zum Preisschießen willst du?“ ein anderer. Und sie waren in abscheuliches Gelächter ausgebrochen, hatten einander zugezwinkert.

Einer war zu ihm getreten. „Willst du deine Kunst nicht zuvor noch einmal erproben?“ Er hatte auf den Hirsch gewiesen, der, keine hundert Yards entfernt, am Rand der Lichtung äste. „Versuch's doch, ob du ihn triffst!“

Ich bin dumm gewesen, sagte sich Robin Hood, dumm und arglos, ein richtiger Lümmel vom Land, der nichts kennt als die Arbeit auf dem Acker und im Stall und die Unterwürfigkeit dem Grundherrn gegenüber, der einen vom Hof jagen kann, wenn es ihm paßt. Und ich bin damals schon ein leidenschaftlicher Schütze gewesen, zwar noch nicht ein so treffsicherer wie jetzt, aber doch immer bereit, an allem, was sich bewegt, die Schärfe des Auges und die Geschicklichkeit der Hand zu erproben. Das wäre mir fast zum Verhängnis geworden. Den Hirsch habe ich getroffen, mit dem ersten Pfeil und mitten ins Blatt, so daß er sofort umsank. Aber mit der Hinterlist der Heger hatte ich nicht gerechnet.

Inzwischen singt man es schon auf den Jahrmärkten, was damals geschehen ist: Die Wildhüter wollen Jung Robin wegen Jagdfrevels festnehmen und ihn dem Sheriff ausliefern, damit er gehängt werde, der Tölpel. Aber Robin ist schnell, er kann sich der Verhaftung entziehen, in den Wald laufen. Und als ihn einer verfolgt, da wendet sich Robin und schießt ihm einen Pfeil durchs Herz. Der Heger bricht zusammen, und sein Blut fließt in den Staub. Freilich, die Sänger auf den Jahrmärkten haben die Geschichte nach ihrem Geschmack ausgeschmückt. Statt des einen Wildhüters sind es gleich fünfzehn, die ich getötet haben soll, und eine große Menge Volks soll Zeuge dieser Tat gewesen sein. Worte legt man mir in den Mund, nach denen mir damals bei Gott der Sinn nicht gestanden hat, große Worte, die Beowulf gesagt haben könnte oder einer der Ritter aus König Artus'

Tafelrunde, von denen abenteuerliche Geschichten in aller Munde sind. Ich hatte nur Angst und den Wunsch, so schnell wie möglich im Wald zu verschwinden. Es war ja in Wirklichkeit auch nur einer von den Wildhütern tot. Die anderen fieberten danach, ihren Kumpan zu rächen, mich in Stücke zu schießen, wenn sie mich schon nicht lebend fangen konnten. Ich weiß nur zu gut, wie denen zumut ist, auf die morgen der Henker wartet. Und ich kann den Schmerz der Mutter nachfühlen, die mit den Söhnen ihre Ernährer verliert und bettelnd durchs Land ziehen muß, wenn sie sterben.

„Wir hatten nichts mehr zu essen im Haus", hat sie mir gesagt. „Am Tag zuvor war der Verwalter des Barons mit zwei Reisigen gekommen, die Abgaben einzutreiben. Die letzten beiden Schweine haben sie uns aus dem Stall geholt, das letzte Maß Mehl aus der Kammer, als wir nicht zahlen konnten. Meine Jungen mußten in den Wald und Wild aufspüren. Wir wären sonst verhungert."

Robin Hood wandte sich wieder dem Gefährten zu.

„Geh schlafen, Much. Das Grübeln hat keinen Sinn. Wir wissen: Das Unrecht herrscht im Land. Und das Beste, was wir tun können, ist, ihm mit allen Kräften entgegenzutreten, wo wir ihm begegnen."

Er ging zu der Buche hinüber, unter der er gesessen hatte, streckte sich aus und war bald eingeschlafen. Die Nachtkühle konnte seinen Schlaf nicht stören.

Es war noch dunkel, als er wieder erwachte. Durch die Lücken im Laubdach des Waldes blinkten die letzten Sterne zwar blaß, aber doch noch deutlich sichtbar herab. Am Quell, der zur Seite der Felsenhöhle entsprang, in der sie ihre Vorräte verwahrten und die ihnen winters Zuflucht bot, wusch er sich und stillte seinen Durst. Dann aß er von den Fladen und dem Dörrfleisch aus der ledernen Tasche, die er stets an seiner Seite trug, hängte sein Signalhorn um und weckte die Gefährten.

Der Plan, nach dem sie handeln wollten, war bereits am Tag zuvor besprochen worden. Jeder wußte, was er zu tun hatte. Die Geächteten, die in der näheren Umgebung von Robins Lager hausten, waren benachrichtigt und wollten in aller Frühe am Versammlungsort eintreffen. An die sechzig Männer waren aufgeboten, eine ansehnliche Streitmacht von Leuten, die nichts zu verlieren hatten. Jeder, der ihrer habhaft wurde, hatte das Recht, sie auf der Stelle zu töten, so daß sie stets in der Gefahr waren, ihr Leben einzubüßen.

Doch nicht alle sechzig, hatte Robin Hood entschieden, sollten ihn begleiten. Ein solcher Haufe hätte zu große Aufmerksamkeit erregt und das Unternehmen vorzeitig verraten und scheitern lassen können. Er allein wollte vorausgehen, in beträchtlichem Abstand von wenigen seiner treuesten Gefährten gefolgt. Auf sein Hornsignal hin sollten sie aus ihrem Versteck hervorbrechen und ihm zu Hilfe eilen. Der Rest der Männer war angewiesen, sich so lange verborgen zu halten, bis ein zweiter Hornruf sie im Fall der Gefahr zum Schauplatz des Geschehens beorderte.

Als die Geächteten von allen Seiten herbeiströmten und sich auf dem freien Platz vor der Höhle zu sammeln begannen, brach Robin auf. Ein Weg von drei Stunden quer durch den stellenweise wild verwachsenen Sherwood lag vor ihm. Eine Viertelstunde später sollte die erste Abteilung der Männer ihm folgen.

Unter den Bäumen herrschte noch fast undurchdringliche Finsternis; doch Robin, durch das Leben im Wald gewohnt, auch in der Dunkelheit seinen Weg zu finden, kam schnell voran. Geschickt wich er verfilztem Unterholz aus und überkletterte entwurzelte und gestürzte Bäume mit einer Gewandtheit, die von langer Übung zeugte.
Allmählich erhellte der von Osten heraufziehende Tag den Himmel und sandte ein schwaches, bleifarbenes Licht durch die Kronen der Buchen und Eichen. Nun ging es noch schneller voran, so daß Robin die Ausläufer des Forsts erreichte, als die Sonne soeben den Morgenstern verblassen ließ. In der Ferne sah er die beiden Kirchtürme der Stadt aus dem Morgendunst ragen, grau noch und ohne festen Umriß. Er rastete für einige Minuten an dem Weg, der auf das Südtor der Stadt zulief. Es war noch nicht geöffnet, um die Bauern der Umgebung mit ihren Waren einzulassen.
Da humpelte ein alter Mann des Wegs, dessen Kleidung und elendem Aussehen man schon von weitem den Bettler ansah. Er hatte offensichtlich die Nacht im Freien zugebracht und schien auf dem Weg in die Stadt zu sein, wo der Auflauf zu dem angekündigten grausigen Schauspiel ihm eine reichere Bettlerernte als gewöhnlich versprach.
„Verkauf mir deine Kleider“, sprach Robin ihn an. Ihm war ein Einfall gekommen, wie man den Sheriff von Nottingham am besten überlisten könnte. „Ich bezahle sie dir königlich.“
„Wer mir meine Lumpen königlich bezahlt, der muß entweder ein Gauner oder ein Wohltäter sein“, entgegnete der Bettler. „Ein normaler Mensch würde

keinen Penny dafür geben.“
„Hier hast du ein Pfund in Gold, Mann. Nimm mich für einen Wohltäter. Die Gauner wälzen sich um diese Zeit noch alle in ihren Betten.“
Und er hielt dem Bettler die Goldmünze hin.
Der beäugte mißtrauisch das Geldstück, ehe er langsam, wie erschrocken zugriff und dabei ungläubig in das Gesicht des jungen Mannes starrte.
„Nimm schon“, sagte Robin ungeduldig. „Es kommt nicht von einem Armen. Diesen Goldvogel haben wir in der vorigen Woche aus seinem Käfig befreit, ihn und einige Dutzend seiner Brüder. Und der Käfig war die lederne Tasche eines Prälaten, der sich auf dem Weg zu seinem Bischof befand.“
„Dann“, sagte der Alte schnell und froh, „bist du Robin Hood oder doch einer von seinen Leuten.“
„Halt mich, für wen du magst. Ich bin in eiligen Geschäften unterwegs, deshalb spute dich.“ Robin schnallte seinen Gürtel los und begann das grüne Wams auszuziehen. „Ich gebe dir meine Kleider, damit du nicht zum Gespött der Leute nackt herumzulaufen brauchst.“
Noch immer von ungläubigem Staunen beherrscht, steckte der Bettler das Goldstück in die Backentasche und fing an, sich seiner Lumpen zu entledigen. Stück um Stück wechselten die Kleider den Besitzer, bis schließlich Robin Hood in des Bettlers Fetzen gehüllt dastand und jener das grüne Gewand Robins an seinem Leib wohlgefällig beäugte.
„Wie doch Kleider einen Menschen verändern können“, sagte der Bettler kopfschüttelnd. „Hätte ich nur ein Stück Spiegel, mich darin zu betrachten! Ich glaube, so stattlich habe ich mein Lebtag nicht

ausgesehen, auch damals nicht, als ich noch jung war und auf meinem Hof saß.“

Robin Hood lachte.

„Für einen Junker würde ich dich halten, Großvater“, rief er, „oder für einen königlichen Wildheger.“

„Und du siehst aus wie ein Bettler“, sagte der Alte und kicherte. „Man muß Mitleid mit dir haben. Ich will mich aus dem Staub machen, ehe ich mich von meinen Augen narren lasse und dir einen Penny schenke. Doch werde ich mich hüten, nach Nottingham zu gehen. Da kennt man das grüne Gewand der Geächteten gar zu gut. Ich habe keine Lust, als einer der Männer Robin Hoods zu baumeln. Vergelt's Gott, mein Wohltäter!“

Und mit einer Behendigkeit, die man ihm nicht zugetraut hätte, ging der alte Mann querfeldein und auf das nächste Dorf zu, wo in der Schenke eine warme Mahlzeit und ein Schluck Bier auf ihn warteten. Robin Hood aber machte sich auf den Weg in die Stadt.

Solange er sich von niemandem beobachtet wußte, schritt er rüstig aus. Als er sich aber auf Sichtweite dem Stadttor aus mächtigen grauen Granitquadern genähert hatte, krümmte er den Rücken und stützte sich schwer auf den Stock, den der Alte ihm als Zugabe zu dem ungleichen Handel gelassen hatte.

„Willst auch du dir das Schauspiel nicht entgehen lassen?“ fragte der Posten am Tor, ein vierschrötiger, gutgenährter Kerl. „Drei auf einmal sieht man selten nebeneinander hängen. Und wenn es gar drei Brüder sind, ist der Spaß doppelt groß.“

„Ganz recht“, sagte Robin mit zitternder Stimme und

humpelte eilig weiter, wie einer, der sich auch nicht eine Kleinigkeit entgehen lassen will.
Die Straßen, gesäumt von eng aneinandergedrückten schmalen Fachwerkhäusern, lagen noch menschenleer. Ein paar Hunde und Katzen suchten sich ihre Morgenmahlzeit in den Abfallhaufen vor den Häusern. Über den Marktplatz unterhalb der düster wuchtenden königlichen Burg, der sich in der frühmorgendlichen Öde riesig ausnahm, schritt eilends und verloren der Küster von St. Marien. In einer halben Stunde mußten die Glocken zur Frühmesse geläutet werden, und bis dahin war noch manches zum Gottesdienst zu richten. Er hastete an den drei hohen Galgen vorüber, die schon am Tag zuvor mit viel Lärm und vor den Augen zahlreicher Neugieriger aufgeschlagen worden waren, und blickte scheu an ihnen empor.
Robin Hood kümmerte sich nicht um die Galgen, versagte sich sogar einen flüchtigen Blick auf sie. Er ging geradenwegs zum Haus des Sheriffs, das breitbrüstig und prächtig wie die anderen Häuser rings um den Markt in der hellen Frühsonne prangte. Die Fenster lagen hinter verschlossenen Läden. Offensichtlich schlief noch alles im Haus.
Wenn der Sheriff sich's noch wohl sein läßt in seinem Bett, dachte Robin, dann werde ich mir auch noch einen Hut voll Schlaf gönnen. Er kroch in den Winkel, der durch die Vortreppe und die Giebelwand gebildet wurde, und nachdem er eine zudringliche Katze verscheucht hatte, schlief er innerhalb von Sekunden ein. Ehe er die Augen schloß, dachte er noch beruhigt an die Gefährten, die sich sicherlich schon in der Nähe des südlichen Tors zu versammeln begannen.

Er wurde wach durch lautes Reden und das Klirren von Eisen.
Auf der Treppe stand der Sheriff, ein ansehnlicher, dickbäuchiger Mann von vielleicht vierzig Jahren, dem der reichliche Weingenuß die Gesichtshaut rötlich gefärbt hatte. Seine Rede war herrisch, und die knappen Gesten, mit denen er sie unterstrich, deuteten an, daß er es nicht gewohnt war, Widerspruch hinzunehmen. Er war die Stimme und der Arm des Königs, und was er sagte oder tat, war im Namen des Königs gesagt oder getan.
Das blaurote Wams aus feinstem flandrischem Tuch, über dem er die schwere goldene Kette, das Zeichen seiner Würde, trug, unterstrich seine hohe Stellung.
Er sprach zu einer Gruppe bewaffneter Reisigen, die sich vor der Treppe versammelt hatten und die den Zug der Gefangenen zum Galgen begleiten sollten.
Jetzt gilt es! sagte Robin zu sich, stemmte sich an seinem Stock hoch und humpelte vor den Sheriff. Der nahm sich prächtig aus, wie er gemessenen Blicks von der Treppe auf den erbärmlich aussehenden Habenichts herabschaute, jeder Zoll ein Edelmann, der sich der Gewalt, die ihm der König über alle Menschen ringsum verliehen hatte, bewußt war.
„Was gibt's, Alter?" fragte er, und man merkte seiner Aussprache an, wie schwer es ihm, dem Mann von normannischer Abkunft, fiel, sich der hart klingenden angelsächsischen Worte zu bedienen. „Eine warme Suppe kriegst du in einer Stunde bei den Armen Brüdern."
„Ich will keine Suppe, Herr", entgegnete Robin.

,,Ich möchte mir ein neues Gewand verdienen."
,,Ein neues Gewand?"
,,Ja, und die dreizehn Pence dazu."
,,Kerl! Ein neues Gewand und dreizehn Pence, das ist der vom Gesetz vorgeschriebene Lohn für den Henker. Und den willst du dir verdienen? Du bist doch klapprig wie eine ausgediente Mühle. Und zum Hängen braucht man Kraft."
,,So klapprig bin ich nun auch wieder nicht, Herr", sagte Robin. ,,Seht nur, wie ich noch springen kann!"
Und mit einem Satz übersprang er die vier Stufen, die ihn von dem Sheriff trennten, und schlug diesem mit solcher Macht auf die Schulter, daß er in die Knie ging.
,,Beim heiligen Georg!" schrie der Sheriff erschrokken, während er sich bemühte, sein Gleichgewicht wiederzufinden. ,,Willst mir wohl die Knochen brechen, du dreckiger Teufel!"
,,Herr, ich wollte Euch nur zeigen, wie gewandt ich noch bin und daß ich wohl die Kraft habe, einen der Burschen am Hals aufzuhängen."
Verwundert schüttelte der Sheriff den Kopf, musterte dann mißtrauisch den Mann, der da vor ihm stand, ließ sich aber doch von den zerissenen Kleidern und dem schmutzigen, tief in die Stirn gezogenen Hut täuschen.
,,Kraft hast du, daran gibt's keine Zweifel. Aber warum willst du das Henkersamt übernehmen? Deinesgleichen drängt sich doch sonst nicht herzu, wenn es gilt, des Königs strengem Gesetz Geltung zu verschaffen."
,,Da kennt Ihr mich schlecht, Herr. Der Sheriff von

York könnte Euch ein Stücklein davon erzählen, wie ich ihm oft geholfen habe, Gesetzesbrecher ihrer Strafe zuzuführen.“

Robin hatte beteuernd die Hand aufs Herz gelegt, wo, unter den Lumpen verborgen, das Horn hing, bereit, die Gefährten im Fall der Gefahr herbeizurufen.

„Ich war der Schrecken der Walddiebe in der ganzen Grafschaft. Jetzt bin ich schon seit langem unterwegs und natürlich ein bißchen heruntergekommen, wie Ihr seht. Und da möchte ich mir eben ein neues Gewand verdienen und ein wenig Geld dazu. Könnt Ihr mir das verdenken, mein hoher Herr?“

Des Sheriffs Mißtrauen schmolz vor solcher Rede. Warum, dachte er, geschmeichelt von der Unterwürfigkeit, die der Bettler an den Tag legte, soll ich dem armen Teufel nicht etwas zu verdienen geben? Der Stadthenker mault ohnehin über zuviel Arbeit und wäre froh, wenn er dies eine Mal sein Amt nicht zu versehen brauchte.

„Gut“, sagte er, „komm mit.“

Und er schritt voraus, auf das Blutgerüst zu, um das sich bereits eine stattliche Menschenmenge gesammelt hatte: wohlhabende Bürger, die sich ein besonderes Vergnügen davon versprachen, Aufrührer wider die Ordnung baumeln zu sehen, aber auch arme Leute, wie man an den Kleidern und an der grauen Hungerfarbe ihrer Gesichter erkennen konnte. Diese waren gekommen, um das eigene Elend über dem größeren derer, die da gehängt werden sollten, zu vergessen oder aber um ihre Herzen mit Haß aufzufüllen durch das blutige Schauspiel.

Auch die Mutter der drei Jungen stand am Fuß der Galgen. Ihre Augen waren vom Weinen gerötet und

ihre ohnehin gebeugte Gestalt noch mehr in sich zusammengesunken vor Gram. Wie gern wäre Robin zu ihr getreten, um sie zu trösten, ihr ein freundliches Wort der Gewißheit, daß ihre Söhne gerettet würden, zu sagen. Aber er durfte nicht aus seiner Rolle fallen, und so ging er weiter in gebührendem Abstand hinter dem Sheriff drein, wie's einem Bettler geziemt.

„Wenn du meinem Amtsbruder in York schon so oft zur Hand gegangen bist", sagte der Sheriff von Nottingham mit all dem Ernst, der der Stunde angemessen war, „dann brauche ich dich wohl nicht erst anzuweisen."

„Nein, Herr", sagte Robin Hood und verbeugte sich tief. „Ich werde schon alles so machen, wie es sich gehört." Und behende kletterte er die Leiter hinauf zu einem der ragenden Galgenarme.

„Ich will nur prüfen, ob die Stricke noch fest sitzen", rief er von oben herab, und der Sheriff war zufrieden, einen solch eifrigen Henker gefunden zu haben.

Während Robin Hood noch rittlings auf dem Galgenarm saß, wurden die drei jungen Männer von der Wache an die Schemel geführt, die unter den Schlingen standen. Voll Mitleid und Zorn sah Robin von oben auf ihre Gesichter, die traurig und ohne einen Funken Hoffnung in den jungen Tag blickten.

„Jetzt, Herr Sheriff, gebt acht!" schrie er, riß das Horn unter dem zerlumpten Rock des Bettlers hervor und stieß mit all der Kraft seiner Lungen hinein, daß die Töne sich an den Häusern um den Markt vielfätig brachen.

„Was soll das, du Schuft!"

Der Sheriff starrte in die Höhe, voller Verwunderung, und sein ohnehin rötlich gefärbtes Gesicht nahm die

Farbe einer überreifen Tomate an. ,,Komm herunter! Ich bezahl dich nicht dafür, daß du dem Pack hier eins aufspielst!"

,,Der Tanz beginnt erst noch!"

Von seinem luftigen Hochsitz aus sah Robin Hood die Gefährten im Laufschritt die Straße vom Südtor herabkommen. Einige waren mit Eichenknüppeln bewaffnet, andere mit Pfeil und Bogen. ,,Wer Robin Hood zum Henker machen will, der muß früher aufstehen, Herr Sheriff!"

Und mit diesen Worten ließ er sich vom Galgen herabfallen, geradewegs auf den Rücken eines der Wachsoldaten. Der stieß ein dumpfes Ächzen aus, als er zusammensackte. Mit einem Griff zog Robin ihm das Schwert von der linken Seite und sprang auf den mittleren der Schemel, auf denen die drei Burschen ihre letzte Minute hatten erleben sollen.

,,Auf ihn!" rief der Sheriff unter Keuchen. ,,Das ist Robin Hood! Jetzt erkenne ich ihn! Wer ihn fängt, tot oder lebendig, bekommt fünfzig Pfund!"

Die Aussicht auf eine so hohe Belohnung spornte die Soldaten der Wachmannschaft aufs äußerste an. Sie drängten sich, den Geächteten aus dem Sherwood zu greifen. Doch in ihrem blinden Eifer standen sie dabei einander selber im Weg. Wer dennoch bis zu Robin Hood vordrang, den streckte ein gezielter Stoß mit dem kurzen Schwert nieder.

Die Umstehenden, zuerst erschreckt von der plötzlichen Wendung der Dinge, erwachten aus ihrer gleichgültigen gottergebenen Stumpfheit und drängten sich wie unabsichtlich zwischen Robin Hood und die Reisigen des Sheriffs. So ballte sich in Sekundenschnelle ein undurchdringliches Knäuel zusammen, in

das sich nun, aus der Gasse hervorstoßend, die Gefährten Robins stürzten. Noch immer schrie und fluchte der Sheriff, spornte die Reisigen an und zog selber sein Schwert. Aber es nützte ihm nichts. Er wurde von hinten niedergeworfen, und Will Scadlock kniete so lange auf ihm, bis Robin Hood die Stricke der Gefangenen durchschnitten und seinen Leuten durch lauten Zuruf Anweisung gegeben hatte, sich mit ihnen in Richtung des südlichen Stadttors zu entfernen und das flache Land zu erreichen.
Die drei Gefangenen liefen um ihr Leben.
Die Soldaten lagen entweder verwundet oder tot am Boden oder hatten die Flucht ergriffen.
„Sammelt euch!“ rief Robin Hood. „Wir müssen die Stadt verlassen, ehe Verstärkung eintrifft!“
Will Scadlock versetzte dem unter ihm liegenden Sheriff noch einen Schlag gegen das Kinn, der diesen für lange Zeit bewußtlos machte, und lief den Gefährten hinterdrein auf das Südtor zu. Hier erwartete sie der große Haufe Geächteter, deren Hilfe nicht nötig gewesen war und die sich doch insofern nützlich gemacht hatten, als sie die Torwache in Schach hielten.
Unter fröhlichem Gejohle und im Sturmschritt hetzte die Schar auf den Wald zu. Als die Stadtsoldaten wieder die Zinnen der Mauer besetzt hatten, waren die Geächteten schon zu weit entfernt, als daß sie noch von Pfeilen hätten behelligt werden können. Die wenigen, die von den Bogen geschnellt wurden, fielen in die Felder, ohne Schaden anzurichten.
Robin Hood und seine Männer holten bald die drei befreiten Gefangenen ein, die durch die Tage im Kerker bei dürftiger Kost zu sehr geschwächt waren,

ein schnelles Tempo stetig beizubehalten. Lachend wurden sie auf die Schultern gehoben und im Triumph in den Wald getragen.

Zusammentreffen mit einem Höhlenbewohner

Die drei vom Galgen geretteten jungen Männer lebten sich schnell in die Gemeinschaft der Geächteten ein. Binnen kurzem machte niemand mehr Aufhebens von ihnen. Das war nicht allzu verwunderlich bei dieser Schar, zu der täglich neue Flüchtlinge stießen und von der andere sich täglich trennten, um allein weiter durch die Wälder zu streifen oder es doch wieder mit einem Leben in den Städten und Dörfern zu versuchen. Man räumte den dreien einen Platz am Feuer ein, teilte mit ihnen, was erlegt oder erbeutet worden war, sprach mit ihnen, als seien sie alte Gefährten, mit denen man so manchen Streifzug unternommen hatte. Und wenn die Rede auf das Abenteuer auf dem Marktplatz von Nottingham kam, dann fand sich nicht einer unter den Geächteten, der nicht herzlich gelacht hätte über den gelungenen Streich. Daß es bei der Befreiung um Leben und Tod gegangen, das schien vergessen, so völlig vergessen wie die Erinnerung an den letzten bösen Winter, der die Männer mit Schneestürmen in die Höhlen getrieben und ihnen wochenlang nicht erlaubt hatte, sich ihrer Kleider zu entledigen.
Besonders Sam, der älteste der Brüder, ein ernster junger Mann mit buschigem schwarzem Haar und vollen Lippen, fühlte sich wohl und geborgen in der Mitte der Männer vom Sherwood. Voll Vertrauen

suchte er, wann immer es angehen mochte, Robin Hoods Gesellschaft. Er lagerte sich des Abends neben ihn ans Feuer oder durchstreifte still an seiner Seite den Wald. Doch wenn er ein Wort des Dankes ins Gespräch fließen lassen wollte, unterbrach ihn Robin.

„Werde ein guter Geselle", sagte er dann etwa, „und halte deinen Gefährten die Treue. Was dir drohte, hätte uns allen zustoßen können, auch mir, damals, als ich den Hirsch schoß."

Robin Hood gefiel es, daß Sam nie den nötigen Ernst und Sinn für Ordnung vermissen ließ. Und beide waren brotnötig, um das Leben im Wald durchstehen zu können. Wenn es galt, des Nachts Wachen aufzustellen, weil der Sheriff von Nottingham wieder einmal den Forst durchstreifen ließ, war Sam stets einer der ersten, die sich anboten. Und es geschah nie, daß er eingeschlummert wäre, da ihm das Wohl und Wehe der schlafenden Gefährten anvertraut war.

Mit Much, des Müllers Sohn, verband ihn bald enge Freundschaft. Die beiden Männer waren einander ähnlich, waren allem Lauten und Aufdringlichen abhold, und sie mieden oft genug die lärmenden Biergelage der anderen und hielten sich aus deren Raufereien heraus. Statt dessen konnte man sie beobachten, wie sie etwas abseits vom Haufen in ein Gespräch vertieft standen oder sich über eine Pflanze beugten, die besonders schön oder einem von ihnen noch unbekannt war. Dank Muchs Unterweisung entwickelte sich Sam binnen kurzem zu einem ausgezeichneten Fechter mit dem Stock, der auch die Angriffe der Erfahrensten und Draufgängerischsten

unter den Geächteten zu parieren wußte, wenn er in den täglich wiederkehrenden Übungsstunden gefordert wurde.
Eines Morgens wollte Robin Hood aufbrechen, um den südlichen Teil des Waldes, in den die Schar bisher nur selten vorgedrungen war, nach einem geeigneten Unterschlupf für den Winter abzusuchen. Sam erbot sich, ihn zu begleiten.
„Das untätige Leben bin ich nicht gewohnt", sagte er. „Meine Brüder und ich mußten hart arbeiten, wenn wir nicht verhungern wollten. Außerdem kenne ich diesen Teil des Waldes aus den Erzählungen meines Vaters."
So gern Robin den Streifzug allein unternommen hätte, so wenig brachte er es übers Herz, Sams Bitte abzuschlagen. Und als dieser ein wenig verlegen fragte, ob vielleicht Much sich ihnen anschließen dürfe, fügte er sich auch darein. Freilich mußte Robin nun den Gedanken, einmal wieder allein und unbeschwert durch den Wald zu schweifen, aufgeben.
„Es wird kein geruhsamer Spaziergang", sagte er nur. „Ich will so weit wie möglich nach Süden vorstoßen und doch am Abend wieder bei den Gefährten sein. Macht euch also auf einen anstrengenden Tag gefaßt."
Dennoch wurde es eine fröhliche Wanderung. Von der brütenden Hitze, die über dem Land lastete und alles Leben unter dem wolkenlosen Himmel ersterben ließ, spürten die drei wenig. Das dichte Blätterdach hoher Buchen und mächtiger Eichen beschattete ihren Weg. Und so schritten sie in ihren grünen Wämsern rüstig aus. Die ledernen Hüte hatten sie weit aus der Stirn geschoben. Nur die mächtigen, fast

mannshohen Knüppel, die sie bei sich trugen, die Bogen quer über den Rücken und die Köcher mit den Pfeilen an ihrer Linken erinnerten daran, daß sie nicht müßig Wandernde, sondern Geächtete waren, die jederzeit auf einen Angriff gefaßt sein mußten.
Much und Sam erfüllten die Stille unter den Bäumen mit lauten Reden, während Robin Hood ihnen schweigend den Weg bahnte. Nur von Zeit zu Zeit blickte er sich nach ihnen um, wenn ihn der Gegenstand ihres Gesprächs besonders interessierte oder wenn ihr Lachen so laut wurde, daß er den Grund für ihre Heiterkeit erfahren wollte. Bei der Mittagsrast an einer Quelle gerieten Sam und Much in einen kleinen Streit darüber, ob es wohl gottgefällig und einem Ausgestoßenen gemäß sei, Jagd auf Tiere zu machen und sich von ihrem Fleisch zu ernähren. Da erinnerte sie Robin daran, daß sie beide ein Stück getrockneten Hirschfleisches zwischen den Zähnen hätten, und sie lachten wieder laut und vergaßen überm Kauen den Disput.
Wie prächtig diese Jungen sind, dachte Robin, und wie arglos. Und doch dürfen sie sich nicht in menschliche Ansiedlungen wagen, ohne Gefahr zu laufen, das Leben zu verlieren. Was ist das für eine Welt, die so mit Menschen umgeht! Da führen sie das Wort Christi im Mund, sprechen vom „liebet einander" und versklaven den Nächsten oder jagen ihn, wenn er sich nicht unters Joch zwingen lassen will.
Doch dies war nicht der Ort, solchen Gedanken nachzuhängen. Entschlossen sprang er auf, sah nach dem Stand der Sonne und drängte zum Aufbruch.
Nach einer weiteren Stunde des Wegs stießen sie auf einen breiten Bach, an dessen jenseitigem Ufer sich

eine steile Lehmwand erhob.

,,Hier muß eine Höhle sein", sagte Sam, nachdem er die Umgebung eingehend gemustert hatte. ,,Mein Vater hat mir oft genug davon erzählt, damals, ehe er erschlagen wurde. Er zog im Gefolge des Herrn von Champeneau gegen Stanford. Der Handel ging um ein paar entlaufene Knechte, die in den Mauern der Stadt Schutz gesucht und gefunden hatten. In einer Höhle in der Nähe dieses Baches müssen sie Rast gemacht haben, ehe sie am nächsten Morgen vor den Toren von Stanford Aufstellung nahmen. Und in dieser Höhle haben sie dann auch Schutz gesucht, nachdem sie sich blutige Köpfe geholt hatten. Mein Vater erzählte, daß sie hier einen seiner Freunde begraben haben, Tom Wilder, einen guten Mann. Dem fuhr ein Pfeil durch die Brust, und sie schleppten ihn mit bis zur Höhle. Hier ist er dann gestorben. Das Kreuz auf seinem Grab müßte noch zu sehen sein."

Sie gingen ein Stück den Bach aufwärts, dessen Ufer auf ihrer Seite mit dichtem Erlengebüsch bestanden war; während sich jenseits des Wassers die gelblichgraue Lehmwand hinzog. Nach etwa zweihundert Schritten stießen sie hinter einer plötzlichen Biegung des Bachlaufs auf einen starken, oben abgeplatteten Buchenstamm, der quer zur Strömung lag und so eine Brücke von einem Ufer zum anderen bildete. Und dann sahen sie auch schon den Eingang zur Höhle, der sich fast kreisrund und schwarz von der Lehmwand abhob.

,,Hier ist es!" rief Sam. ,,Auch der Stamm, der über den Bach führt, kam in den Erzählungen meines Vaters vor. Sie selber haben ihn damals gefällt, um bequemer übers Wasser zu kommen."

Much wollte sofort ans jenseitige Ufer. Aber Robin hielt ihn mit einer Handbewegung zurück.
,,Wir müssen vorsichtig sein'', warnte er. ,,Seht ihr die Feuerstelle rechts vom Höhleneingang? Die Asche ist noch schwarz. Der Regen vor drei Tagen hat sie noch nicht gebleicht und auseinanderlaufen lassen.''
Verdutzt hielt Much inne.
,,Ein gutes Auge ist etwas wert im Wald'', gab Sam kleinlaut zu. ,,Mir wäre die Feuerstelle nicht aufgefallen.''
,,Wenn du erst einmal so lange im Wald lebst wie ich'', tröstete ihn Robin, ,,dann wirst du auch gelernt haben, auf solche Kleinigkeiten zu achten.''
Und er wies seine beiden Begleiter an, sich im Erlengebüsch zu verbergen und das Versteck nicht eher zu verlassen, als bis er in sein Horn stoße. Dann trat er ans Bachufer, wagte sich bis zur Mitte des Stammes vor und blieb stehen. Der Stamm, an beiden Ufern in einem Steinbett festgekeilt, schwankte leicht unter seinem Schritt. Seine Oberfläche war vom übergischtenden Wasser schlüpfrig geworden und bot dem Fuß keinen sicheren Halt.
,,Hallo!'' rief Robin Hood. ,,Gibt es hier eine lebende Seele?''
Alles rings blieb still. Nur der Bach zu seinen Füßen tanzte rauschend um das Holz.
Vielleicht sind es Jäger gewesen, die das Feuer entzündet haben, dachte er. Für den Fall war es möglich, daß die Höhle leerstand. Denn Jäger auf der Streife durch ihr Revier pflegten nicht länger als eine Nacht zu lagern. Vielleicht aber diente die Höhle einem vorgeschobenen Posten der Stadtsoldaten von Stan-

ford als Unterschlupf, einer Vorhut, die den Raubzügen der Barone ein erstes Hindernis entgegensetzen sollte?
„Hallo!“ rief er noch einmal.
Als ihm wiederum keine Antwort wurde, wollte er schon den Schritt über die Mitte des Stammes hinaus wagen. Doch ein Stein, der einen flachen Bogen beschrieb, ehe er neben ihm ins Wasser plumpste, ließ ihn mitten in der Bewegung erstarren.
Zugleich hörte er eine mächtige, tiefe Stimme aus dem Dunkel der Höhle dringen.
„Bleib stehen, wo du bist!“
Robin rührte sich nicht von der Stelle. An eine Umkehr war nicht zu denken, da er dem Mann am Ufer ein sicheres Ziel geboten hätte. Ginge er weiter, dann schlüge ihm zweifellos ein dichter Hagel von Steinen entgegen, dem er hilflos ausgesetzt wäre.
Eine Minute stummen Wartens mochte verstrichen sein, ehe sich der Umriß einer menschlichen Gestalt aus dem Schatten des Höhleneingangs löste. Robin traute seinen Augen nicht: Der Mann, der blinzelnd ins grelle Sonnenlicht trat, maß fast sieben Fuß. Bekleidet war er nur mit einer Leinenhose. Bart und Haupthaar wucherten wild und ließen vermuten, daß der Bewohner der Höhle schon seit langem nicht mehr mit Menschen in Berührung gekommen war.
„Bleib stehen, wo du bist!“ rief er noch einmal, und Robin kam es so vor, als ließe die Gewalt der Stimme den Stamm, auf dem er stand, leicht erzittern.
Nun der Mann vollends ins Sonnenlicht getreten war, die säulenartigen Beine weit auseinandergestellt, wie um seinem mächtigen Körper einen sicheren Stand zu verleihen, hatte Robin Muße, ihn sich genauer zu

betrachten. Unter dem schwarzen wirren Haarschopf lag eine breite Stirn, und die dunklen Augen, die sich mittlerweile an die Sonne gewöhnt hatten, blickten furchtlos, ja verwegen in die Welt. Breit wölbte sich seine Brust, den Oberarmen sah man ihre Kraft an, desgleichen den Händen, die einen schweren eichenen Knüppel umspannten.

Trotz der bedrohlichen Miene des Fremden konnte Robin ein Lächeln nicht zurückhalten.

So, dachte er, nehme ich mich in den Liedern aus, die auf den Jahrmärkten gesungen werden. Träte ich, wie ich bin, unter die Lauscher und Gaffer, sie würden mich nicht erkennen. Sie würden mich auslachen, wenn ich ihnen sagte, ich sei Robin Hood, der Anführer der Geächteten aus dem Sherwood.

„Wer bist du?" schrie es aus dem Mann vor der Höhle. Der Stimmaufwand, der wohl geeignet gewesen wäre, eine halbe Meile zu überbrücken, ließ auf die geringe Entfernung, die die beiden Männer voneinander trennte, die Ohren schmerzen.

„Ich bin Robin Hood."

Allmählich breitete sich Verblüffung auf dem Gesicht des Bärtigen aus. Die fleischige Nase krauste sich an der Wurzel, der Unterkiefer sackte herab, die Augen rundeten sich. Dann lachte der Mann, lachte so hemmungslos und laut, daß Robin nun wirklich Furcht hatte, das Trommelfell könnte ihm zerspringen.

Aber so wild das Lachen auch war, es wirkte ansteckend, weil es so offensichtlich aus einem arglosen Herzen kam. Robin spürte, wie sich seine Mundwinkel nach oben zogen, und er konnte nicht anders, als in das Gelächter einzustimmen. Doch plötzlich

wurde der Riese ernst. So plötzlich, wie eine Wolke sich vor die Sonne legt, war die Fröhlichkeit von seinem Gesicht gewischt. In drohender Haltung tat er einen Schritt auf das Bachufer zu.
„Mach mich nicht zum Narren, du grüner Junge!" brüllte er. „Sonst sollst du den Stecken von John zu schmecken bekommen. Vor Robin Hood habe ich alle Achtung, und ich dulde nicht, daß man Späße über ihn macht. Wenn ich ihn auch nicht von Angesicht zu Angesicht kenne, so soll es doch keiner wagen, sich über ihn lustig zu machen. Am wenigsten so ein fliegengewichtiger Kerl wie du!"
Sosehr Robin diese Rede schmeichelte, sowenig konnte er sich doch die Furcht verhehlen, die die Drohung des Riesen in ihm angefacht hatte. Bestand er darauf, Robin Hood zu sein, dann würde sich der Hüne zweifellos auf ihn stürzen, um ihn, den vermeintlichen Spötter, zu bestrafen. Aber durfte er aus Kleinmut seinen Namen verleugnen?
Vorsichtig ging er einen Schritt rückwärts, geriet aber auf dem schlüpfrigen Baumstamm ins Schwanken und hatte seine liebe Not, das Gleichgewicht zu halten.
„Ja, zieh dich nur zurück, du Hasenfuß", dröhnte es vom Ufer. „Geh nach Haus zur Mutter, ehe ich dir den Schädel zertrümmere und dir alle Knochen im Leib einzeln zerknacke."
Diese Drohung, aus der tiefe Verachtung sprach, erweckte den Zorn Robin Hoods.
„Du Großmaul!" rief er. „Ein Muskelberg allein macht noch längst keinen Mann, und auch eine Stimme wie eine gesprungene Glocke kann mich nicht erschrecken."

„Gleich sollst du mich kennenlernen!“

Der Hüne rannte zum Ufer hinunter, wobei er drohend seinen mächtigen Knüppel schwang. Mit einer Behendigkeit, die man dem schweren Mann nicht zugetraut hätte, sprang er auf den Stamm, der unter seinem Gewicht erbebte, und balancierte bis zu dessen Mitte, wo Robin noch immer stand.

„Mach Platz, Grünschnabel“, keuchte er. „John Little will ans andere Ufer.“

„Und ich will dort hinüber“, entgegnete Robin furchtlos. „Die Höhle möchte ich mir einmal ansehen.“

„*Meine* Höhle!“

Für Sekunden verschlug es John Little die Sprache. Er stand so nahe bei Robin Hood, daß nicht einmal mehr ein mäßig dicker Baumstamm zwischen ihnen Platz gehabt hätte. Mißtrauisch und erstaunt blickte er auf den jungen Mann hinunter, der es wagte, ihm zu trotzen, und nicht allein schon von seiner Erscheinung so beeindruckt war, daß er davonlief.

„Einigen wir uns gütlich“, schlug Robin vor. „Du zeigst mir die Höhle, und dann gehen wir gemeinsam, hintereinander, wie es sich schickt, ans andere Ufer.“

Aber John Little beachtete den Vorschlag überhaupt nicht. Empört wiederholte er nur: „*Meine* Höhle!“

„Aber du hast sie dir doch wohl nicht mit eigenen Händen in den Lehm gegraben?“ fragte Robin. „Oder hat sie dir der Sheriff von Nottingham zu erb und eigen vermacht?“

„Der Sheriff von Nottingham!“

Die Erwähnung dieses Mannes ließ die angestaute Wut John Littles überschäumen. Jäh trat er zwei

Schritte zurück, faßte den Knüppel mit beiden Händen und schwang ihn drohend über seinem Kopf.
,,Mach dich fertig, du Wicht!" schrie er. ,,Dich will ich lehren, einen anständigen Menschen in einem Atem mit einem ranzigen Schuft zu nennen!"
Robin hatte gerade noch Zeit, seinen Knüppel in Abwehrstellung zu bringen. Krachend traf Holz auf Holz, und John Littles Hieb war mit solcher Kraft geführt, daß er Robins Kopf zertrümmert hätte, wäre es diesem nicht gelungen, ihn mit seiner Waffe aufzufangen. Der Angriff hatte indes auch John Little in Bedrängnis gebracht. Von der eigenen Wucht nach vorn geschleudert, hatte er einige Sekunden zu tun, sein Gleichgewicht wiederzufinden. Diese winzige Zeitspanne nützte Robin aus. Er hob seinen Stock und ließ ihn wuchtig auf die rechte Schulter des Gegners sausen, so daß dieser in die Knie ging. Noch einen Schlag führte Robin auf dieselbe Stelle, einen Schlag, der jeden anderen dazu gebracht hätte, die Waffe fallen zu lassen und den Kampf aufzugeben. Nicht so John Little. Als habe er zweimalige schmerzliche Zusammenprall von Holz und Fleisch erst recht seine Lebensgeister geweckt, senkte er den Kopf wie ein wildgewordener Stier und schmetterte seinen Knüppel gegen die Beine des zurückweichenden Robin. Den durchzuckte ein brennender Schmerz von den Zehen bis in die Brust. Die Beine versagten ihm den Dienst, und er fiel rücklings in das eisige Wasser des Bachs.
,,Na, wie schmeckt dir so eine Erfrischung, du Großmaul?" höhnte John Little vom Stamm herunter. ,,Komm nur 'rauf, wenn du mehr willst. Oder soll ich

runterkommen und dich wie eine Katze ersäufen?"
Als Sam und Much Robin fallen sahen, hielt es sie nicht länger in ihrem Versteck.
Mit einem Racheschrei brachen sie durch das Erlengebüsch und wollten ihrem Freund zu Hilfe eilen.
„Wir kommen, Robin!" rief Much.
Da John Little den Namen seines Gegners hörte, stutzte er und ließ den Knüppel sinken, den er schon erhoben hatte, um den ersten Angreifer, der sich auf den Stamm wagte, gleichfalls in den Bach zu fegen.
Gleichzeitig rief Robin, der sich mühsam wieder auf die Beine gebracht hatte und nun wankend bis zu den Schenkeln im quirlenden Wasser stand: „Haltet ein, Much, Sam! Das ist ein ehrlicher Mann. Er hat sich geschlagen, weil ich ihn verdächtigt habe, ein Freund des Sheriffs zu sein."
Der Riese auf dem Stamm äugte mißtrauisch von dem einen zu dem anderen.
„So bist du wirklich und wahrhaftig der weitberühmte Robin Hood?" fragte er zweifelnd.
„Mann, ich habe es dir doch gesagt. Aber du wolltest ja unbedingt einen Raufhandel anfangen."
Da ließ sich John Little vorsichtig auf die Knie nieder, packte den verwunderten Robin mit seinen kräftigen Händen am Wams und zog ihn auf den Stamm hinauf. Dann hob er ihn hoch und trug ihn ohne Unsicherheit und Beschwerde ans Ufer. Vor dem Höhleneingang setzte er ihn ab.
„Wenn ich das gewußt hätte ..."
„Schon gut, Freund", beschwichtigte Robin ihn. „Ein paar Schläge, die einen nicht umbringen, machen einen stärker. Und geschenkt haben wir uns beide nichts."

„Das kannst du wohl sagen", entgegnete John Little lachend und rieb sich die schmerzende Schulter.
Robins Freunde waren ihm nur zögernd ans andere Ufer gefolgt und standen nun abwartend in einiger Entfernung vor dem Höhleneingang.
„Kommt heran", ermunterte Robin sie. „John beißt nicht."
Eine Stunde oder mehr blieben die Männer beisammen sitzen. Robin Hood hängte seine nassen Kleider zum Trocknen an das schnell entzündete Feuer und erzählte dem riesigen John Little vom Leben in der Gemeinschaft der Geächteten und wie es viel leichter sei, gemeinsam mit Schicksalsgefährten das Los des Ausgestoßenen zu tragen, als einsam durch die Wälder zu schweifen und immer gewärtig sein zu müssen, den Bütteln der Obrigkeit in die Hände zu fallen.
„Wenn uns auch die Normannen alles genommen haben", sagte er, „Haus und Hof, wenn sie uns auch oft genug von Eltern und Frauen weggetrieben haben, unseren Mut konnten sie uns nicht rauben. Den hat schon manch ein Ritter und manch einer von ihren gottlosen Priestern zu spüren bekommen, als sie durch den Sherwood zogen. Wir müssen uns vereinen, John, dann sind wir stark. Einzeln sind wir verloren. Zieh mit uns."
Zweifelnd wiegte John Little den Kopf.
„Meine Freiheit soll ich aufgeben?" fragte er. „Meinem Baron bin ich davongelaufen, weil ich nicht länger arbeiten und behandelt werden wollte wie ein Ochse. Jetzt bin ich frei, zum ersten Mal in meinem Leben, kann tun und lassen, was mir paßt. Und nun willst du mich überreden, wieder unters Joch zu

kriechen. Bei allem Respekt vor deinem Namen, Robin Hood, und vor allem, was ich von dir gehört habe: Ich will frei bleiben."

„Das nenne ich eine kümmerliche Freiheit", entgegnete Robin, und ein wenig Zorn auf den uneinsichtigen John Little schwang in seiner Stimme. „Nur weil du dich *allein* vor den Häschern verstecken mußt, glaubst du, frei zu sein. Siehst du denn nicht, daß Freiheit etwas ist, das für alle gelten muß? Anders gilt sie überhaupt nicht. Auch wir, die wir uns zu einem größeren Haufen zusammengefunden haben, sind nicht wirklich frei. Man hat uns mit Gesetzen verfolgt, die uns in die Hörigkeit zwingen, hat uns Lasten aufgebürdet, unter denen wir zusammengebrochen sind, hat uns aus der Gemeinschaft ausgestoßen. Wir mußten zu den Tieren des Waldes fliehen, um halbwegs wie Menschen leben zu können, und wir sind glücklich, der Fron oder dem Galgen entronnen zu sein. Aber sind wir deshalb schon frei? Ein langer, strenger Winter kann uns zwingen, den Wald zu verlassen, auch auf die Gefahr hin, in den Siedlungen überwältigt zu werden. Ein großes Aufgebot an Kriegern kann uns den Garaus machen. Krankheiten sind wir schutzlos ausgeliefert. Nein, John Little, ehe nicht unser ganzes Land frei ist von Bedrückung und Hunger, ist niemand frei außer den Herren, die, wie sie wollen, über uns verfügen. Uns bleibt nur, uns zusammenzutun und einander zu helfen, so gut es gehen mag, und in schlimmen Fällen von Not und Bedrückung die Gerechtigkeit zum Sieg zu bringen."

Nachdenklich geworden, fuhr sich John Little mit der mächtigen Hand übers Gesicht. Die drei Gefährten blickten ihn erwartungsvoll an. Doch der Riese schwieg.

„Komm mit uns“, bat Robin Hood noch einmal. „Ein Mann von deiner Kraft und deinem redlichen Herzen wird uns eine große Hilfe sein. Wir brauchen deinesgleichen.“

Als John Little seine Vorzüge so rühmen hörte, lockerte ein Lächeln seine strenge, grobe Miene auf.

„Du bist ein Menschenfänger, Robin Hood“, sagte er, und am Klang seiner Stimme hörte Robin, daß er gewonnen hatte. „Ich ziehe mit euch und werde mich, so gut es geht, in eure Gemeinschaft einordnen. Aber ihr müßt Geduld mit mir haben, mehr Geduld, als mein Vater hatte, wenn ich gar zu ungebärdig war. Dafür verspreche ich euch, treu zum Haufen zu stehen und jedem das Lebenslicht auszupusten, der einem von uns auch nur ein Härchen krümmen will.“

„Zu beidem sollst du Gelegenheit haben“, rief Robin lachend und sprang auf die Füße, um die inzwischen getrockneten Kleider wieder anzuziehen.

„Wie wär's“, mischte sich nun Much, des Müllers Sohn, scherzend ins Gespräch, „wenn du dir einen anderen Namen zulegtest? Es ist zu komisch, wenn ein baumlanger Kerl wie du Little heißt.“

„Lach du nur, lacht alle, wenn ihr mögt“, sagte der Riese. „Ich bin's seit Kindertagen gewohnt, daß man mich wegen meines Namens verspottet. Aber es ist ein ehrlicher Name, den mein Vater und dessen Vater mit Stolz getragen haben, und nichts in der Welt soll mich dazu bringen, ihn jemals zu verleugnen.“

„Und nichts in der Welt soll mich davon abhalten,

dich Little John zu nennen!" sagte Much und trat einen Schritt zurück, in der Furcht, der neugewonnene Gefährte könnte den Scherz übel aufnehmen und ihn mit ein paar Ohrfeigen quittieren.
Aber John lachte nur.
„Recht so, mein Herr Much. Wetzt nur Euren Verstand an meinem armen Namen. Ich bin zu Gegendiensten gern bereit. Dennoch werde ich nicht so kindisch sein, Euren Namen an Eurer geringen Gestalt zu messen."
Diese Rede verdroß Much. Noch mehr aber verdroß ihn, daß er nicht sogleich eine Antwort auf die Parade John Littles fand. Und er beschloß, es dem tölpelhaften Spottvogel bei günstiger Gelegenheit heimzuzahlen.
„Wir müssen aufbrechen", mahnte Robin, der inzwischen gemeinsam mit Sam die Höhle besichtigt und für annehmbar befunden hatte. „Der Ort hier kann uns gute Dienste tun. Wenn unser Freund ihn uns überläßt", fügte er mit einem spöttischen Schmunzeln hinzu.
„Da ihr mein Herz gewonnen habt", entgegnete John ernst, „gehört euch auch meine Behausung mit allem, was sich darin findet."
„Mitsamt dem Knochenberg in der hintersten Ecke und dem wundervoll schmutzigen Schaffell, mit dem der Herr Höhlenbewohner sich zugedeckt hat", stichelte Sam. „Nur nach einem Humpen habe ich vergebens gesucht, aus dem der Herr sein Bier hätte trinken können. Und auch ein Faß habe ich nirgends gefunden."
„Ach was, Bier!" Johns Miene zeigte echten Kummer. „Seit ich vom Hof gegangen bin, habe ich

meinen Durst mit Wasser löschen müssen. Aber der Mensch ist kein Fisch, und so dürstet's ihn doch hin und wieder nach einem Schluck von dem bitteren Hopfengebräu, das die Sinne so schön in weiche Kissen bettet."

„Ein Grund mehr, uns auf die Beine zu machen", entschied Robin. „Ich verspreche dir, Little John, daß du heute nicht einzuschlafen brauchst, ehe du dir die Kehle nicht ordentlich mit Bier gespült hast, es sei denn, Henry Water hat sich wieder einmal unters Spundloch gelegt und das Faß leer laufen lassen."

„Dann bringe ich ihn um", brummte John gutmütig.

Bei Anbruch der Dunkelheit erreichten sie wieder die Gefährten. John Little wurde vorgestellt, und die Nachricht, daß er Robin Hood im Stockkampf besiegt hatte, löste allgemeines Erstaunen aus. Bruder Tuck umschritt ihn mit gespielter Ehrfurcht, betastete die Muskeln seiner Oberarme, sagte „Donnerwetter!" und schlug ihm dann klatschend auf den nackten Bauch. John Little oder Little John, wie er dank Muchs hurtiger Zunge gleich bei allen hieß, ließ sich's lachend gefallen. Lachend setzte er auch den Humpen mit Bier an den Mund und trank ihn unter behaglichem Stöhnen auf einen Zug leer.

„Hier gefällt's mir!" sagte er und musterte die Kameraden im Kreis. „Und Gott soll mich strafen, wenn ich euch jemals wieder verlasse."

Little John wurde ein guter Gefährte, der den anderen mit seiner unerhörten Körperkraft und seinem Mut in den Händeln mit dem Sheriff und den Baronen manch guten Dienst leistete. Wo immer er auftauchte und seinen Knüppel schwang, versetzte er die Feinde in Schrecken. Nur manchmal, in der Nacht und auch am Tag, wenn er müßig saß, träumte er noch von seinem Leben in der Höhle, von der „Freiheit", wie er seinen ehemaligen Zustand genannt hatte.

Der Kampf mit Guy von Gisborne

Das Kloster zur Heiligen Quelle lag auf einer niedrigen Anhöhe inmitten ausgedehnter Wälder. Seine mächtigen runden Türme überragten selbst die höchsten Wipfel beträchtlich. Die Sage erzählte, daß in grauer Vorzeit der heilige Patrick bei seiner Reise von Rom nach Irland auf dem Hügel geschlafen und einen Traum gehabt hätte, in dem ihm Gott der Herr höchstselber gebot, an dieser Stelle eine Kapelle zu Ehren der Mutter Maria zu errichten. Als Zeichen dafür, daß er keinem teuflischen Spuk aufgesessen war, sollte aus dem sandigen Boden des Hügels eine Quelle entspringen. Am Morgen entdeckte der Heilige ein Rinnsal, das sich einen Weg in den Bach zu Füßen des Hügels bahnte. Da soll sich dann der fromme Mann sogleich ans Werk gemacht haben, die Kapelle zu errichten.
Die Kapelle, wenn sie jemals hier gestanden hatte, war verschwunden, und die Stelle, wo der heilige Patrick einst sein Haupt gebettet haben sollte, wurde jetzt überdacht vom hohen Gewölbe des Langhauses. Am Fuß des Hügels duckten sich grau die einstökkigen Wohn- und Wirtschaftsgebäude, anscheinend ohne Plan und ganz nach den Erfordernissen des Augenblicks gebaut. Hier stand der Schweinestall, in dem die Brüder fettes Borstenvieh züchteten, dort,

achteckig, das kleine Brauhaus, am Bach knarrte eine Mühle im Rhythmus des umgetriebenen Rades, und nicht weit vom Steg über diesen Bach erstreckte sich neben dem Vorratshaus das Gebäude, in dem die Mönche in Gemeinsamkeit schliefen und aßen, ganz wie die Regel des heiligen Benedikt es ihnen vorschrieb. Das Anwesen samt der Kirche war von einer etwas über mannshohen, drei Fuß dicken Mauer umgeben, durch die nur eine schmale Pforte führte, die im Fall eines Angriffs leicht zu verteidigen gewesen wäre.
Wer den Wald durchzog und dann unvermittelt auf den Bach stieß, hinter dem die Mönche siedelten, mochte überwältigt werden von dem steinernen Zeugnis menschlicher Baukunst inmitten der Wildnis. Vielleicht auch erhielt er einen Eindruck vom Reichtum und der Wehrhaftigkeit des Klosters und seiner Insassen. Der Ertrag der Ländereien, die der König dem Kloster zugewiesen oder die ihm aus Schenkungen zugewachsen waren, der Schweiß der Bauern, die ihm fronen und zinsen mußten, und die freiwilligen Spenden wohlhabender Bürger aus Nottingham und anderen Städten waren zu einem beträchtlichen Vermögen zusammengeflossen, auf das die weltlichen Herren weit und breit mit gierigen Augen blickten. Und selbst diesem oder jenem reisenden Bischof, der hier mit seinem Gefolge nächtigte und am Morgen, ehe er weiterzog, vor dem üppigen Frühstück flüchtig eine Messe las, stieg die Gier erstickend in den Hals angesichts der Schätze und des Wohllebens der Mönche. Hier einmal nach Gefallen plündern dürfen!
Pater Idlefons, der Abt, wußte, was die weltlichen

Herren und manche seiner Mitbrüder in Christo im geheimen bewegte. Und so versäumte er nie, den Besuchern des Klosters gegenüber die Waffengewandtheit der Mönche zu rühmen und ihnen außer der goldstrotzenden Schatzkammer auch die Abteilung des Vorratshauses zu zeigen, in der Pfeile und Spieße bündelweise lagerten und die Wände mit Wehrgehängen und Schilden bedeckt waren.
„Hier", pflegte er dann zu sagen, „liegt unsere Stärke. Denn das Gebet allein kann dem Menschen nicht weiterhelfen, jedenfalls nicht in einer Welt, die voller Spitzbuben und Schnapphähne sitzt."
Und dann lachte er tief und befriedigt, daß es manch einem beutegierigen Besucher durchs Mark fuhr.
Er war ein stattlicher Mann, der Abt, das Kettenhemd hätte ihm besser zu Gesicht gestanden als die schwarze Kutte. Aus einer Familie stammend, die vor mehr als einhundert Jahren mit Wilhelm dem Eroberer aus der Normandie aufgebrochen war, um sich die reiche angelsächsische Insel zu unterwerfen, lagen seine Sympathien natürlich beim Adel. Aus ihm wäre selber ein Ritter geworden, hätte nicht das Gesetz, das nur den ältesten Sohn als Erben von Gut und Titel anerkannte, ihn, den Drittgeborenen, benachteiligt und auf die geistliche Laufbahn verwiesen. Aber Abt Idlefons war auch ein kluger Herr, der überm Standesbewußtsein nicht die Schwächen aus den Augen verlor, mit denen die Kaste seiner Herkunft behaftet war. Vor allem die Habsucht kannte er zur Genüge, kannte sie aus seinem Elternhaus, aus einer weitläufigen Familie, kannte sie vor allem von seinem Vetter Guy, der ganz in Klosternähe auf dem Schloß seiner Väter hauste. Er wußte, daß dieser Mann in

seinem Streben nach Reichtum sich kein Gewissen daraus machen würde, sein, des eigenen Vetters, Kloster zu überfallen und zu plündern, wann immer sich Gelegenheit dazu bieten würde.

Nun war Abt Idlefons über aller Erkenntnis und Einsicht beileibe nicht zu einem Freund und Beschützer der Armen geworden. Die hörigen Bauern auf den Äckern des Klosters zur Heiligen Quelle schufteten schwer wie die Bauern überall im Land, um den Reichtum der Herren zu mehren. Höchstens, daß sie als Fronende der Geistlichkeit sicher davor sein konnten, selbst an den Sonntagen nicht zu Atem zu kommen, und daß einige von ihnen im Orden als dienende Brüder aufgenommen wurden und damit der Hörigkeit ledig waren. Aber Abt Idlefons sah mit wachem Blick, wie sich die Stimmung unter den Armen von Jahr zu Jahr verschlechterte.

Manch einem der Ritter und Grundherren, die von weit her zu ihm zur Beichte kamen, hatte er schon ins Gewissen geredet und ihm empfohlen, sich den einfachen Mann um seiner selbst willen nicht gar zu sehr zum Feind zu machen. „Selbst der Geduldigste", pflegte er zu sagen, „muß unter euren Peitschen widerborstig werden. Daran können auch wir dann nichts mehr ändern mit den sanften Worten der Heiligen Schrift." Doch waren solche Ermahnungen stets auf unfruchtbaren Boden gefallen. Guy, der Vetter, hatte ihn einmal im Beichtstuhl einfach ausgelacht, als er davon gesprochen, daß die Menschen kein Vieh seien, weil sie denken und sich erinnern könnten und aus der Erinnerung an erlittenes Unrecht manches Mal schon furchtbar unter ihren Peinigern gewütet hätten. Guy hatte an seinen Panzer geklopft,

daß es klirrte, und im Ton unverschämter Sicherheit erklärt, so eine Wut werde am besten und zuverlässigsten mit gutem Stahl gekühlt.
Solche und ähnliche Reden ließen Abt Idlefons' Besorgnisse wachsen. Er erlebte, wie die Wälder rings um das Kloster sich immer mehr mit Entflohenen und Geächteten füllten, zu denen auch manch einer seiner Bauern stieß. Und wenn er auch wußte, daß einige von ihnen über kurz oder lang wieder in die Siedlungen zurückkehrten, so blieb ihm doch nicht verborgen, daß sich ein Stamm von mutigen und zu allem entschlossenen Männern gebildet hatte.
Seit er vor zehn Jahren Abt geworden war, hatte er keine Woche verstreichen lassen, ohne den Nachrichten, die ihm aus den Wäldern zugetragen wurden, und den Gerüchten über die Vogelfreien seine Aufmerksamkeit zu schenken. Besonders aber seit Robin Hood im Wald hauste und sich trotz seiner verhältnismäßigen Jugend schnell zum Führer der Entschlossensten unter den Geächteten entwickelte, wuchs seine Unruhe. Was konnte geschehen, wenn die Vogelfreien einmal ihre wahre Kraft erkannten? Was, wenn sie, der Liebe der Bauern und der Armen in den Städten sicher, eines Tages aus ihren Wäldern hervorbrächen, um sich im Handstreich in den Besitz einer Stadt oder einiger Burgen zu setzen? Dann würde wohl mehr ins Wanken geraten als ein paar Mauern.
Botschaften hatte er an den König in London gesandt, die auf die Gefahr hinwiesen und Vorschläge zu ihrer Behebung machten. Aber bei Hof zeigte man sich gar nicht besorgt, zumal nicht, seit Richard Löwenherz den Thron bestiegen hatte. Dem lag wenig am

Schicksal der Bauern im Land. Er hatte vorerst vollauf zu tun, Thron und Titel gegen seine Neider zu verteidigen. Hinzu kam der große Kreuzzug, auf den er sich begeben hatte und der all seine Aufmerksamkeit gefangennahm und die Reichtümer des Landes zu verschlingen drohte. Im übrigen wußte der Sheriff von Nottingham, des Königs Verwalter und Ratgeber in allen Dingen, die seine Grafschaft betrafen, die Bedenken des Abts vor Richard zu zerstreuen.
Der Sheriff, dieser großmäulige, bestechliche Kerl, der auch vorm Morden nicht zurückschreckte, wenn es ihm Gewinn brachte! Sooft er ihn sah in all seiner zur Schau getragenen Pracht, ging dem Abt die Galle über. Die wenigen freien Bauern, die noch verblieben waren, hatte der Sheriff von ihren Höfen vertrieben, arme Burschen um geringer Vergehen willen aufknüpfen lassen, vor den Eigenmächtigkeiten der Barone die Augen verschlossen, wenn man seine geöffneten Hände mit Goldpfunden gefüllt hatte — das waren die Leistungen, deren er sich rühmen konnte. London lag weit entfernt, und der König, wie immer er auch heißen mochte, hatte so viel um die Ohren mit seinen in- und ausländischen Unternehmungen, daß er froh zu sein schien, wenn er den günstigen Berichten aus dem Norden Glauben schenken konnte.
So gebot Klugheit dem Abt, mit den Geächteten in der unmittelbaren Nachbarschaft ein erträgliches Verhältnis herzustellen. Denn sich auf die Hilfe eines von Unzuverlässigkeiten und Gaunereien strotzenden Sheriffs zu verlassen wäre töricht gewesen. Man wußte: Robin Hood und seine Leute machten vor dem

geistlichen Gewand nicht halt, wenn es galt, Rache für ein begangenes Unrecht zu nehmen, über einen bösen Charakter zu richten oder auch nur die Vorräte oder die Beutel der Geächteten aufzufüllen. Und so gänzlich reinen Gewissens und so sicher hinter seinen Mauern fühlte sich der Abt vom Kloster zur Heiligen Quelle auch nicht. So hatte er eines Tages durch einen seiner Brüder Robin Hood die Botschaft bringen lassen, er sähe es gern, wenn man sich zu einem Gespräch treffen könnte. Und Robin war gekommen. Das Gespräch hatte Stunden um Stunden gedauert und im Abt die Überzeugung geweckt, es mit einem durchaus edlen Menschen zu tun zu haben, der — leider — nur auf der anderen Seite stand.

Seitdem herrschte eine Art stiller Übereinkunft zwischen den Mönchen vom Kloster zur Heiligen Quelle und den Geächteten. Diese versorgten, wann immer es not tat — und das war besonders im Winter —, die Männer im Wald mit einigem Lebensnotwendigen, und jene ließen auf ihren Streifzügen das Kloster zur Heiligen Quelle ungeschoren. Wohl nahmen dies, da es ruchbar wurde, die Herren der Gegend übel auf, und besonders der Sheriff von Nottingham zieh den Abt der Kumpanei mit Verbrechern. Doch Idlefons focht das nicht an. Vielmehr entgegnete er dem Sheriff, als er zu Pfingsten zur Messe ins Kloster kam, er gedächte noch lange mit den Männern aus dem Wald in gutem Einvernehmen zu leben, so lange jedenfalls, wie es dem Sheriff nicht möglich sei, das Kloster wirksam vor ihnen zu schützen. Denn es sei doch im ganzen Land bekannt, daß Robin Hood und seine Männer ihm, dem Sheriff, geradezu auf der Nase herumtanzten.

Oft genug überdachte der Sheriff seitdem, was zu tun sei, um das Übereinkommen zwischen dem Kloster und den Geächteten zunichte zu machen. Am wirkungsvollsten freilich wäre es gewesen, das Ärgernis Robin Hood aus der Welt zu schaffen. Denn wenn der Kopf der Bande fiel, würde er mit den übrigen leichteres Spiel haben. Doch wo fand sich einer, der Mut genug aufbrachte, es mit Robin Hood aufzunehmen? Vergebens hatte er unter seinen Reisigen eine Belohnung für den ausgesetzt, der ihm Robins Kopf brächte, zum Zeichen, daß der freche Rebell nicht mehr am Leben sei. Einmal nur hatten sich zwei aufgemacht, das Gold zu verdienen. Nach drei Tagen kehrten sie zurück, jämmerlich verdroschen, ohne Hosen und zum Zeichen ihrer Niederlage kahlgeschoren. Seitdem ging unter des Sheriffs Leuten der Spruch um, es sei leichter, all die Fährnisse auf dem Weg nach Jerusalem denn eine Begegnung mit diesem Waldmenschen zu überstehen.
Es machte dem Sheriff am meisten Beschwer, daß es ein hergelaufener Bauernkerl war, der seiner Macht frech die Stirn bot und der, sooft er sich mit Gepanzerten aufmachte, um dem Spuk im Sherwood ein Ende zu bereiten, sich tief in die Gründe des Waldes zurückzog, wo Panzer und Schilde und Schwerter den Reisigen selbst zum Hindernis wurden. Nein, ein Einzelkämpfer mußte her, ein mutiger und geschickter Mann.
Eines Tages, als Guy von Gisborne in Nottingham weilte, um sich beim Waffenschmied einen neuen, mit Silber reich verzierten Helm zu bestellen, traf er auf den Sheriff. Man saß eine Stunde oder zwei bei einer Kanne Wein zusammen, und nachdem die Ver-

mutungen darüber ausgetauscht waren, was wohl am Hof des Königs demnächst geschehen würde, um dem Zwist unter den Großen zu steuern, hub der Sheriff unvermittelt an, von dem zu sprechen, was ihn am meisten bedrückte.
„Das Pack in den Wäldern trotzt mir immer frecher ins Angesicht“, klagte er. „Sie ziehen bis vor die Mauern der Stadt, betreten am hellichten Tag ihre Straßen, und wenn ich zuschlagen will, sind sie schon wieder verschwunden. Wär ich doch nur um einige Jahre jünger und ein wenig beweglicher. Ich wollte in den Wald ziehen und mir diesen Robin Hood vornehmen, daß ein Priester nur noch amen sagen könnte über seiner Leiche, vielleicht dein Vetter, Guy, der fuchsschlaue heilige Kerl, der plötzlich sein Herz für die Waldmänner entdeckt hat.“
Guys Augen blitzten in Wut, als der Sheriff vom Abt des Klosters zur Heiligen Quelle sprach.
„Dem werde ich eines Tages eigenhändig das Fell über die Ohren ziehen!“ zischte er. „Und sein Kloster werde ich gehörig zur Ader lassen.“
„Nicht so hitzig, Guy“, beschwichtigte der Sheriff. „Der König würde es übel aufnehmen, wenn du einen seiner Lieblinge schröpfst. Weiß der Teufel, wie er es anstellt, daß er bei Hof so gut gelitten ist. Letztes Jahr wollte der Bischof von Hereford sich über ihn beim König beschweren, weil das Kloster flüchtige Leibeigene aus der ganzen Grafschaft aufnimmt, sie in Kutten steckt und so dem Zugriff der Obrigkeit entzieht. Aber er stieß auf taube Ohren. Seht euch lieber an, soll er gesagt haben, wie Abt Idlefons wirtschaftet und das Klostergut vermehrt.“
„Der König! Der König!“ warf Guy von Gisborne

ein. „Der König ist weit. Hier bist du der König, Sheriff, und wenn du den Abt, meinen sauberen Vetter, in seinem goldenen Nest aushebst, dann hast du keinen Edelmann gegen dich.“
Der Sheriff lächelte geschmeichelt und goß Guy noch einmal den Becher voll.
„Kommt Zeit, kommt Rat“, orakelte er. „Aber das Wichtige muß zuerst getan werden. Wie wär's, Guy, wenn du mir helfen würdest, Robin Hood aus der Welt zu befördern? Meines Dankes könntest du gewiß sein. Gewisser als der ewigen Seligkeit, die dir dein Vetter verspricht, wenn du dich lammfromm aufführst.“
„Robin Hood?“ Guy von Gisborne lachte verächtlich und goß einen vollen Becher, ohne zu schlucken, den Schlund hinunter. „Diesen Bauernlümmel schlage ich mit dem Knüppel tot, wenn er mir über den Weg läuft, und häute ihn wie einen Hasen.“
„Nicht so stürmisch“, beschwichtigte ihn der Sheriff. „Das hat schon manch einer gesagt, ehe er zerschunden und zerbleut aus dem Wald zurückgekommen ist und geschworen hat, er sei auf den leibhaftigen Satan gestoßen. Im Wald herrschen andere Gesetze, rauhere als auf dem Turnierplatz.“
„Ich will ihn mein Gesetzt schon spüren lassen!“ brüllte Guy, dem der Wein und die Aussicht auf eine Menschenhatz die Sinne zu benebeln begannen. „Sag mir nur, wann du ihn haben willst und wie du ihn magst, tot oder lebendig. Ich bringe ihn dir auch geröstet ins Haus, wenn du es verlangst. Die Gisbornes sind, weiß Gott, nicht nach England gekommen, um mit dem Bauernpack zu spielen.“
Noch ehe die Kanne ausgetrunken war, wurde ein

Plan entworfen, wie Robin Hood zum Kampf zu stellen und zu überwinden wäre. Gleichzeitig mit Robin wollte sich der Sheriff einer möglichst großen Zahl seiner Gefährten bemächtigen und sie zur Abschreckung an den Ulmen vor der Stadt aufhängen.

Am nächsten Tag sandte man Boten in den Wald, die ein Banner mit dem Wappen der Gisbornes bei sich führten. Sie verbreiteten, daß Herr Guy von Gisborne, der edle und starke Mann, einen ritterlichen Zweikampf mit Robin Hood suche, von dessen Tapferkeit und Geschicklichkeit er schon viel habe rühmen hören, daß er nicht anstünde, alle Unterschiede der Herkunft und Erziehung zu vergessen. Wer obsiege in diesem Duell, dem sei ein Preis gewiß, den die Edlen der Grafschaft gestiftet hätten, und natürlich der Ruhm, der Stärkste und Tapferste weit und breit zu sein.

„Stell dich diesem Gefecht nicht“, warnte Little John. „Sie wollen dich nur in die Falle locken.“

Und auch Much und Jack und einige andere der Geächteten gaben zu bedenken, daß es gefährlich sei, das Angebot der Herren anzunehmen, die doch nichts sehnlicher wünschten, als ihn und seine Gefährten aus der Welt zu schaffen.

„Soll ich mich denn zum Gespött machen lassen?“ fragte Robin. „Soll es im Land heißen, Robin Hood habe Angst, sich einem der normannischen Herrn zu stellen? Die Menschen würden um eine Hoffnung ärmer, glaube ich, und die Bänkelsänger um ein Spottlied reicher“, fügte er lachend hinzu. „Nein, Freunde, dem Guy von Gisborne muß ich mich stellen. Und mir juckt auch die Hand danach, diesen Leuteschinder nach Strich und Faden durchzuwalken, daß ihm die hochgeborenen Zähne wackeln.“

Robin Hood entwarf einen Plan. Fünfzig der zuverlässigsten Männer aus dem Wald sollten sich in Lauerstellung begeben, während er den Zweikampf ausfocht, und auf das geringste Zeichen von Verrat und unredlichem Spiel hervorbrechen.

Aber auch der Sheriff war nicht müßig. Er wollte, während der edle Guy den Bandenführer erschlug, mit starker Streitmacht über die Geächteten herfallen.

So entwickelte sich an einem heißen Junitag eine Schlacht, von der man noch Jahre erzählte.

An jenem Tag traf Robin als erster auf der Lichtung ein, die zum Ort des Zweikampfs bestimmt worden war. Er wußte die Gefährten keine fünfhundert Schritt entfernt und war guten Muts. Er blieb auch guten Muts, als Guy von Gisborne in furchterregender Vermummung den Plan betrat. Vom Kopf bis zu den Füßen bedeckte ihn das Fell eines Rappen, und die buschige Mähne des Tiers schmückte seinen Helm. Schon manch einem Gegner hatte er durch dieses halb tierische Aussehen den Mut abgekauft, ehe auch nur ein Schwertstreich gefallen war. Doch Robin lächelte nur, sah verstohlen an seinem grünen Wams herunter und sagte dann: „Mir scheint, Ihr Gisbornes findet Gefallen an der Verkleidung. Euer Vetter geht in der Kutte umher, und Ihr gefallt Euch darin, wie ein Pferd auszusehen.“

Guy von Gisborne schien nicht zu Scherzen aufgelegt an diesem Morgen. Die Schläfenadern schwollen ihm, als er Robin so spotten hörte, und die Hand zuckte nach dem Schwert.

„Nicht so hastig, Freund“, rief Robin, als er den

Ritter voll kaum zu zügelnder Ungeduld sah. „Es ist des Landes Brauch, daß man einander einige Worte sagt und sich in der Geschicklichkeit mit dem Bogen mißt, ehe man zum Zweikampf mit dem Schwert antritt. Ich dachte, die Normannen hätten Zeit genug gehabt, sich daran zu gewöhnen."
„Fahr zur Hölle!" knurrte der Ritter. „Du wirst mich die Bräuche nicht lehren. Mit Bauernpack unterhält sich niemand, der etwas auf sich hält. Und was die Geschicklichkeit mit Pfeil und Bogen angeht, versuch nur, es mir gleichzutun."
Damit riß er den Bogen von der Schulter, legte einen Pfeil auf den Schaft, spannte die Hirschsehne mit einer Kraft, die das Holz ächzen ließ, und visierte einen Buchenstamm in gut hundert Schritt Entfernung an.
„Siehst du den Zweig, der vom untersten Ast zur Erde zeigt? Den treff ich!"
Und er ließ dem gefiederten Geschoß seinen Lauf. Es riß ein Blatt des Zweigs herunter, und der Schütze senkte zufrieden den schweren Bogen.
„Gut getroffen, Meister", sagte Robin. „Doch ist der Zweig noch unverletzt. Laßt mich versuchen, ob ich mehr Glück habe."
Robins Pfeil ließ den Zweig splittern, ehe er prasselnd ins Laub des Waldes niederfiel.
„Laß sehen, Bursche, ob du mit dem Schwert genauso gut umgehen kannst", stieß Guy von Gisborne hitzig hervor. „In die Hand von deinesgleichen gehört zwar nur ein Knüppel, das Vieh zu treiben und dich mit Lümmeln zu dreschen, doch sei's drum: Ich habe dich zu ritterlichem Kampf gefordert, und ich, ein Edler von Gisborne, stehe immer zu meinem Wort."

„Zu gütig, Herr", erwiderte Robin gelassen. „So muß ich mich denn Eurer Einladung wert zeigen."
Noch ehe Robin seinen aus Weiden geflochtenen runden Schild heben konnte, hatte Guy sein langes Schwert aus dem Gürtel gerissen und ließ es pfeifend durch die Luft sausen. Seine Spitze schlitzte den rechten Ärmel von Robins Wams auf und hinterließ auf seiner Haut eine lange blutige Schramme.
„Das war der erste Streich!" rief Guy, nicht unzufrieden mit dem Hieb. „Der nächste macht dir den Garaus!"
Und wieder sauste das Schwert durch die Luft. Robin hatte Mühe, nach hinten auszuweichen.
Das war kein Zweikampf, bei dem es nur um die Ehre des Sieges ging. Robin sah in Guys grünen Augen Haß und Mordlust lodern, und eine Sekunde lang wollte ihm der Mut vor dem kräftigen, schwertgewandten Mann in der seltsamen Kleidung sinken. Drei, vier Schritt wich er zurück, die jetzt tändelnd geführten Stöße des anderen mit dem Schild abwehrend. Er spürte, daß sich alles in Guy zu einem abermaligen wilden Angriff sammelte; er erkannte es an den Augen, die sich zu Schlitzen zusammenzogen und ihn fixierten, er erkannte es an den Muskelwülsten über den Backenknochen, die unruhig spielten.
Da hörte er Hornsignale in seinem Rücken, Signale seiner Männer, die für den Fall verabredet waren, daß sie in Not vor einem Angreifer gerieten. Gleichzeitig klang auch von fern das Klirren von Eisen, und der Wind wehte Rufe und Schreie herüber.
„Jetzt geht's ans Schlachten, Bursche!" schrie Guy von Gisborne wild, warf den schweren, hinderlichen Schild von sich und faßte das Schwert mit beiden

Händen. Wäre Robin nicht rückwärts gehend über einen Stein gestolpert, gerade in dem Augenblick, da Guy zu einem furchtbaren Streich ausholte, der Kopf wäre ihm ohne Zweifel bis zum Halsansatz gespalten worden. Doch da er hinüberstrauchelte und fiel, fand das Schwert keinen Widerstand, und die Wucht, mit der der Streich geführt worden war, riß den Angreifer nach vorn. Dicht neben Robins Gesicht fuhr die Klinge tief in die Erde, und Guy stürzte krachend über ihn.

Ehe sich der Ritter wieder sammeln und seine Waffe aus dem Erdreich befreien konnte, hatte Robin ihm beide Arme um den Nacken gelegt und preßte den Kopf gegen seine Brust. Guy stöhnte und wand sich, konnte sich aber aus der Klammer nicht befreien.

Der Ringkampf währte Minuten, und keinem der Männer wollte der entscheidende Vorteil zufallen, der ihm gestattet hätte, sein Jagdmesser aus dem Gürtel zu ziehen. Robin blutete aus Nase und Mund von der Anstrengung des Pressens, und das Rauschen des Bluts in seinen Ohren übertönte fast das immer wiederholte Notsignal der Gefährten. Guys Gesicht war blau angelaufen von der Atemnot. Aus seinem weit geöffneten Mund troff Speichel. Sein Stöhnen erfüllte schauerlich die Lichtung.

Da lockerte sich Robins Armklammer ein wenig, und instinktiv riß sich Guy von Gisborne von seinem Gegner los. Doch halb betäubt und fast erstickt, war der Mann in der Pferdehaut nicht sofort Herr seiner Bewegungen. Auf diese Sekunde hatte Robin gerechnet. Noch ehe der jetzt auf die Ellbogen gestützte Guy die Hand zu seinem Jagdmesser führen konnte, hatte der noch immer unten liegende Robin seinen

Hirschfänger gepackt und stieß ihn dem Feind in die Brust. So tief saß das Messer im Herzen, daß kein Tropfen Blut hervordrang, als Guy mit einem greulichen Fluch und einem letzten Ächzen auf die Seite sank.

Taumelnd und fast blind vom eigenen Blut, das ihm die Augen verklebte, kam Robin auf die Füße. Stille herrschte ringsumher. Auch die mahnende und klagende Stimme des Horns war verstummt. „Bei Gott, ich wollte dich nicht töten", sagte Robin, als er den Gegner steif und verkrümmt im Gras liegen sah. „Doch ihr Herren macht es einem ehrlichen Menschen unmöglich, in Frieden und Freundlichkeit zu leben."

Er ließ sich neben dem Toten aufs Knie nieder und betrachtete lange das auch jetzt noch harte Gesicht. Eure Bauern werden Freudentänze aufführen, edler Herr von Gisborne, dachte er, wenn sie hören, daß Ihr in die Hölle niedergefahren seid. Möge Gott Euch gnädig sein. Ich kann nichts, als Euch meinen Haß und meinen Fluch hinterherschicken.

Dann zog er den schweren goldenen Ring, mit dem Guy von Gisborne seine Briefe gesiegelt hatte, von des Toten Finger und kleidete sich in das Pferdefell.

Sein nächster Gedanke galt den Gefährten. Wo mochten sie jetzt sein? War der Sheriff der Angreifer gewesen? Warum schwieg das Horn? War sein Träger, Little John, tot? Oder hatte man ihn gar gefangen?

Ihn schauderte bei der Vorstellung, daß der Freund lebend in die Hände des Sheriffs gefallen sein könnte.

So schnell, wie die ungewohnt schwere Kleidung es ihm erlaubte, verließ er die Lichtung und brach durchs Unterholz zu dem Platz, wo er die Gefährten verlassen hatte. Ein Blick belehrte ihn, daß hier ein heftiger Kampf stattgefunden haben mußte. Der Waldboden war zerstampft von vielen Füßen. Niedrig wachsende Äste hingen geknickt herunter. Die Rinde der Baumstämme wies frische Kerben auf, die von fehlgegangenen Schwerthieben herrühren mochten.
Und dann fiel sein Blick auf die beiden Toten. Henry Water, der Rothaarige, lag in seinem Blut, das aus einer Brustwunde geflossen war. Keine drei Schritt von ihm entfernt lehnte ein junger Bursche gegen einen Baum, den Kopf vornübergeneigt. Auf den ersten Blick konnte es scheinen, als sei er eingeschlafen; doch wenn man ihn eingehender betrachtete, erkannte man, daß sein Genick gebrochen war.
Robin schossen die Tränen in die Augen, und der Zorn saß ihm wie ein Pfropfen in der Kehle. Da lag der Wäßrige Heinrich, und nie mehr würde er seinen großen Durst zu stillen brauchen. Und der Junge: Er war erst vor wenigen Tagen zu ihnen gestoßen, nach einer langen, erschöpfenden Flucht von Süden herauf. Und nun, gleich beim ersten Zusammentreffen mit den ,,Hütern von Gesetz und Recht'', hatte er mit dem Tod büßen müssen, daß er das karge Waldleben einem Dasein in Knechtschaft vorgezogen hatte.
Unwillig fuhr sich Robin mit der Hand über die Augen. Jetzt durfte er keine Schwäche zeigen. Er mußte die anderen suchen.
Nach allen Richtungen verliefen Spuren in den Wald und kündeten davon, daß nach dem kurzen, heftigen

Kampf eine Flucht eingesetzt hatte. Eine breite Spur indes, die von vielen Männern hinterlassen schien, wies nach Norden, wo Nottingham lag. Ihr folgte Robin, in der Hoffnung, die Reisigen des Sheriffs einzuholen, ehe sie die Mauern der Stadt erreicht hatten.

Nach einer halbstündigen Wanderung durch dichten Wald hörte er Stimmen und Lachen. Vorsichtig schlich er näher, und bald erblickte er die Gruppe, die mit zufriedenen Gesichtern lagerte.

Es mochten an die hundert Bewaffnete sein, die sich zu einer kurzen Rast gesetzt oder niedergelegt hatten. Der Sheriff stand mitten unter ihnen und gab gutgelaunt und mit lauter Stimme Anweisungen.

„Bewacht mir den Burschen gut!" hörte Robin ihn rufen. „Den will ich morgen baumeln sehen, an einem hohen Galgen, so wahr ich der Sheriff von Nottingham bin."

Robins Blick ging in die Richtung, in die der Sheriff gesprochen. Da sah er, was er insgeheim befürchtet hatte: Festgebunden an einem Baum, stand Little John, Gesicht und Arme zerschunden und die Kleider in Fetzen herabhängend. Flankiert wurde er von zwei Männern mit Piken. Einige andere lungerten in der Nähe herum und begafften den Gefangenen wie ein Wesen aus einer anderen Welt.

„Hat denn niemand von euch den edlen Guy von Gisborne gesehen?" fragte jetzt der Sheriff. „Er müßte sein Geschäft doch schon längst besorgt haben."

Er lachte dröhnend, und seine Männer stimmten wild in das Gelächter ein.

Jetzt mußte gehandelt werden!

Mit einem Satz verließ Robin sein Versteck hinter einem Baumstamm und ging breitbeinig und mit Bedacht Lärm verursachend auf das Lager zu. Das schwarze Pferdefell glänzte in der Sonne, und die Mähne umflatterte wild seinen Kopf.

Der Soldat, der ihn als erster gewahrte, rief: „Da kommt er, der edle Guy von Gisborne!“

Diese Nachricht löste ameisenemsige Bewegung im Lager aus. Alles drängte herzu, um den Mann zu begrüßen, der den gefährlichen Robin Hood besiegt hatte.

Robin trat mit gesenktem Haupt unter die Bewaffneten, winkte ihnen mit der Linken, an der Guys Ring blitzte, ein Willkommen zu und bahnte sich einen Weg zu dem Baum, an dem Little John gefesselt stand.

Doch ehe er noch den Baum erreichte, kam ihm der Sheriff entgegen, lärmend und mit weit ausgebreiteten Armen. „Hast du den Eber erlegt, Freund?“ rief er. „Komm an mein Herz, laß dich umarmen!“

Robin nickte nur und ließ ein Keuchen hören, so als sei er noch immer erschöpft vom Kampf und vom Weg durch den dichten Wald. Er fühlte, wie sich zwei Arme um ihn legten und ihn gegen einen stattlichen Bauch zogen. Ein Atem, der vom Wein stank, streifte seine Wange, als er einen laut schmatzenden Kuß aufgedrückt bekam.

„War es ein schweres Stück Arbeit?“ wollte der Sheriff wissen, der Robin noch gegen sich gepreßt hielt, so daß dessen Kinn auf seiner Schulter ruhte.

Robin nickte und ließ seinen Atem rasseln, um des Sprechens enthoben zu sein.

„Bringt Wein für den edlen Guy von Gisborne!“

befahl der Sheriff. „Heute ist ein froher Tag, und mein edler Freund ist der Held dieses frohen Tages."
Einige Männer schrien: „Hoch!" und „Vivat dem edlen Herrn!", und Robin hatte Mühe, ein Grinsen zu unterdrücken, das ihm trotz der gefährlichen Lage, in der er sich befand, in den Mundwinkeln saß. Wenn diese Esel wüßten, dachte er, wer ihr gefeierter Held des frohen Tages ist!
Er machte sich mit einem Ruck los, wandte sich brüsk zu dem Baum, an den man Little John gebunden hatte, und tat so, als betrachte er voller Neugier den Gefesselten. Dabei strich er sich die Pferdemähne aus dem Gesicht, und am Aufhellen der Miene Johns merkte er, daß der ihn erkannt hatte.
„Das ist einer der engsten Gefährten von diesem Robin Hood", hörte er hinter sich die Stimme des Sheriffs voller Bosheit und böser Genugtuung über den Fang sagen, „und wird morgen seinem Freund in die Hölle folgen."
Robin nickte wie versonnen und schickte sich an, den Baum zu umschreiten.
Als er die Rückseite erreicht hatte und für eine Sekunde vom Sheriff und seinen Leuten nicht gesehen werden konnte, riß er das Messer aus irischem Stahl aus dem Gürtel und fuhr mit der scharfen, blitzenden Schneide über das Seil. Little John spürte sofort, daß sich der Druck, der ihn gegen den Stamm preßte, verminderte. Er machte aber noch keine Bewegung, wartete vielmehr ab, bis Robin seine Wanderung um den Baum beendet hatte und wieder vor ihm stand. Auf ein Augenblinzeln und ein kaum merkliches Kopfnicken hin riß er sich dann los, ergriff das

Messer, das Robin für ihn bereithielt, und warf sich seitwärts auf den einen der Posten. Der war überrascht wie alle im Umkreis, die sich den seltsamen Vorgang zunächst nicht erklären konnten, fiel zu Boden und konnte nicht verhindern, daß Little John ihm die Pike entwand.

Mit einem Schrei der Wut und des Triumphs stieß Little John die Stange mit der eisernen Spitze einem der Bewaffneten, der sich als erster von dem Schreck erholt hatte und nach seinem Schwert greifen wollte, in den Leib, während Robin dem Sheriff und seinen Männern die Front zuwandte und das Schwert mit solcher Schnelligkeit über seinem Kopf kreisen ließ, daß es sich im hellen Sonnenlicht wie ein glitzerndes Rad ausnahm, dessen Speichen niemand nahe zu kommen wagte. Dabei wich er langsam, Schritt um Schritt, zurück, und noch bevor der Sheriff sein „Greift den Schuft! Das ist Robin Hood!" herauskrächzen konnte, hatte er bereits einen gehörigen Abstand zwischen sich und die Männer gelegt.

„Lebt wohl, Sheriff!" rief er, ehe er sich umwandte und wieselflink Little John folgte, der mit riesigen Sätzen von Baum zu Baum sprang und immer wieder die Richtung seines Laufs änderte, um einem Bogenschützen kein festes Ziel zu bieten.

Indes dachte niemand aus der Schar daran, den Flüchtigen einen Pfeil hinterherzusenden. Denn die eigenen Leute, die sich mittlerweile aus ihrer Starre befreit hatten, drängten in hellen Haufen Robin und seinem Gefährten nach, sich gegenseitig im Laufen behindernd, gegen Baumstämme stoßend oder über Wurzeln stolpernd, und sorgten so dafür, daß die Bogenschützen kein freies Schußfeld hatten.

Robins und Johns Vorsprung wuchs zusehends. Sie hatten den Vorteil für sich, durch den dauernden Aufenthalt unter dem Blätterhimmel mit dem einmal glatten, dann wieder unebenen Geläuf vertraut zu sein, und während die Verfolger unter Fluchen und Schimpfen immer wieder strauchelten, bewegten sie sich mit einer Leichtigkeit, als hätten sie eine Straße unter den Füßen. Nach einer halben Stunde — die Geräusche hinter ihnen waren immer schwächer geworden — hielten sie zum ersten Mal inne. Trotz des Schweißes, der ihnen in Bächlein von der Stirn floß, und der Atemnot lächelten sie einander zu. Stumm wies Robin mit der Hand nach Osten, und wieder setzten sie sich in Trab. Erst als sie den Bach erreichten, an dessen gegenüberliegender Seite das Kloster zur Heiligen Quelle sich erhob, fielen sie in eine gemächlichere Gangart.
Verwundert sah Bruder Korbinian, der Pförtner, auf die seltsamen Gestalten, die Einlaß und den Abt zu sprechen begehrten. Besonders Robin in seiner Verkleidung erregte seine Furcht. Schließlich aber ließ er sich doch dazu herbei, die Männer einzulassen, und ging, wenn auch zögernd, ihnen voran, Abt Idlefons den merkwürdigen Besuch zu melden.
Der empfing die beiden Männer im Gästezimmer, und als er erfuhr, was Robin und sein Freund erlebt hatten und daß sie für einige Tage Unterschlupf suchten, verfinsterte sich seine sonst gelassene Miene.
„Du hast mir den Vetter erschlagen und bittest mich um Hilfe", sagte er. „Findest du das nicht seltsam?"
„Es war Notwehr", entgegnete Robin. „Er hatte einen Mordanschlag auf mich im Sinn, und er wollte

ihn ausführen, während der Sheriff meine Gefährten aus dem Hinterhalt überfiel und metzelte."

„Der Sheriff ist das Gesetz, und ihr habt euch dem Gesetz entzogen. Also hat er ein Recht, euch zu fangen und zu töten, wo immer er auf euch trifft."

„Ihr wißt so gut wie ich, daß er selbst des Königs Gesetze nach seinem Nutz und Frommen beugt und daß er die Gebote der Kirche mißachtet. Glaubt Ihr wirklich, Euer Hochwürden, daß wir nichts als gemeine Verbrecher sind?"

„Ihr widersetzt euch dem Gebot des Königs."

„Wir wollen nichts als frei und würdig leben."

„Ihr besucht nicht die Messe und haltet euch selbst zu Ostern von den Sakramenten fern."

„Wenn wir eine Kirche betreten, fangen sie uns."

Das Gesicht des Abts hellte sich ein wenig auf, als er Robin Hood so klar und beweisstark reden hörte. Nach seiner tiefsten Überzeugung waren diese Männer geächtet, und keine noch so beredt vorgetragene Klage über die Verderbtheit der Obrigheit konnte sie aus ihrer Rechtlosigkeit befreien. Aber war es nicht Christenpflicht, den in Not Geratenen zu helfen? Durfte er sie jetzt von der Schwelle weisen, da der Wald von den Leuten des Sheriffs wimmelte? Die würden in ihrer Wut nicht viel Federlesens mit ihnen machen.

Und außerdem, dachte er, geh in dich, Pater Idlefons! Gönnst du im Innersten deines Herzens dem aufgeblasenen und schurkischen Sheriff nicht seine Schlappe? Trauerst du wirklich um einen Vetter, von dem du nie wußtest, ob die Dummheit oder die Bosheit in ihm stärker war?

„Setzt euch, Kinder", sagte er nach einer Weile des

Nachdenkens. „Ich lasse euch etwas zu essen bringen. Und dann könnt ihr es euch beim Vieh bequem machen. Wenn ich aber in drei Tagen eure Nasenspitze noch hier erblicke, werfe ich euch eigenhändig hinaus oder schicke einen Boten an den Sheriff."

Robin und John saßen lange mit dem Abt zusammen und erzählten ihm ausführlich von den Erlebnissen des Tages, während sie sich die Klosterkost schmekken ließen. Als Robin berichtete, wie er in Guy von Gisbornes Kleidung unter die Reisigen des Sheriffs getreten war und seinen Freund befreit hatte, vergaß der Abt all seine Würde, vergaß sogar, was er seinem eigenen Interesse schuldig war, und lachte, daß ihm die Tränen über die Wangen liefen.

Ein abermaliger Besuch in Nottingham

Monate gingen ins Land, bis sich unter den Geächteten im Wald die Furcht legte, der Sheriff könnte noch einmal mit starker Macht gegen sie ausziehen. Vielen der Männer, unter ihnen auch solche, die seit Jahren im Forst von Nottingham hausten, schwand der Mut zum freien Leben vollends. Sie wanderten nach Norden in entlegenere Gegenden oder suchten in den größeren Städten des Südens Unterschlupf, wo sie dann als Tagelöhner oder vom Betteln lebten. Die Schar derer, die bei Robin Hood ausharrten, schmolz beträchtlich zusammen. Und obwohl sein Ruf im Land seit seinem Sieg über Guy von Gisborne gewaltig gewachsen war, durchlebte er den elendesten Winter, seit er sich zu den Geächteten geflüchtet hatte.

Die Vorräte erwiesen sich als zu gering. Sie waren zum Teil nach dem Zug des Sheriffs aufgebraucht und nicht wieder ergänzt, zu einem anderen, nicht unbeträchtlichen Teil von den Wegziehenden mitgenommen worden. Das Mehl war knapp. Salz gab es kaum, vom Bier erst gar nicht zu reden. Das gedörrte Fleisch, die Hauptnahrung während des Winters, reichte nur bis zum Januar. Und während man in früheren Jahren auftretenden Mangel dadurch behoben hatte, daß man einen Streifzug durch die bewohnten Landstriche unternahm und von durchziehenden Kaufleuten und den Gütern der Adligen das Nötige raubte, gestattete jetzt die verringerte Zahl der Männer solche Ausflüge kaum noch. Man lebte hauptsächlich von Wurzeln, nur ein dürrer Winterhase, den man hin und wieder aufstöberte, bot dem Magen eine allzulang entbehrte Abwechslung.
Um Ostern waren Robin Hood und seine Freunde abgemagert wie die Mönche nach ihrem siebenwöchigen Frühlingsfasten. Doch ihren Mut und ihren Willen, ein freies Leben im Wald einem knechtischen Dasein vorzuziehen, hatte die Zeit der Not nicht brechen können. Freudig begrüßten sie die ersten warmen Tage, die Boten eines weniger harten Lebens. Und als ihnen bei ihrem ersten Streifzug gen Nottingham ein Gefährt in die Quere kam, auf dem des Sheriffs Leute zur Auffüllung seines Vorratskellers Bier und Wein, gepökeltes Schweinefleisch in soliden Fäßchen und einige Säcke mit feinstem weißem Mehl transportierten, da jagten sie die Fuhrleute lachend vor Übermut in die Flucht. Abends am Feuer wollte niemand etwas von Vorratswirtschaft wissen. Dutzende Fladen wurden auf heißen Steinen

gebacken. In einem riesigen Kessel schmorte das Fleisch in seinem Saft, die Kuhhörner, gefüllt mit Bier, kreisten, der Wein wurde gleich aus den Fässern getrunken, und es scherte sich niemand darum, daß viel von dem gelben Rebensaft auf den Waldboden floß und versickerte.
„Ich habe bisher nie recht verstanden, warum die Menschen Ostern so sehr schätzen", sagte bedächtig unterm Kauen Much, des Müllers Sohn. „Jetzt weiß ich es. Ich fühle mich selber wie auferstanden aus einem tiefen, tiefen Grab."
Little John, der besonders erbärmlich aussah nach der Hungerkur, versuchte einen Reim: „Wer im Winter Wurzeln kaut und zu Ostern Schinken klaut ..."
„... der bleibt gesund in Ewigkeit", ergänzte Sam, ohne sich um den fehlenden Reim zu scheren, und ein dürrer Kerl mit einer Hakennase, deren Spitze ihm fast bis zum Kinn reichte, sagt ernst und würdig: „Amen." Was wollte es angesichts dieser Freude bedeuten, daß einige der Männer die ganze Nacht über von Magendrücken und Sodbrennen geplagt wurden?
Robin Hood sah mit Zufriedenheit, wie aller Lebensgeister wieder wach geworden waren. Ans Wegziehen dachte niemand mehr, auch nicht der lustige kleine Mann mit Namen Bull, der den ganzen Winter über geklagt hatte, daß es die unglücklichste Idee seines Lebens gewesen sei, in den Forst von Nottingham zu gehen. Jetzt, mit vollem Bauch und der Aussicht, bald wieder zu fröhlichen Taten aufbrechen zu können, wollte ihm sein Einfall unübertrefflich erscheinen. Mehrere Male täglich sprach er Robin an und fragte, wie lange man denn noch untätig und unnütz hier

herumzusitzen gedenke. Und er wollte sich durchaus nicht mit dem wiederholten knappen ,,Wart's ab, mein Freund" Robins begnügen. ,,Warten macht aus Männern alte Weiber!" schrie er ungeduldig, und dabei ließ er tatenlustig seine Kugelaugen rollen.

Lange freilich brauchte der kleine Bull sich nicht übers Warten zu beklagen und die Zeit mit Stockzweikämpfen zu vertun. Ein Töpfer, der mit seiner zerbrechlichen Ware über Land zog, sorgte für die erste Abwechslung. Sie hatten ihm, einem dürren Menschen, zur Seite eines ebenso dürren Kleppers, der aussah, als könne er die Last seines Wagens kaum von der Stelle bewegen, dort aufgelauert, wo die Straße von Oakham im Catmosstal nach Nottingham zu beiden Seiten von dichtem Wald gesäumt wurde.

Nachdem sie sich lange genug an seinem erstaunten Gesicht geweidet hatten, trat Robin vor und sprach: ,,Meister, seit drei Jahren beobachten wir schon, wie Ihr die Straße entlangzieht mit Eurem Wagen, und noch nie haben wir Euch um Wegegeld angehalten."

Der Töpfer krauste die Stirn im Unmut, als er die Rede des grüngekleideten Mannes hörte.

,,Wer seid Ihr, daß Ihr Zoll von mir verlangen könnt?" fragte er, und ein Lächeln der Geringschätzung spielte um seine Lippen. ,,Die Straße ist frei für jedermann, also auch für mich. Und nun macht Platz. Ich habe nicht Zeit, müßig mit Euch herumzustehen. Der Markt von Nottingham wartet auf mich und meine Ware." Und er wollte sein Pferd am Zügel fassen, um den Weg fortzusetzen. Doch Robin sperrte die Straße, indem er sich in ihre Mitte stellte und die Arme ausbreitete.

„Auf ein Wort noch, Meister. Wir sind es nicht gewohnt, geringschätzig behandelt zu werden, und vergelten jedes ungute Wort mit einem Schlag."
„Macht Platz, sage ich!"
Als Robin den Töpfer so unwirsch reden hörte, verdunkelte ihm der Zorn den Blick.
„Ich bin Robin Hood!"
„Und wenn Ihr Sankt Georg, der Drachentöter, in Person wäret. Ich habe mit Euch nichts zu schaffen", entgegnete der Töpfer ungerührt. „Ist es nicht genug, daß die weltlichen und geistlichen Herren uns kleine Leute ausplündern, wo sie nur können? Müßt auch Ihr noch, der Ihr Euch einen Kämpfer für die Gerechtigkeit nennen laßt, an diesem blutsaugerischen Geschäft teilnehmen? Nein, Ihr seid nicht Robin Hood, sage ich. Der holt sich, was er für sich und seine Leute braucht, bei denen, die's entbehren können. So heißt es überall im Land, und noch nie hab ich davon gehört, daß er einen Armen beraubt hätte. Nein, Ihr seid ein ganz gewöhnlicher Wegelagerer, auch wenn Ihr das grüne Wams und den grünen Hut mit der Graugansfeder tragt. Und jetzt laßt mich ziehen, wenn Ihr meinen Stecken nicht schmecken wollt."
Die Worte des Töpfers hatten die hitzige Wut in Robin verebben lassen. Der Mann hatte recht mit seinen Vorwürfen, mit seiner Verachtung. Wie hatte er sich in seinem Übermut, den harten Winter lebend überstanden zu haben, so weit treiben lassen können, daß er im Ernst Geld von einem Töpfer forderte, dem man die Mühe der schweren Arbeit am eingefallenen Gesicht und an den rauhen, schmutzigen Händen ablesen konnte?

Robin ging einen Schritt auf den Töpfer zu und streckte ihm versöhnlich die Hand entgegen.
„Verzeiht", sagte er, „und seid bedankt, daß Ihr mir das Gewissen gekitzelt habt."
Doch der hagere Mann war nicht zu versöhnen. Wortlos ergriff er die Zügel seines Pferdes und wollte weiterziehen. Acht von Robins Leuten aber sperrten nun die Straße und hinderten ihn an seinem Vorhaben. Breitbeinig standen sie, schwere Knüppel in den Händen. Little John, die anderen alle überragend, grinste spöttisch übers ganze Gesicht, als er Robin solchermaßen in der Klemme sah.
„Robin Hood und der streitbare Töpfer", stichelte er. „Ich wette, das gibt eine schöne Ballade für die Jahrmärkte."
Und er hob an, mit spröder Stimme nach einer bekannten Weise einige Verse zu singen:

„Der Töpfer frug: Wie heißest du,
Der du nach Wegzoll fragst?
Mein Nam' ist Robin Hood, dem du
Das Geld wohl nicht versagst."

Er machte unter dem Gelächter und dem Johlen der Umstehenden eine tiefe Verbeugung nach der Manier der Bänkelsänger, wenn sie sich für Beifall bedankten.
„Und dann", fuhr er fort, „wird es heißen, daß der berühmte Robin Hood die Ohren angelegt und dem Töpfer den Weg frei gemacht hat. Und der nächste wird schon zu berichten wissen, der Töpfer hätte in seinen Wagen gegriffen und eine Stange hervorgeholt, mit der er den berühmten Robin Hood jämmerlich verdrosch. Und der übernächste wird hinzufügen ..."

,,Meinst du solch eine Stange?" fragte der Töpfer, der behende auf seinen Karren geklettert war und einen Eichenknüppel hervorgeholt hatte, der gut seine sechs Fuß maß. ,,Spart euch eure Scherze für ein andermal auf und laßt mich ziehen."
,,Unser Little John kann weissagen!" schrie Bull und hielt sich den Bauch vor Lachen.
,,Ich sage noch mehr voraus", ließ sich Little John mit der gespielt hohlen Stimme eines marktschreierischen Zukunftsdeuters vernehmen. ,,Wenn Robin Hood heute nicht Prügel bezieht, will ich nicht mehr John Little heißen. Darauf verwette ich meine ganze Habe, auch wenn sie nur aus zwanzig Pennies besteht, die schon Grünspan angesetzt haben. Wie ist's, Robin, hältst du dagegen?"
Robin Hood hatte mit wachsender Verärgerung die groben Scherze verfolgt, die Little John auf seine Kosten machte. Jetzt hielt es ihn nicht länger.
,,Die Wette gilt", sagte er. Dann wandte er sich an den Töpfer: ,,Vorausgesetzt natürlich, daß sich der verehrte Meister auf einen Gang mit mir einläßt."
,,Ich hätte nicht übel Lust, dir das Fell zu versohlen", erwiderte der Töpfer. ,,Aber ich habe es eilig, nach Nottingham zu kommen, das sagte ich euch bereits einige Male. Macht also den Weg frei."
Doch die Männer rührten sich nicht von der Stelle, angestachelt von der Aussicht auf einen lustigen Kampf.
Jetzt übermannte den Töpfer der Zorn. Er sprang vom Wagen, ging dicht an Robin heran und zischte ihm entgegen: ,,Versuch's, wenn du Mut genug aufbringst!"
Little John, nun er sah, daß es Ernst wurde, warf

Robin seinen Knüppel zu, verschränkte die Arme auf der Brust und harrte der Dinge, die da kommen würden. Jedoch sollte ihm die Freude eines langen Kampfes nicht beschieden sein. Noch während Robin damit beschäftigt war, eine Ausgangsstellung für einen Schlag zu finden, und ein wenig hin und her tänzelte, holte der Töpfer zu einem Hieb aus, in dem all sein Verdruß über den unfreiwilligen Aufenthalt zu liegen schien. Er traf Robins Kopf, und Robin ging in die Knie. Die Sinne schwanden ihm, er streckte sich in den Staub der Straße.

Little John war alle Lust am Spott vergangen. Verdutzt und besorgt blickte er von seinem bewußtlosen Freund zu dem Töpfer, den das Staunen über die eigene Kraft für Sekunden hatte erstarren lassen. Dann beugte er sich zu Robin hinab, hob ihn auf und trug ihn an den Straßenrand. Er tastete Robins Kopf ab und stellte erleichtert fest, daß die Schädeldecke nicht gebrochen war. Der Töpfer war ihm zögernd gefolgt, von der geheimen Angst geplagt, die anderen würden die Niederlage ihres Gefährten rächen. Doch wer will seine Erleichterung beschreiben, als er sah, wie Little John ihm sein grobes Gesicht zukehrte und anerkennend die Unterlippe vorschob.

„Solch eines Siegs können sich nicht viele Leute rühmen", sagte der Hüne. „Genaugenommen nur ich und Ihr. Und ich glaube kaum, daß es in Zukunft einen geben wird, der Robin Hood zusammengesackt zu seinen Füßen sieht."

„Ist er verletzt?" fragte der Töpfer mit einem leichten Zittern in der Stimme und beugte sich auch über den liegenden Robin. „So heftig wollte ich nicht zuschlagen."

,,Entschuldigt Euch nicht. Es war ein ehrlicher Kampf, bei dem Ihr der Schnellere gewesen seid. Zudem wird er bald wieder zu sich kommen. Er ist zäh wie eine Katze.“
Der Töpfer schien nun keine Eile mehr zu haben, nach Nottingham zu kommen. Er ging zum Wagen hinüber, holte eine Flasche mit scharfem Schnaps und begann, Robin einige Tropfen zwischen die Lippen zu flößen. Der verschluckte sich, hustete, schlug die Augen auf und tat einen tiefen Zug aus der Flasche.
,,Er ist wieder bei Sinnen!“ rief Little John den anderen zu, die in einiger Entfernung unschlüssig standen. ,,Hoffentlich hat er genügend Geld in der Tasche, um seine verlorene Wette zu bezahlen“, fügte er hinzu, als wäre er nicht vor einer Minute um das Leben des Freundes besorgt gewesen.
Noch immer benommen, stützte sich Robin auf die Ellbogen hoch, sah den Töpfer an, schüttelte leicht den Kopf, verzog das Gesicht und murmelte: ,,Verdammt will ich sein, wenn das nicht der heftigste Schlag war, den ich je empfangen habe.“
,,Die Kraft wächst mit der harten Arbeit“, sagte der Töpfer, eher kleinlaut, als wollte er sich für seine Stärke entschuldigen. ,,Gebe Gott, daß Ihr nie mit meinem rechten Bein in Berührung kommt, das vom Morgen bis zum Abend die Töpferscheibe in Bewegung hält. Das trifft mit der Wucht eines Pferdehufs.“
Bewundernd und halb ungläubig musterte Robin den hageren Mann, dem er solche Stärke nicht zugetraut hätte.
Sam und Much, die beiden Unzertrennlichen, waren nun auch herangekommen. In ihren Gesichtern hauste

noch immer der Schreck, der sie bei Robins Fall übermannt hatte. Besorgt wollten sie dem Freund auf die Beine helfen. Doch der wehrte unwillig ab und stand aus eigner Kraft auf.

,,Schaut nicht drein, als ob die Welt untergehen wollte", sagte er. ,,Nichts anderes ist geschehen, als daß ich einen derben Schlag auf den Schädel abbekommen habe. Und es war ein guter Mann, der ihn führte. Ein Mann dazu, der ein Recht hatte, ihn zu führen. Es sollte uns eine Lehre sein, nie wieder mit dem Falschen anzubinden." Und zu dem Töpfer gewandt, fuhr er fort: ,,Ich bitte Euch nochmals um Verzeihung."

Diesmal nahm der Töpfer Robins Hand, und deutlich war seiner Miene die Erleichterung abzulesen, daß der Handel einen so guten Ausgang genommen hatte.

,,So einer fehlt uns noch in unserer Schar", rief Bull und hüpfte fröhlich von einem Bein aufs andere.

,,Laßt uns zum Lager gehen", schlug Little John vor. ,,Vielleicht kann Bruder Tuck uns einen kräftigen Sud kochen. Wir alle haben nach dem Schreck eine kleine Stärkung nötig." Und als der Töpfer zauderte, mit ihnen zu gehen, gab er ihm einen Klaps auf die Schulter und sagte: ,,Aber, Meister, eine freundschaftliche Einladung werdet Ihr doch nicht abschlagen, nachdem Ihr auf eine unfreundliche so trefflich geantwortet habt."

,,Aber der Markt von Nottingham, der wartet nicht. Der beginnt morgen, und ich muß mein irdenes Zeug losschlagen. Zu Hause wartet meine Frau auf das Geld. Die harte Arbeit von drei Wochen steckt in der Ladung."

„Und wenn ich Euch herzlich bitte, unser Gast zu sein?" schaltete sich Robin in das Gespräch ein. „Ihr werdet den Markt schon nicht versäumen, und wenn wir alle Töpfe und Schüsseln einzeln im Laufschritt in die Stadt bringen müßten."
Bei dem Gedanken lachte der Töpfer und war gewonnen. Zwei Männer wurden als Wache am Wagen postiert. Das Pferd hatte der Töpfer aus dem Geschirr entlassen, und nun weidete es auf dem schmalen Grasstreifen, der sich längs des Waldes hinzog.
Zwei Stunden saßen sie beisammen, aßen die Suppe, die Bruder Tuck bereitet hatte, ließen erst die Flasche des Töpfers kreisen und tranken dann die Reste des Weins, den sie den Fuhrleuten des Sheriffs abgejagt hatten.
Die Stimmung war noch ausgelassener als an dem Abend, da sie sich mit den geraubten Köstlichkeiten vollgestopft hatten. Geschichten machten die Runde, Erinnerungen an gemeinsam durchgestandene Abenteuer wurden laut, und es mangelte auch nicht an dem Quentchen Rührseligkeit, die so einem Beisammensein erst die Würze gibt. Much, dem sich vom reichlich genossenen starken Getränk als erstem die Sinne benebelten, klagte lauthals über Gwendolin, die Schönste des Dorfes, aus dem er stammte, die er hatte zurücklassen müssen, als er in die Wälder gegangen war. Und kein tröstendes Wort wollte bei ihm anschlagen.
Doch auf die Dauer konnten sich seine weinerlichen Gedanken an das schöne Mädchen nicht gegen die lauter und lauter werdende Fröhlichkeit der anderen durchsetzen. Denen stand der Sinn mehr nach dem Erzählen von Abenteuern, in denen sie ihren Mann

gestanden hatten oder doch glaubten, ihr Bestes gegeben zu haben. Und natürlich kam die Rede bald auf ihrer aller Erzfeind, den Sheriff von Nottingham. Die einen schmähten ihn, andere lachten nur über ihn, wieder andere wünschten ihm schlicht die Pest an den Hals. Besonders Little John, der eine qualvoll ungewisse Stunde lang des Sheriffs Gefangener gewesen war, mit der wenig erbaulichen Aussicht, am nächsten Morgen von Galgenhöhe ein letztes Mal auf die schöne Welt herabzublicken, beteiligte sich eifrig am Gespräch über den Sheriff.

„Am Ende denkt er wirklich, er hätte uns den Mut abgekauft, damals, als er uns den Hinterhalt gelegt hat", sagte er schließlich. „So eine Wagenladung Gesöff und Fleisch, wie wir sie ihm vor ein paar Tagen weggenommen haben, kratzt doch so einen Herrn nicht. Und es war ja auch wenig Mut nötig, um die Fuhrleute davonzujagen. Aber ihm noch einmal so richtig auf der Nase herumtanzen, wie damals, als ihr die Jungen vom Galgen geholt habt, das wäre das richtige. Das würde ihm wieder Respekt beibringen vor Robin Hood und seinen Männern."

Einige waren schon zu betrunken, als daß sie den Worten Little Johns besondere Aufmerksamkeit hätten schenken können. Doch Robin Hood fühlte sich sofort angesprochen. Hier ließ der Freund etwas laut werden, das ihn seit langem bewegte. Ihm war zu Ohren gekommen, daß der Sheriff sich landauf, landab rühmte, er habe den Männern um Robin Hood endgültig das Fürchten beigebracht. Der Anführer der Geächteten selbst sei damals beim Kampf verwundet worden, und wenn er auch noch einmal hätte entkommen können, so sei doch nicht der mindeste

Zweifel daran zu hegen, daß er nun in irgendeiner Höhle liege, fiebernd und vom Hunger entkräftet. Nie mehr würde er es wagen, ihm, dem Sheriff, der das Gesetz des Königs verkörpere, so frech die Stirn zu bieten wie bisher. Diese Mär war durch einige Geächtete bekräftigt worden, die während des Winters den Wald verlassen hatten und durch Prügel und Versprechungen dahin gebracht worden waren, die Behauptungen des Sheriffs zu bezeugen. Einer der gekauften und erpreßten Zeugen behauptete sogar, er habe mit eigenen Augen gesehen, wie Robin Hood mit dem Tod gerungen, als er ihn verließ.
„Du hast recht, Little John", stimmte Robin dem Freund nachdenklich zu. „Der Sheriff wird in seinen Reden immer unverschämter. Wir müssen ihm einen Denkzettel verpassen, der ihn daran erinnert, daß wir noch in der Welt und ihm verdammt nahe sind. Sonst hält er selber für wahr, was er über uns verbreitet. Stellt euch nur die Wirkung seiner Lügen vor. Wenn das Volk glaubt, er habe uns untergekriegt, bleibt ihm wenig Hoffnung. Wir sind die letzten freien Männer im weiten Umkreis, und so geht es nicht mehr nur darum, unsere kleinen Händel mit dem Sheriff auszutragen. Die Leute müssen wissen, daß es uns noch gibt."
Diese Rede Robins dämpfte für Minuten die fröhliche Stimmung der Männer ums Feuer. Ernst legte sich über die Runde, und Ernst beherrschte auch die Stimme des Töpfers, als er sagte: „Euer Anführer hat wahr gesprochen. Nur im Wald zu hausen und die draußen in der Welt zu vergessen oder sich nicht um sie zu kümmern, das ist ein Geschäft, das jeder betreiben kann. Zeigt allen, daß ihr noch da seid.

Zeigt euren Feinden die Zähne, zeigt dem armen Volk, daß noch mit euch zu rechnen ist.“
„Der Töpfer soll leben!“ rief Bull, erntete aber keine Zustimmung auf seinen Ruf, mit dem er die alte Ausgelassenheit wieder heraufbeschwören wollte. So zog er denn den Kopf ein und wartete ab, welche Wendung das Gespräch nehmen würde.
„Wie wär's, Meister, helft Ihr uns, dem Sheriff eins auszuwischen?“ fragte Robin nach einer Pause. „Mir schwebt ein Plan vor, der sich leicht ausführen ließe.“
„Ich Euch helfen?“
„Ja. Gebt mir Euren irdenen Kram. Ich werde ihn für Euch in Nottingham verkaufen.“
„Ihr?!“
Des Töpfers Augen rundeten sich vor Staunen. „Meinen Kram wollt Ihr haben?“
„Euren Kram und Euer Gewand“, erwiderte Robin. „Damit man mich nicht erkennt und an den nächsten Galgen hängt. Glaubt mir, ich werde Eurem Beruf keine Schande und Eurem Beutel kein Loch machen. Ich will mich nur ein bißchen umsehen in der Stadt und meinem lieben Freund, dem Sheriff, einen Wink geben, damit er nicht wirklich glaubt, ich sei in den Wäldern verkommen wie ein angeschossenes Stück Wild.“
„Und was gedenkt Ihr zu unternehmen?“
„Das weiß ich noch nicht genau. Jedenfalls will ich mich erst einmal morgen früh auf den Markt setzen, mit Euren Töpfen und Tiegeln. Dann wird mir schon noch etwas einfallen.“
Lange mochte der Töpfer sich nicht mit dem Gedanken befreunden, seine Ware im Stich zu lassen.

Immer wieder gab er zu bedenken, daß die harte Arbeit vieler Stunden in dem irdenen Gut stecke und daß er ohne den Erlös nicht nach Hause fahren könne.
,,Und was, wenn Ihr erkannt werdet?" fragte er sorgenvoll. ,,Dann bin ich nicht nur meine Ware los, sondern verliere obendrein auch noch den Wagen und mein Pferd."
,,Und ich mein Leben", ergänzte Robin. ,,Für einen Mann, der uns auffordert, nicht länger für uns allein im Wald zu hausen, seid Ihr wenig zu wagen bereit. Vergeßt meine Bitte. Sie war nur ein Einfall des Augenblicks."
Damit hatte Robin des Töpfers empfindlichste Stelle getroffen. Um nichts in der Welt hätte er für einen Mann gelten mögen, der zu zaghaft oder zu geizig war, Robin Hood zu helfen.
,,Nehmt in Gottes Namen, was Euch gut dünkt", beeilte er sich zu versichern.
Seine Entscheidung wurde von allen mit großem Hallo aufgenommen. Little John sprang auf, umarmte den Töpfer und schmatzte ihm einen Kuß auf jede Wange. Dann nahm er wieder die Stellung eines Jahrmarktschreiers ein und sang:

,,Mein teurer Freund, sprach Robin Hood,
Zum Pfand geb ich den Kopf!
Solang ein Weib noch Töpfe kauft,
Bring ich zurück kein' Topf."

Der Rest des Tages verging wieder unter ausgelassener Fröhlichkeit. Allmählich gewöhnte sich der Töpfer an den Gedanken, nicht nach Nottingham zu ziehen, und es gefiel ihm mehr und mehr in der Schar Robins. Er trat sogar noch einmal zum Stockkampf gegen Robin an, nun aber bemüht, seinen Gegner nicht mit voller Kraft zu treffen. Fast eine Stunde lang wurde den Männern, die im Kreis die Fechtenden umstanden, ein großartiges Schauspiel von Gewandtheit und Mut geboten, ehe der Töpfer seinen Knüppel sinken ließ und erklärte, nun sei er erschöpft.

Gegen Abend begann Little John einen kleinen Streit. Er bestand darauf, Robin zu begleiten.

„Für einen allein ist es zu gefährlich in Nottingham", sagte er.

„Und zwei werden desto leichter entdeckt", hielt Robin dagegen, „besonders wenn der eine von ihnen ein Kerl ist, der mit seiner Größe und seinem bärbeißigen Gesicht überall auffällt. Nein, Little John, laß mich getrost allein ziehen. Wenn du unbedingt willst, kannst du mich ein Stück begleiten und vor den Toren versteckt auf mich warten."

Little John war's schließlich zufrieden, und die beiden Freunde legten sich bald danach abseits von den anderen zum Schlaf nieder. Die Nacht war kurz für sie, und der Wald war noch in Dunkel und Schweigen gehüllt, als sie sich mit dem scheppernden Pferdewagen auf den Weg machten.

Der Marktplatz von Nottingham, der nämliche, auf dem die Galgen gestanden hatten, an denen die Söhne der Witwe nach dem Willen des Sheriffs ihr Leben hätten aushauchen sollen, lag im prallen Sonnenschein, als Robin Hood im Gewand des Töpfers seinen Tisch aufschlug. Behutsam stellte er die Krüge und Schüsseln, die Satten und einige blauglasierte Ziergefäße auf und wartete der Käufer. Bald drängten sich Frauen herzu, die das Geschirr bewunderten und beklopften, um festzustellen, ob nicht vielleicht ein Sprung die irdene Pracht wertlos gemacht hätte.

Robin sah fröhlich auf das muntere Treiben vor seinem Stand und gab Auskünfte, so gut er es vermochte. Doch spürte er eine Unruhe in sich, die er nicht unterdrücken konnte. Alle paar Minuten äugte er über den Platz, ob er nicht des Sheriffs oder einiger seiner Leute ansichtig würde. Aber so große Mühe er sich auch gab, das bekannte, verhaßte Gesicht zu entdecken zwischen den Buden, in denen Fisch, Gemüse und Fleisch, bunte Tücher und einheimische Gewürze feilgeboten wurden, es blieb vergebens. Und allmählich begann seine gute Stimmung zu schwinden.

Unterdes kauften die Frauen, was er anzubieten hatte. Wohl war ihm vom Töpfer eingschärft worden, einen annehmbaren Preis für die Waren zu erzielen, doch fühlte er sich zu sehr abgelenkt von dem Umstand, daß der Sheriff sich nicht blicken ließ, als daß er sich aufs Feilschen eingelassen hätte. Einen Krug, der seine fünf Pence wert sein mochte, ließ er einer Frau für drei. Einer anderen verkaufte er einen Satz Schüsseln für die Hälfte des Geldes, das der Töpfer als Preis erzielt haben würde. Einer dritten, die darüber jammerte, daß ihr die ungebärdigen Kinder Woche um Woche ein gut Teil ihres Geschirrs zerschlügen und sie damit noch an den Bettelstab brächten, schenkte er gar einen Korb, randvoll mit Bechern und Schüsseln.

Bald verbreitete sich auf dem Markt die Kunde von einem freigebigen Töpfer, der seinen Kram um geringes Geld verkaufe oder verschenke. Das Gedränge um Robins Stand wuchs beängstigend, und mehr als

einmal mußte er die Frauen mit Gewalt von seinem Tisch zurückdrängen, um ihn vorm Umfallen zu schützen. So war es kein Wunder, daß Robin seine Ware bis auf einen kleinen Rest an Ziergefäßen losgeschlagen hatte, noch ehe vom Turm von Sankt Marien die Mittagsstunde schlug.
Doch als ein Mann in samtenem Wams, einen Ring mit mächtigem, funkelndem Stein an der Rechten, ihm auch noch diesen letzten Posten abhandeln wollte, sagte er schlicht: „Nein!"
Ihm war nämlich ein Einfall gekommen. Wie wäre es, dachte er, wenn ich dem Sheriff die Vasen und Handwaschwannen und die Fläschchen für Duftwässer schenkte? Auf diese Weise käme ich in sein Haus und könnte mich dort ein wenig umsehen.
Robin Hood im Haus des Sheriffs!
Er hörte schon das Gelächter der Gefährten, wenn er ihnen von diesem Streich erzählte.
Hurtig packte er die restliche Ware in einen Korb, stellte Pferd und Wagen im Gasthof unter und überquerte mit Schritten, die seine Ungeduld verrieten, den weiten Platz.
Ein wenig unschlüssig stand er dann doch vor den Stufen zum Haus des Sheriffs, ehe er sich ein Herz faßte und den Posten an der Tür fragte, ob sein Herr zu Hause sei. Als er erfuhr, dieser habe sich am Morgen auf den Weg zu einem Steuereinnehmer gemacht, um die Gelder des letzten Monats in Empfang zu nehmen, fragte er nach der Hausfrau. Noch bevor der Posten ihn abweisend bescheiden konnte, wurde eines der Fenster über dem Tor geöffnet, und eine Frauenstimme fragte neugierig und freundlich, was der Fremde begehre.

„Ein schlichter Töpfer bittet darum, Madame seine Aufwartung machen zu dürfen“, sagte Robin so ehrerbietig, wie es ihm nur gelingen wollte. „Ich möchte Euch ein paar Proben meines ehrsamen Handwerks zum Geschenk machen.“

„Laßt ihn herein!“ befahl die Frau, und Robin trat in die kühle, dämmrige Halle, die das ganze Untergeschoß einnahm.

Hier läßt sich's leben, dachte er, während er den großen Teppich an der Wand, den soliden eichenen Tisch mit einem Dutzend Stühlen ringsum, die bunt bemalte schwere Truhe, die sicherlich randvoll war mit gutem flandrischem Leinen, und die Bank mit dem zinnernen und silbernen Geschirr bewunderte.

Anna, des Sheriffs junge, stattliche Frau, schritt die Treppe zum Obergeschoß hinunter, und Robin betrachtete sie mit beträchtlicher Verwirrung.

Ist es denn möglich, daß dieser widerliche Fettwanst eine so schöne Frau besitzt? fragte er sich beunruhigt und zugleich ein wenig neidisch. Oder ist das seine Tochter?

Robin musterte sie eingehend von der Haube, deren langer feiner Schleier zum Boden herabhing, bis zu den Schuhen aus rot und golden gefärbtem Leder, deren Spitzen sich nach orientalischer Art leicht nach oben bogen. Ihr schwarzes Mieder wurde von einer silbernen Kordel zusammengehalten. Der weite, in großen Falten fallende Rock war aus bestem flämischem Tuch gefertigt. Ein Kettengehänge, reich mit seltenen Steinen besetzt, Damaszener Armreifen und Ringe unterstrichen den Eindruck von Glanz und Pracht, der von der Frau ausging.

„Ihr starrt mich an, als wäre ich eine Erscheinung“,

sagte die junge Frau.
Fast hätte Robin in seiner Verwirrung geantwortet: Wer jahraus, jahrein im Wald lebt, nur unter Männern, dem kann das Maul schon vor Verwunderung offenstehen, wenn er plötzlich solch ein Wesen sieht. Doch er besann sich rechtzeitig und antwortete: ,,Ein armer Töpfer, Madame, bekommt nicht alle Tage eine Schönheit wie Euch zu Gesicht. Verzeiht mein Gaffen.''
,,Und ich glaubte schon, Euer Staunen hätte meiner Jugend gegolten.'' Sie wandte sich dem großen Tisch zu und bedeutete Robin mit einer Handbewegung, sich zu setzen. ,,Ihr müßt nämlich wissen, daß mich Fremde in der Regel für die Tochter meines Mannes halten.''
,,Ich kenne Euren Gemahl nicht'', log Robin, ,,habe nur schon manches von ihm gehört. Daß er ein strenger und gesetzestreuer Mensch ist vor allem und daß die Halunken in weitem Umkreis vor ihm zittern. Deshalb auch bin ich in Euer Haus gekommen, um Euch eine Kleinigkeit als Geschenk zu überreichen. Auf meinem Weg nach Nottingham wurde ich nämlich von Robin Hood und seiner Bande überfallen. Sie wollten schweres Wegegeld von mir erpressen, ließen aber sofort von mir ab, als ich ihnen drohte, ich würde mich an den Sheriff wenden. So hat mich die bloße Erwähnung von Eures Gemahls Namen vor großem Verlust bewahrt. Nehmt denn als Dank diese Kleinigkeiten. Sie sind von Herzen geschenkt.''
Damit stellte er den Korb voller Töpferware zu Füßen der Frau nieder. Doch die warf kaum einen Blick auf das Geschenk, sah ihm vielmehr fest in die Augen und sagte: ,,Ihr lügt, Töpfer.''

Robin konnte nicht verhindern, daß ihn die knappe Feststellung der Frau über und über rot werden ließ.
,,Ehe Robin Hood vor meinem Mann erzittert, müßte er schon gefesselt zu seinen Füßen liegen", fuhr sie fort. ,,Wißt Ihr denn nicht, daß er der dreisteste und kühnste Kerl im ganzen Land ist, der sich auch vor dem Teufel nicht, erst recht nicht vor dem Sheriff von Nottingham fürchten würde?"
,,So wahr ich ein ehrlicher Töpfer bin, es ist alles so geschehen, wie ich's Euch berichtet habe", beteuerte Robin, während seine Brust sich hob und sein Rückgrat sich steifte, da er seinen Namen so nachdrücklich rühmen hörte.
Forschend blickte die Frau ihm noch einmal einige Sekunden lang ins Auge, ließ aber dann von ihm ab und wandte sich dem Töpferkram zu, den er mitgebracht hatte. Man merkte ihr die Freude über das unerwartete Geschenk an. Stück für Stück nahm sie die glasierten Gefäße aus dem Korb, strich behutsam mit der Hand über die glatte Oberfläche, betrachtete sie mit der Miene einer Kennerin von allen Seiten und stellte sie dann nebeneinander auf den Tisch.
,,Eure Aufmerksamkeit verdient großen Dank", sagte sie, als sie sich satt gesehen hatte, ,,ganz gleich, welchem Umstand sie auch zuzuschreiben sein mag."
Robin senkte den Kopf.
,,Euer Dank macht mich glücklich", versicherte er. ,,Empfehlt mich Eurem Gemahl."
,,Ihr wollt mich doch nicht schon verlassen?" fragte die Frau, und ihrer Stimme merkte man Enttäuschung an. Einen Lidschlag später fuhr sie in verändertem

Ton fort: ,,Mein Mann muß bald zurück sein, und er würde sich sicherlich aufs äußerste grämen, wenn er es versäumt hätte, einen Bewunderer seiner Tapferkeit, Redlichkeit und Gesetzestreue kennenzulernen."

Irrte sich Robin, oder schwang wirklich ein Gran des Spotts in ihrer Stimme?

Aber er kam nicht dazu, die Frage zu überdenken. Denn sofort sagte sie: ,,Bleibt zum Essen, lieber Töpfer", und einer so freundlich vorgebrachten Bitte konnte er nicht widerstehen.

Die Stunden bis zur Ankunft des Sheriffs vergingen unter vergnügtem Plaudern und bei einem Mahl, dessen Güte Robin nicht genügend rühmen konnte. Die Trüffeln, die Hasenleber in pikanter Sauce, der Fasan, der Kalbskopf in Gelee, all die Gaumenfreuden hoben Robins Stimmung, und der burgundische Wein, der eine lange Reise über Land und Meer hinter sich gebracht hatte, löste mit prickelnder Herbheit seine Zunge. Immer wieder drang die Frau des Hauses in ihn, ihr aufs genaueste von seinem Handwerk zu erzählen, und er mußte all seine Phantasie und all sein Geschick aufbieten, um ihr ohne Stocken Auskunft geben zu können. Er sprach von der Schwere der Arbeit an der Scheibe, erörterte, wo im Land der beste Ton zu finden sei, und klagte über den geringen Preis, den man allenthalben für Töpferwaren erzielte. Dann wieder verstand er es, die Neugier der Frau von diesem Gebiet abzulenken und sie dahin zu bringen, aus ihrem Leben zu erzählen. So erfuhr er denn, daß sie, ein Mädchen noch, den Sheriff geheiratet habe, der damals seit kaum einem Jahr Witwer gewesen sei.

,,Meine Familie hat mir die Heirat bestimmt'', sagte sie mit niedergeschlagenem Blick. ,,Denn Ihr wißt: Es gilt als Ehre unterm angelsächsischen Adel, sich mit einem normannischen Geschlecht zu verbinden. Und die Früchte dieser Ehre genieße ich jetzt.''
Robins Mitleid war erregt, als er die Frau so reden hörte, und er vergaß völlig, daß sie mit seinem schlimmsten Feind unter einem Dach wohnte. Doch die Gelegenheit, mit einem Fremden freundlich beisammenzusitzen, verscheuchte bald die gedrückte Stimmung der jungen Frau, und sie erging sich wieder im harmlosen Erzählen von den Zufällen des Alltags, sprach auch davon, wie gern sie einmal ihren Gemahl begleiten würde, wenn er nach London zum Hof zog, und rühmte die Kirschblüte, die in diesem Jahr besonders üppig sei und eine reiche Ernte verspreche.
Der Frühlingstag neigte sich schon, die Öllampen waren bereits angezündet und erfüllten die Halle mit funzligem, blakendem Licht, als der Sheriff klirrend sein Haus betrat. Begleitet wurde er von vier Kumpanen, die, wie er, nicht mehr sicher in den schweren Stiefeln standen. Nicht der anstrengende Ritt ließ sie schwanken, sondern die ausgedehnte Zecherei in einem Gasthof unterwegs. Mit Gepolter und unter lautem Erzählen setzten sie sich zu Tisch und schienen den Mann im zerschlissenen Gewand nicht wahrzunehmen, bis die Hausfrau ihn vorstellte und erklärte, wie und warum er hergekommen sei. Zufrieden und stolz hörte der Sheriff, was der Töpfer noch einmal von seiner Begegnung mit den Geächteten berichtete, und einer seiner Begleiter rief lauthals und mit vollem Mund, daß die Brocken über den Tisch spritzten: ,,Denen haben wir das Fürchten

beigebracht, ein für allemal!“

Kanne um Kanne des guten Weins wurde aus dem Keller geholt. Die Zecher wurden immer lauter, ihre Reden immer kühner, und es hätte nicht viel gefehlt, und sie wären stehenden Fußes in den Wald aufgebrochen, um nach Robin Hood und seiner Schar zu suchen und ihnen gänzlich den Garaus zu machen.

Robin hielt sich beim Trinken zurück. Er mußte einen klaren Kopf behalten, wenn er wieder heil aus diesem Haus kommen wollte. So saß er denn still in der dunkelsten Ecke der Halle und hörte auf die Ruhmredereien der Männer, deren Geltungssucht allmählich den Siedepunkt erreichte. Der lauteste unter ihnen, ein noch junger Mann, dem bei einer Rauferei im Wirtshaus alle Vorderzähne ausgeschlagen worden waren und der seitdem einen häßlichen, greisenhaft eingefallenen Mund zur Schau stellte, machte schließlich lallend und lispelnd den Vorschlag, ein nächtliches Schießen zu veranstalten, um zu erproben, wer der beste Schütze unter ihnen sei. Die anderen grölten Zustimmung, und der Sheriff zog einen Beutel aus der Tasche und rief, daß fünfzig Pfund dem gehörten, der ins Zentrum des Ziels träfe.

„Mach mit, Töpfer!“ wandte er sich an Robin Hood. „Zwar glaube ich nicht, daß du gegen uns bestehen kannst. Doch wag es immerhin. Dein Leben lang wirst du nicht mehr dazu kommen, in solch edler Gesellschaft dein Auge, deine Kraft und deine Geschicklichkeit zu erproben.“

Soldaten und Bedienstete wurden aufgeboten, mit Fackeln den großen Garten hinterm Haus des Sheriffs zu erleuchten. Als Ziel rammte man einen Pfahl in die Erde, über den man trotz des lauten Protests der

Hausfrau eine der Vasen Robins stülpte. Wer sie traf, sollte der Sieger sein.
Im ungewissen Licht der Fackel schien der Pfahl hin und her zu schwanken, als der Sheriff als erster herzutrat. Mit schwerfälligen und unsicheren Bewegungen spannte er mühsam seinen Bogen, wartete fast eine halbe Minute, ehe er dem Pfeil seinen Lauf ließ, und verfehlte das Ziel so weit, daß er beinahe einen der Fackelträger getroffen hätte. Sein Schreck und seine Verlegenheit machten sich in einem lauten Lachen Luft, in das die Kumpane grölend einstimmten.
Es ist weiß Gott kein Kunststück, dachte Robin, geschickter zu sein als diese betrunkenen Kerle. Doch soll ich die fünfzig Pfund darum ausschlagen?
Auch die anderen drei Männer trafen das Ziel nicht. Unter Lachen und guten Ratschlägen drückten sie dann Robin einen Bogen in die Hand, wollten sich schier kugeln, als der sich so anstellte, als gelinge es ihm nur unter größter Anstrengung, die Sehne bis zur Kinnspitze zurückzuziehen, und waren es höchst zufrieden, den ungeschickt abgeschnellten Pfeil durch die Blätter der Sträucher neben dem Pfahl sausen zu hören.
„Zum zweiten Gang!“ rief der Sheriff und stellte sich in Positur. Doch wieder verfehlte er das Ziel, und seinen beiden Nachfolgern erging es nicht anders. Dann trat der Zahnlose an, zielte kurz, schoß, und der Pfeil schwankte zwei Fuß unterhalb der Vase im Holz des Pfahls.
Dieser beinahe geglückte Versuch wurde mit lautem Geschrei gefeiert, und schon zückte der Sheriff den Beutel, um ihn dem Schützen zu überreichen.
„Halt, ihr Herren!“ sagte Robin und trat an die

Marke. ,,Ich habe noch einen Schuß."
,,Der Töpfer will seinen eigenen Topf zertrümmern!" lispelte gutgelaunt der Zahnlose. Dabei war er sicher, daß Robin auch diesmal nicht treffen würde. Doch wie sehr staunte er, als Robin, der nun alle Verstellung fahrenließ und den mannshohen Bogen mit Leichtigkeit spannte, seinen Pfeil mitten ins Ziel jagte, so daß die Vase krachend zersprang.
Dem Staunen folgte Betroffenheit. Die Betroffenheit wich einer wortreich und halblaut geführten Besprechung des Sheriffs mit seinen Leuten. Hitzig erörterten sie, ob es denn angehe, einem dahergelaufenen Handwerker den Preis zu geben, da doch vier Herren leer ausgingen. Welchen Eindruck würde das auf die Umstehenden machen! ,,Höre, Töpfer", sagte schließlich der Sheriff wohlwollend, ,,du hast mit Glück getroffen, und wir gratulieren dir. Hier, nimm zwei Pfund und verschwinde, und laß dich nie mehr in Nottingham sehen. Ich rate dir gut. Sonst sollst du am eigenen Leib erfahren, wie gut wir schießen können."
,,Spracht Ihr nicht von fünfzig Pfund, Herr?" entgegnete Robin so laut, daß alle im Garten ihn hören konnten. ,,Ihr wollt doch gewiß nicht, daß alle Welt mit Fingern auf Euch zeigt und sagt: Das ist der Sheriff von Nottingham, der Mann, der sein Wort nicht hält."
Jetzt mischte sich auch des Sheriffs Frau ins Gespräch. Sie hatte den ganzen Handel mit ungutem Gefühl beobachtet und von vornherein Unehrlichkeit befürchtet, da sie die Hinterlist ihres Mannes kannte.
,,Zeigt Euch als Edelmann, Gemahl", mahnte sie.

„Der Töpfer hat das Ziel getroffen. Das Geld ist sein. Gebt es ihm."
Da schwoll dem Sheriff die Zornader an der Stirn. Er holte aus und hätte seine Frau zweifellos geschlagen, wenn ihm Robin nicht in den Arm gefallen wäre.
„Versucht's mit mir", sagte er dabei und schleuderte den Sheriff über die Schulter, so daß der dumpf auf die Erde krachte und für einige Sekunden reglos liegenblieb.
Mit offenen Mündern und schwankend betrachteten die Kumpane, wie sich der Sheriff fluchend wieder hochrappelte, und die Fackelträger eilten herzu und rückten Robin bedrohlich nahe auf den Leib.
Wäre nicht des Sheriffs Frau gewesen, sie hätten sich auf ihn gestürzt und ihn zweifellos überwältigt.
Die Frau aber stellte sich mit ausgebreiteten Armen mutig vor ihren Gast, der allmählich bis zum Hintereingang des Hauses zurückgewichen war.
„Besinnt euch, Leute!" rief sie. „Dieser Mann ist mit Freundlichkeit in unser Haus gekommen. Er hat mir Geschenke gemacht und mit mir geplaudert. Er hat an unserem Tisch gesessen und, wie ihr alle gesehen habt, das Wettschießen gewonnen. Man will ihn um den Preis prellen. Einen Gast so zu behandeln, das ist nicht Edelmanns Art. Gebt ihm, mein Gemahl, was ihm gebührt, und laßt ihn in Frieden ziehen."
Da nun die Frau zu allen gesprochen und alle, auch die fackeltragenden Bediensteten, zu Zeugen aufgerufen hatte, mußte der Sheriff Robin den Beutel aushändigen, wollte er nicht sein Gesicht gänzlich verlieren. Zornknirschend trat er dicht an ihn heran.
„Ich wiederhole: Laß dich in Nottingham nicht mehr

blicken. Beim nächsten Mal hilft dir auch nicht ärgste Weiberlist aus der Schlinge. Jetzt pack dich!"
Die Hausfrau begleitete Robin noch bis ans Tor.
„Ich danke Euch", sagte er zum Abschied, „daß Ihr so mutig für mich eingestanden seid."
„Ich danke Euch", erwiderte sie, „daß Ihr mich vor den Schlägen meines Mannes bewahrt habt."
„Hoffentlich rächt er sich nicht an Euch."
„Er wird's nicht wagen. Jedermann würde sagen, der Sheriff sei ein schlechter Verlierer. Und den Ruf will er sich um alles in der Welt nicht einhandeln."
„Wenn er es dennoch versuchen sollte, sagt ihm, Ihr stündet unter Robin Hoods Schutz."
„Ich habe sofort bemerkt, daß Ihr kein gewöhnlicher Töpfer seid", entgegnete die Frau nach einigen Sekunden des Zögerns. „Doch daß Ihr Robin Hood ..."
„Lebt wohl, edle Frau. Möge die Heilige Jungfrau Euch beschützen. Unter meinem Schutz steht Ihr ohnehin. Wenn es nicht um Euretwillen wäre, ich ginge noch einmal in den Garten und würde ihm weisen, wer ich bin."
„Lebt wohl."
Tränen drohten ihre Stimme zu ersticken. Hastig wandte sie sich ab und ging ins Haus.
Robin aber hatte nicht Zeit, seinen Gedanken nachzuhängen. Er mußte die Stadt so schnell wie möglich hinter sich bringen, wollte er sich nicht der Gefahr aussetzen, von des Sheriffs Leuten doch noch ergriffen zu werden.
Einen kurzen Besuch noch stattete er dem Gasthof ab, wo er das Pferd und den Wagen des Töpfers untergestellt hatte. Unwillig wollte der Wirt, ein

Mann, dem die Habgier nackt aus den Augen sah, die Bitte, sich für einige Tage um das Tier und das Gefährt zu kümmern, abschlagen. Doch als er ein Goldstück blitzen sah und die köstliche Kühle des Metalls auf seiner Handfläche spürte, wurde er sogleich umgestimmt. Er grinste schlau und versprach, aufs beste für alles zu sorgen, bis der Töpfer käme, sein Eigentum abzuholen.

Eine halbe Stunde später saß Robin auf der Krone der Stadtmauer und ließ sich langsam in den Wassergraben gleiten, den er geräuschlos mit einigen kräftigen Stößen durchschwamm. Triefend naß, doch froh, der Gefahr entronnen zu sein, suchte er Little John und schlug, als er den Freund gefunden hatte, mit ihm den Weg zu den Gefährten ein.

Zusammentreffen mit einem Bischof

Die neuerliche Begegnung Robins mit dem Sheriff von Nottingham gab ihm und seinen Gefährten wieder Zuversicht. Sie bewies ihnen, daß Beherztheit und Klugheit gegen die Macht der Herren bestehen lassen, auch wenn sie nicht stark genug waren, diese Macht ein für allemal zu brechen. Man sprach wieder von Robin Hood und seinen Leuten im Land. Die Weiler und Flecken, die Städte, die Klöster, die Schlösser waren voll von seiner Tat. Und wie es so zu gehen pflegt, wuchs sie unterm Weitererzählen ins Riesenhafte. Bald hieß es, Robin habe den Sheriff nicht nur beim Bogenschießen besiegt, er hätte seinen Widersacher mit dem Versprechen, ihm den Führer der Geächteten auszuliefern, in den Sherwood gelockt.

Dort wäre er unter Schimpfen und Schmähungen bis aufs Hemd ausgeplündert und dann weggejagt worden. Und ein weißer Zelter, gekauft vom Geld des Sheriffs, hätte einige Tage später auf dem Marktplatz von Nottingham an einem Pfahl angebunden gestanden, einen lieben Brief voller Dankbarkeit und Verehrung für die schöne und tapfere Frau unterm Sattel.
Robin lachte herzhaft, als er das hörte.
,,Wenn ich schreiben könnte'', sagte er, ,,wollte ich ihr wohl einen Brief senden und mich noch einmal dafür bedanken, daß sie mir so herzhaft beigestanden hat. Aber auf einen Zelter wird sie wohl noch lange warten müssen, so lange jedenfalls, bis wir aller Not für immer enthoben sind.''
Und in der Tat nützte Robin den Schatz, den er beim nächtlichen Wettschießen gewonnen hatte, dazu, seine Leute wieder mit dem Nötigsten auszustatten. Nachdem der Töpfer reichlich abgefunden war, wurde Tuch zu neuen Wämsern und Hosen, Leder zu Schuhen und Schwerter angeschafft. Bis in den Spätsommer hinein glich der Sherwood einer großen Werkstatt. Vom fröhlichen Leben unter den grünen Bäumen, von dem die Sänger auf den Kirchweihen und Jahrmärkten berichteten, war kaum etwas zu spüren. Vom ersten Morgenlicht bis sich der westliche Himmel am Abend rötete, mühten sich die Männer mit Nähen und Schustern ab. Andere fällten Bäume, befreiten sie von den Ästen und der Rinde und fügten sie zu Hütten zusammen, in denen sich's im Winter bequemer wohnen ließ als in den kalten und feuchten Höhlen und wo die Vorräte sicherer bewahrt werden konnten. Und wenn auch einmal eine dieser

Hütten, weil sie nur schwach besetzt gewesen war, des Sheriffs Leuten in die Hand fiel und in Brand gesteckt wurde, so waren sich doch alle einig darüber, daß man mit dem Bauen unbedingt fortfahren solle.
Als besonders schwierig zu bewältigen erwies sich der zur Erntezeit verstärkt wieder einsetzende Zustrom von Flüchtlingen. Sie mußten ernährt und neu eingekleidet werden, da sie häufig nur Lumpen am Leib trugen. Sie mußten auch im Umgang mit Waffen unterwiesen werden; denn die meisten hatten ihr Leben mit der Arbeit auf dem Feld und der Versorgung des Viehs zugebracht. So hatten die Getreuen, die nach dem Überfall des Sheriffs den Winter über bei Robin geblieben waren, alle Hände voll zu tun, die neu Hinzugekommenen in der Fertigkeit des Bogenschießens und des Kampfes mit den eichenen Stangen zu unterweisen.
Manche der Neuen freilich fanden allzuwenig Gefallen an dem unbequemen Leben im Sherwood. Sie murrten laut oder hinter der Hand gegen Robin und hätten es weitaus lieber gesehen, wenn sie, anstatt hart zu arbeiten, die einmal gewonnene Freiheit in vollen Zügen hätten genießen können.
„Seid nicht blöde", sprach Robin einmal drei Männer an, die schon seit Stunden auf dem Rücken lagen und sich die Sonne auf den Bauch scheinen ließen. „Wenn ihr nicht lernt, euch zu verteidigen, dann ist es um eure Freiheit bald geschehen. Und wenn ihr nichts tut, den Winter lebend zu überstehen, könnt ihr in Freiheit verhungern. Oder glaubt ihr, die Herren, denen ihr davongelaufen seid, brächten euch Kessel mit dampfender Suppe, wenn der Schnee liegt und das Wild sich verkrochen hat?"

Jedem, der sich nicht den Regeln des Lebens unter den Geächteten anbequemen wollte, gab er den Ratschlag, weiterzuziehen. Denen, die bleiben wollten, nahm er das Versprechen ab, sich mit Leib und Leben für alle einzusetzen. Auf diese Weise gelang es ihm, ungefähr hundert Männer zusammenzuhalten, hundert Männer, auf die er sich unbedingt verlassen konnte, so wie er bereit war, jederzeit sein Leben für sie einzusetzen.
Einer der liebsten von denen, die im letzten Jahr zur Schar gefunden hatten, war ihm Arthur Bland, ein Gerber aus einer kleinen Stadt im Norden. Er war ihnen begegnet, als er mit Little John und Much Jagd auf einen Hirsch gemacht hatte.
„Sieh dir diesen Burschen an!" rief Little John. „Wenn der nicht nahe am Verhungern ist, will ich Much heißen. Dem kann man das Vaterunser durch die Backen blasen."
Robin ging auf den schlanken, hochgewachsenen Mann von etwa dreißig Jahren zu, dem die Lohe die kräftigen Arme bis zum Ellbogen bläulich gefärbt hatte. Doch der wollte von den Fremden nichts wissen. Scheu wich er zurück und suchte sein Heil in der Flucht. Little John aber erreichte ihn mit wenigen mächtigen Sätzen und wollte ihn von hinten umfassen und so am Weglaufen hindern. Da drehte sich der Mann blitzschnell um und schlug Little John mit der rechten Faust in die Magengrube, daß dieser sich krümmte und keuchend nach Luft schnappte.
„Laß mich ungeschoren", sagte er, als John sich wieder aufrichtete und, Wut im Blick, von neuem auf ihn losgehen wollte. „Ich rate dir gut. Wer mit mir einen Faustkampf beginnen will, der muß mit allen

Hunden gehetzt sein."
„Was heißt hier Faustkampf, du Hungerleider!" wütete Little John. „Ich stech dich ab!"
Damit zog er seinen Hirschfänger, und ehe Robin noch dazwischentreten konnte, hatte er sich wieder auf den Fremden gestürzt. Doch er kam nicht dazu, mit dem Messer zuzustoßen. Der Gerber packte ihn mit beiden Händen am Wams, hob ihn, den schweren Mann, hoch in die Luft und warf ihn mit einer Leichtigkeit gegen den nächsten Baum, als ob er ein Lumpenbündel wäre.
Staunend und mit offenen Mündern standen Robin und Much eine Sekunde, ohne ein Glied zu rühren. Dann eilten sie zu Little John hinüber, der sich stöhnend den Bauch massierte und dabei fluchte wie ein Fuhrmann, der ein störrisches Tier nicht vom Fleck bekommt. Robins helfende Hand stieß er zur Seite und rappelte sich wieder hoch, um aufs neue gegen den Fremden anzugehen.
„Du Bastard!" schrie er mit überschnappender Stimme. „Dich will ich Mores lehren!"
Vergebens versuchte Robin, ihn zurückzuhalten. Und so erlebten Little Johns Begleiter, wie der Freund abermals von dem Fremden in die Schranken gewiesen wurde. Mit einem schnellen Schritt zur Seite ließ er Little John ins Leere rennen und versetzte ihm, sich drehend, einen Hieb mit der Handkante hinter das Ohr.
Ohne einen Laut sackte Little John zusammen und blieb bewegungslos auf dem Gesicht liegen.
„Du hast meinen Gefährten erschlagen", sagte Robin, der den Freund für tot hielt. „Jetzt geht's an dein Blut. Das ist das Gesetz, das in diesem Wald herrscht."

„Er wollte mich umbringen", verteidigte sich der Fremde. „Ich habe ihn nur abgewehrt. Außerdem ist er nicht tot. Ich kenne die Wirkung des Schlags. Da, sieh, er regt sich wieder!"

Robin nahm die Hand vom Knauf seines kurzen Schwerts und kniete neben Little John nieder. Der blickte ihn aus glasigen Augen an und schüttelte immer wieder den Kopf, so als könnte er nicht begreifen, daß er dreimal geworfen worden war.

„Leg ihm etwas Kühles in den Nacken. So kommt er schneller zu sich", riet der Fremde, der auch herangetreten war.

Und Robin zog sein Schwert, das er gegen den Fremden hatte führen wollen, um dem Freund mit der kühlen Klinge Linderung zu verschaffen.

„Seid ihr von Robin Hoods Leuten?" fragte der Fremde.

„Ich bin Robin Hood."

„Dann muß dieser hitzige Bär dort Little John sein", schloß der Mann. „Mein Name ist Arthur Bland. Der wird euch nicht viel sagen. Aber von euren Namen ist das Land ja voll."

Da Little John kein ernsthaftes Leid zugefügt worden war, fühlte sich Robin versöhnlich gestimmt. Er überließ den noch immer halb Betäubten der Pflege Muchs, der sich erschrocken und rührend um den Freund kümmerte. Dann wandte er sich Arthur Bland zu.

„Was treibt denn dich in den Wald, Gerber?" fragte er. „Deinen Armen sieht man's deutlich genug an, daß du noch nicht lange von den Häuten weg bist."

„Sicher nicht der Übermut", entgegnete Arthur Bland. „In Mansfield haben wir versucht, wir Gesellen, meine ich, ein Wort gegen die Meister zu riskieren. Um bessere Entlohnung ging es und um bessere Wartung. Man hat uns als Aufrührer hingestellt, und mich, den Anführer, hat man aus der Stadt gejagt. Seit zehn Tagen bin ich nun schon auf den Beinen, lebe von dem, was mir so zufällt, und nächtige unter freiem Himmel. Ich habe mir schon überlegt, ob ich nicht in einem Kloster um Dienste bitten soll. Denn zu welchem Meister ich auch gehe, er wird auf meine Arme schauen und fragen, warum ich von der Arbeit gegangen bin. Lügen mag ich nicht. Und wenn der Meister dann den Grund erfährt, wird er mich davonjagen, als sei ich der Leibhaftige in Person."

„Schlag dir das Kloster aus dem Kopf und tritt in unsern Orden ein, Bruder", sagte Robin Hood, „in die Gemeinschaft der freien Männer vom Sherwood."

„Und der da?" fragte Arthur Bland und deutete mit dem Kopf auf Little John, der sich aufgesetzt hatte und, den Rücken gegen einen Baumstamm gelehnt, die Stelle hinter seinem rechten Ohr rieb, wo ihn der Schlag getroffen hatte. „Fährt der nicht aus der Haut, wenn er hört, daß ich bei euch bleibe?"

„John trägt nichts nach", antwortete Robin lächelnd. „Dazu bewundert er einen Mann, der mit seinen Fäusten umgehen kann, zu sehr. Was ihn ärgern wird, ist nur, daß er dich unterschätzt hat und dafür zahlen mußte. Außerdem: Der Hieb hinters Ohr, das war dein glänzendes Gesellenstück, das sicherlich von jedermann im Wald anerkannt werden wird."

So war denn Arthur Bland mit ihnen gezogen, und nach kurzer Zeit gehörte er mit Little John, Much und

Sam zu denen, die Robin aussuchte, wenn es galt, ein gefährliches Unternehmen zu wagen, das Mut und Geschicklichkeit verlangte. Bald hatte er sich den Ruf erworben, der geschickteste Ringkämpfer weit und breit zu sein und sich auch mit den Fäusten verteidigen zu können wie kein zweiter.
Diese Fähigkeiten kamen ihm zustatten, als er, Robin und einige andere der Gefährten in einen Kampf in einer Schenke verwickelt wurden, bei dem mit Pfeil und Bogen nichts, mit dem Schwert wenig und wenig mehr nur mit dem Dolch auszurichten war.
In einer Ecke der Gaststube der Herberge von Barnesdale hatte sich Robin zu den vier Leuten des durchreisenden Bischofs von Hereford gesetzt und mit ihnen zu würfeln begonnen. Nicht nach Unterhaltung mit den rohen Gesellen, die des Bischofs Leibwache bildeten, stand sein Sinn. Er hatte vielmehr munkeln hören, der hohe geistliche Herr führe eine große Summe Gelds mit sich und gedenke sie auf sein Schloß zu bringen.
Der Bischof hatte sich bereits in sein Zimmer zurückgezogen, da es am Morgen in aller Herrgottsfrühe weitergehen sollte. Robins Plan war nun, beim Würfeln und Bechern von den Burschen einiges über des Bischofs Gewohnheiten zu erfahren: ob er einen festen Schlaf habe, ob die Tür zu seinem Zimmer bewacht sei, ob er, ein so glänzender und mächtiger Herr, bei der Rundreise durch seine Sprengel auch selber das ihm zustehende Geld kassierte oder ob er es sich in seine Residenz bringen ließe.
Allein die Männer waren mißtrauisch und schweigsam. Und sie waren trinkfest in einem Maß, das Robin nicht für möglich gehalten hätte. So mußte er

denn, wollte er die Leute in gesprächige Laune versetzen, ein ums andere Mal verlieren und eine Runde Wein bezahlen. Mit Besorgnis stellte er bald fest, daß sich die Tasche voller Münzen, die er zu sich gesteckt hatte, rapid leerte, während der Durst der Bewaffneten, den er mit diesem Geld bald zu stillen gedacht, sich kaum verringerte. Sie ließen die Würfel weiter auf der schmierigen und von vielen Messern gekerbten Tischplatte klappern, zählten mit klarem Blick die Augen, die oben lagen, zusammen und lachten nur kurz und hämisch auf, wenn der Fremde wieder einmal verloren hatte.
Mit gespieltem Entsetzen bestellte Robin die siebte Kanne Wein beim Wirt, der hinterm Schanktisch bei seinen Fässern hockte und mit Unmut beobachtete, wie die Soldaten den fremden Mann mit allzu offensichtlichen Tricks begaunerten. Doch da dieser nichts zu merken schien und froher Laune blieb, trotz seines Jammerns darüber, daß er schon wieder für eine Kanne Wein zu zahlen habe, stand der Wirt nicht an, aufs neue einzuschenken. Und die beinernen Würfel tanzten wieder klappernd über die Tischplatte und wurden von aufmerksamen Augen begleitet.
Ab und zu warf Robin einen verstohlenen Blick auf die Gefährten, die die anderen Ecken des Raums besetzt hielten. Neben dem offenen Kamin saß Arthur Bland im Gewand eines Bauern; am Schanktisch lehnten Much und Sam und schienen schon seit einer Stunde in einen Streit darüber verstrickt, ob blonde den braunhaarigen Frauen vorzuziehen seien oder umgekehrt. Neben der Tür hatten zwei zuverlässige Leute, Zinnkrüge mit Wein in der Hand, Posten gefaßt. Little John stand währenddem im Hof

und war bereit, auf ein verabredetes Zeichen eine Leiter zum Fenster des Zimmers emporzuklimmen, in dem der Bischof schlief.
Wohl zum zehnten Mal nahm Robin Anlauf, seinen finster schweigenden Würfelkumpanen eine Auskunft zu entlocken.
,,Der liebe Gott lohnt euch offensichtlich die Dienste, die ihr an einem seiner Vertreter tut", begann er. ,,Sonst könntet ihr nicht mit so viel Glück beim Würfeln gesegnet sein."
Einer der vier Kerle, der den topfähnlichen Helm der Hitze wegen weit in den Nacken geschoben hatte, nahm einen tiefen Schluck aus seinem ledernen Becher, wischte sich den Mund mit dem Handrücken und knurrte: ,,Das wird schon so sein."
Dann schüttelte er die Würfel in den zusammengelegten hohlen Händen, wuchtete sie auf den Tisch und sagte: ,,Zehn."
Du Gauner, dachte Robin. Ich habe wieder genau beobachtet, daß du den einen der beiden Würfel gar nicht geschüttelt, sondern zwischen Daumen und Zeigefinger festgeklemmt hast. Das ist der, der jetzt sechs Augen zeigt.
Laut aber sagte er: ,,Diesmal schaffe ich es bestimmt!"
Er schüttelte die Würfel lange, warf und blieb wieder unter der vorgelegten Zahl.
,,Ich werde wohl auch in eines geistlichen Herrn Dienste treten müssen", sagte er, scheinbar entmutigt.
,,Du?" fragte der zweite von des Bischofs Leuten, der eine fleckige schwarze Binde über dem fehlenden linken Auge trug, und hielt erstaunt im Schütteln inne.

„Dann hätte ich mehr Glück."
Die vier lachten aus vollem Herzen über soviel Tölpelhaftigkeit. Es war das erste herzhafte Lachen, das sie in all den Stunden von ihren Lippen ließen, und Robin schöpfte daraus ein wenig Zuversicht, daß die Zeit und das Geld wohl doch nicht vertan wären und daß die Burschen nun unterm Einfluß des Weins und des dauernden Gewinnens ein wenig gesprächiger würden.
„Wenn die Herren unter der Mitra nur nicht so knausrig wären", fuhr er fort. „Unsereins mit seinem Handwerk kann sich zwar die Nase auch nicht vergolden, aber es reicht bei fleißiger Arbeit doch zu einem auskömmlichen Leben und ab und an zu einem Becher Wein und zu einem Spielchen in der Schenke."
„Du redest Unsinn", ließ sich der dritte von des Bischofs Leuten vernehmen, ein schwarzhaariger Kerl, dem die Pocken das Gesicht verwüstet hatten. „Unterm Krummstab läßt sich's gut leben, das weiß jedes Kind. Und wir leben gut. Sieh uns doch an: Sind wir nicht gut genährt?"
„Das stimmt", gab Robin zu. „Aber ich denke mit Grausen an die Fastenzeiten vor Weihnachten und vor Ostern."
Da lachten die vier so laut, daß alle im Raum sich nach ihnen umsahen, und wollten sich nicht beruhigen.
„Hört euch den Tölpel an!" rief der Pockennarbige japsend. „Fasten! Bei unserem Bischof!"
Und er wischte sich die Augen.
„Darauf muß ich noch einen trinken", sagte der, der den Helm im Nacken sitzen hatte. „Auf dein Wohl,

kluges Kind. Und darauf, daß du im Leben sowenig fasten mußt wie unser hochehrwürdiger Bischof!"
Alle taten ihm Bescheid, Robin so vorsichtig, wie er es schon den ganzen Abend über gehalten hatte.
Der vierte der Männer, ein bleich und ernst dreinblickender Jüngling, der so aussah, als tauge er eher zum Schreiber denn zum Krieger, hob den Zeigefinger und erklärte: ,,Was für den einen gut ist, schickt sich nicht für alle, oder: quod licet jovi non licet bovi, wie die alten Römer gesagt haben. Der Bischof hat nur den Papst über sich, und der Papst ist weit, wie du weißt. Also bestimmt der Bischof, was Rechtens ist. Und Rechtens ist fürs Volk, daß es fastet und opfert, was es durch die Fasten gespart hat. Aber es muß doch auch Leute geben, die das Gesparte genießen. Siehst du das ein?"
,,Das sehe ich ein", gab Robin ruhig zurück, obwohl ihm der Zorn über soviel Dreistigkeit die Brust zu sprengen drohte.
,,Was glaubst du", fuhr der bleiche Jüngling in belehrendem Ton fort, ,,warum wir im Land umherreisen? Um den Segen zu spenden, wie?" Sein kurzes Lachen klang wie das Prasseln eines Reisigfeuers. ,,Es geht ums Geld, mein Junge. Unser Bischof ist keiner von denen, die sich gern von Vögten und Pfarrherren betrügen lassen. Er sieht selbst nach, was eingekommen ist, und nimmt die Goldvögel gleich unter seine Obhut. Und wir", er tippte mit einem Fingernagel gegen seinen Brustpanzer, ,,wir geben Obacht, daß er mit seinem Schatz heil nach Hause kommt."
,,Siehst du nun ein", fragte der Einäugige, ,,daß wir dem Bischof teuer sind und daß unser Leben nicht

mit deinem erbärmlichen Auskommen zu vergleichen ist?“

„Das sehe ich ein“, wiederholte Robin, von Herzen froh, daß die siebte Kanne Wein nun endlich die Zungen zu lockern begann. „Aber ein solches Leben wäre nichts für mich, so einträglich es auch sein mag. Immer gewärtig zu sein, daß Räuber an den Schatz wollen, das wäre mir zu aufregend.“

„Bis jetzt hat sich noch kein Räuber getraut, uns anzufallen“, sagte der Pockennarbige stolz. „Nicht einmal der berühmte Robin Hood, das Großmaul. Es würde ihm auch übel bekommen, unser Dutzend anzugreifen. Wo wir auch Rast machen, die Hälfte von uns bleibt immer wach. Der Bischof nimmt die Goldkiste stets mit in sein Zimmer, und zwei Männer bewachen die Tür.“

„Ja, wenn das so ist, dann würde kein Dieb etwas zu lachen haben“, bestätigte Robin, und da die Reihe zu würfeln wieder an ihm war, tat er seinen Wurf, der natürlich wieder nicht gegen die der Männer des Bischofs bestehen konnte.

„Pech, nichts als Pech!“ stöhnte er und rief zum Wirt hinüber: „Noch eine Kanne Wein!“

Dann stand er auf, entschuldigte sich für ein paar Minuten und ging vor die Tür.

„Der hat ein Bläschen wie eine Jungfrau“, spottete der Einäugige und setzte den Becher an den Mund.

Doch sollte er nicht mehr dazu kommen, ihn bis zur Neige zu leeren. Robins Aufstehen vom Tisch war das vereinbarte Zeichen für seine Gefährten. Langsam und wie unabsichtlich lösten sich Much und Sam vom Schanktisch. Die beiden Männer neben der Tür schlenderten auf die Ecke zu, wo die Soldaten des

Bischofs saßen; und jeder war mit einem schweren Zinnkrug bewaffnet. Arthur Bland hielt den eisernen Schürhaken in der Hand, als er sich unauffällig von seinem Platz neben dem Kamin erhob.
Die Soldaten schienen nichts von der Bewegung im Raum zu merken. Der Einäugige und der Blatternarbige saßen mit dem Rücken zu den Näherkommenden. Noch ehe ihre Kameraden sie warnen konnten, wurden sie von hinten ergriffen. Much und Sam drückten ihnen die Kehlen zu und rissen sie hintüber zu Boden. Arthur Bland und einer der Männer, die an der Tür gestanden hatten, rammten fast gleichzeitig den schweren eichenen Tisch gegen die anderen, die mit dem Rücken zur Wand saßen, so daß diese hoffnungslos eingeklemmt wurden und nicht dazu kamen, ihre Schwerter zu ziehen.
Der Überfall war das Werk einiger Sekunden. Ein Wirbel von Kannen, von Schürhaken- und Fausthieben prasselte auf die verdutzten Soldaten nieder. Ihre Helme kollerten verloren auf der Erde. Ohne Eile zerrte dann Arthur Bland erst den einen, dann den zweiten der Männer, die hinter dem Tisch eingeklemmt waren, aus ihrer Zwangslage und traktierte sie mit jeweils zwei gezielten Faustschlägen gegen das Kinn und die Schläfe, so daß sie lautlos zusammensackten und reglos zu Füßen des Tisches liegenblieben.
Die anderen Gäste im Raum hatten sich erschrocken um den Schanktisch zusammengedrängt.
„Habt keine Angst!“ rief Much in den Tumult hinein. „Wir tun euch nichts zuleide. Wir haben nur mit den Leuten des Bischofs ein Hühnchen zu rupfen.“
„Sie werden sich an uns schadlos halten, wenn ihr

abgezogen seid", jammerte der Wirt.
„Das werden sie nicht wagen", beruhigte Arthur Bland ihn. „Wenn wir mit ihnen und ihrem großmächtigen Herrn fertig sind, werden sie die Beine in die Hand nehmen und so schnell wie möglich das Weite suchen. Sagt uns nur noch, wo die restlichen sechs schlafen, und sorgt für genügend Stricke."
Zwei der Männer Robins machten sich daran, den Soldaten die Hände auf den Rücken zu fesseln. Arthur, Much und Sam schlichen sich ins Nebengebäude, eine Art Schuppen, den der geschäftstüchtige Wirt mit einigen Schütten Stroh in einen Übernachtungsraum verwandelt hatte. Hier überwältigten sie die sechs Soldaten der Freiwache im Schlaf. Von Mann zu Mann gehend, teilte Arthur Bland seine höchst wirkungsvollen Schläge hinter das Ohr aus, so geschickt und so geräuschlos, daß die Getroffenen nicht einmal wach wurden und von einem Traum in den anderen fielen. Wie die Mehlsäcke luden sich die drei die Betäubten auf den Rücken und legten sie in der Schankstube zu den übrigen, fesselten sie und stopften ihnen Knebel in den Mund, um sie am Schreien zu hindern, wenn sie das Bewußtsein wiedererlangten.
Die beiden Männer, die vor der Tür des Bischofs Wache hielten, hatten strenge Anweisung, ihren Posten auf keinen Fall zu verlassen. Und so blieben sie auch, gestützt auf ihre Piken, wo sie waren, wenngleich ihnen die Unruhe im Schankraum nicht geheuer vorkam. Aber sie wußten vier ihrer Kameraden unten. Die würden schon, glaubten sie, mit Krakeelern, gleich welcher Sorte, fertig werden. Um so überraschter waren sie, als plötzlich die Tür in

ihrem Rücken mit lautem Krachen aufflog und zwei Männer sie von hinten umfaßten.
Robin und Little John waren durchs Fenster eingestiegen, hatten sich lautlos auf den schlafenden Bischof geworfen, ihn geknebelt und gefesselt. Little John hatte dann das Türschloß mit einem einzigen Anrennen gesprengt.
Robin bekam seinen Gegner gut in den Griff, warf ihn zu Boden und setzte ihm das Messer an die Kehle.
„Wenn du einen Laut von dir gibst, bist du ein toter Mann", zischte er, während er rittlings auf ihm saß.
Little John hatte dieweil wesentlich mehr Mühe mit dem Mann, den er angegriffen hatte. Im Handgemenge gelang es diesem, sich loszureißen. Drohend richtete er die Pike gegen Little John und wollte zustoßen. Doch der ließ sich zu Boden fallen, umfaßte die Füße des Angreifers und brachte ihn zum Stolpern. Kopfüber polterte er die steile, schmale Treppe hinunter und blieb an deren Fuß mit gebrochenem Genick liegen.
Es war ein seltsamer Zug, der eine halbe Stunde später vom Gasthof aus in die Dunkelheit aufbrach. Kienfackeln beleuchteten den massigen Bischof, den man zu einem halbwegs handlichen Paket zusammengeschnürt und auf ein Maultier gebunden hatte, das Much am Zügel führte. Hinter dem Tier schleppten sich Robin und Little John an einer schweren, eisenbeschlagenen Kiste mit einem großen Vorhängeschloß, in der an die fünfhundert Pfund in Gold steckten. Flankiert von den restlichen vier Männern, die an dem Überfall beteiligt waren, gingen die elf Begleiter des Bischofs, die das Handgemenge lebend überstanden hatten. Sie waren alle gefesselt und

überdies mit langen Stricken einer an den anderen gebunden, so daß jeder Versuch zur Flucht aussichtslos war. Ihren Gesichtern sah man die grenzenlose Wut darüber an, daß sie, in Kriegen und Händeln erprobt, von einer Handvoll Männer überwältigt worden waren.

Am Rand des Sherwood wurde der Zug von einer größeren Gruppe Geächteter mit lautem Jubel begrüßt. Sie hatten hier Posten gefaßt, um auf ein Hornsignal Robins hin in den Kampf einzugreifen, wenn sich die Notwendigkeit dazu ergeben sollte. Besonders der sorgfältig verschnürte Bischof auf dem ergeben einhertrottenden Maultier erregte die Heiterkeit der Männer.

„So kommen Seine Hochwürdigsten Gnaden auch mal zu den gemeinen Leuten!" rief einer zur Begrüßung.

„Das Maultier ist es gewohnt, Säcke zu schleppen", spottete ein anderer. „Aber einen so kostbaren wird es wohl noch nie auf seinem Rücken getragen haben."

„Brecht Zweige von den Bäumen, um ihm ein gebührendes Willkommen zu winken", schlug ein dritter lachend vor.

Und Bruder Tuck, das knollige Gesicht zu einem breiten Grinsen verzogen, deutete einen Kniefall an und sagte: „Euer demütiger Knecht begrüßt Euch in Gottes schönem Wald, dessen reine Luft Euch wohler tun wird als aller Weihrauchduft."

Nach einer Weile gebot Robin seinen Männern Einhalt und wandte sich selber an den Bischof. Er ließ ihm die fesselnden Stricke abnehmen und half ihm auf die Füße. Der Bischof begann geifernd zu schimpfen,

kaum daß ihm der Knebel aus dem Mund genommen war, und was ihm über die fleischigen Lippen kam, hörte sich wenig schicklich an für einen geistlichen Herrn in seiner hohen Stellung.

„Räuber!“ schrie er. „Gottverfluchtes Pack! Söhne von räudigen Hunden! Das soll euch teuer zu stehen kommen! Die Bäuche soll man euch aufschlitzen! An den Galgen bringe ich euch, allesamt. In der Hölle sollt ihr schmoren!“

Hier ging ihm erst einmal die Luft aus. Und während sein bebender Mund noch Worte formte, die indes nicht mehr laut wurden, sagte Robin ruhig: „Wir sind in der Tat ein wenig unsanft mit Euch umgegangen. Doch sahen wir keine andere Möglichkeit, an Euer Geld zu kommen. Und das Geld brauchen wir.“

„Mein Geld ...“, stieß der Bischof heraus, und dann noch einmal: „Mein Geld ...“

Und wieder versagten ihm die Stimmbänder, und ein mit Schluchzen untermischtes Krächzen beschloß seinen Ausbruch. Dann flossen ihm die Tränen über die glatten Wangen.

„Oder vielmehr das Geld, das Ihr und Euresgleichen Euch angeeignet“, erläuterte Robin ruhig. „Heißt es nicht, die Diener der Kirche sollten in heiliger Armut leben und alle Erträgnisse im Namen der Armen, der Witwen und der Waisen verwalten? Prächtige Gewänder, große Häuser, Dutzende Bedienstete und eine teure Leibwache, davon ist nicht die Rede. Wir haben also nur genommen, was Rechtens uns gehört.“

„Euch gehört!“ Dem Bischof traten vor ungezügelter Wut die Augen fast aus dem Kopf. „Wie weit wirst du deine Unverschämtheiten noch treiben?“

„Das sollt Ihr sogleich erfahren", entgegnete Robin. „Seht Euch diese Männer an", und er wies mit einer weiten Bewegung des Arms in die Runde, wo die Gefährten gedrängt standen und im Licht der flakkernden Kienfackel ein buntes, unruhiges Bild boten. „Seht sie Euch an, die Alten, die Jungen, die halben Kinder. Glaubt Ihr, die lebten zu ihrem Vergnügen mit den Tieren des Waldes? Glaubt Ihr, sie ertrügen Hitze und Kälte, Nässe und Durst, weil sie das Leben in den Dörfern und Städten für zu langweilig hielten? Nicht einer ist unter ihnen, der aus Mutwillen die menschliche Gemeinschaft verlassen hat. Man hat sie geschunden, man hat sie am Rand des Hungers gehalten, man wollte sie aufhängen wegen Vergehen, die in den Augen der menschlichen und der göttlichen Gerechtigkeit keine sind. Und Ihr wagt es, uns Räuber zu nennen!"

„Ja, Räuber. Und ich wiederhole es!"

„Und wie nennt Ihr die, die sich Land aneignen und die Menschen, die darauf wohnen, in die Hörigkeit treiben? Wie nennt Ihr die, die die Länder mit Krieg überziehen und Völker ins Elend stürzen, um ihren Reichtum und ihre Macht zu vermehren? Wie nennt Ihr die Priester, die am Zehnten und am Beichtpfennig sich gütlich tun, wie die Bischöfe, die, wie Ihr selbst, Schätze horten und Ländereien an sich reißen? Vergleicht uns mit denen, und dann entscheidet, wer die wirklichen Räuber sind."

„Ihr, keiner als ihr!" sagte der Bischof streng. „Ihr haltet euch an kein irdisches und kein himmlisches Gebot, überfallt friedliche Reisende, trotzt frech den kirchlichen und weltlichen Autoritäten. Ihr wollt die Welt in ein tobendes Tollhaus verwandeln, in dem keiner mehr die Macht des anderen respektiert, keiner mehr den Besitz des anderen anerkennt. Aber ihr werdet mit eurer gottlosen Frechheit nicht davonkommen. Noch gibt es in unserem England mehr Ketten als tollwütige Hunde. Der König selbst wird von eurer Aufführung erfahren, dafür werde ich sorgen. Und er wird euch den dreisten Überfall auf einen geweihten und gesalbten Mann der Kirche nicht nachsehen. Das verspreche ich euch."

„Der König", sagte Robin nachdenklich. „Ich möchte ihn gern für einen gerechten Mann ansehen, der zum Richter über das Land gesetzt ist und darauf sieht, daß jedem das Seine zukommt. Aber sagt selbst: Können wir solches mit reinem Gewissen vom König glauben, wenn wir tagtäglich das Elend und die Ungerechtigkeit sehen, die durch seine Vasallen über das Land kommen? Er nennt sich mehr der Herr, als daß er es ist. Um den eigenen Thron muß er besorgt sein, vor den eigenen Verwandten um sein Leben fürchten. Seine Sheriffs regieren nach eigenem Gutdünken in seinem Namen. Und sie treten das Recht, das sie in seinem Namen schützen und üben sollen, mit Füßen. Sagt selbst, ob wir allzu großes Vertrauen in einen solchen König setzen können."

„Er wird euch Respekt lehren", beharrte der Bischof, „mit Schwertern und Lanzen, mit dem Galgen und dem Richtbeil wird er dafür sorgen, daß ihr das Gesetz anerkennt. Und die heilige Mutter, die Kirche, wird ein übriges tun, eure sündhafte Hartnäckigkeit zu brechen. Du, Robin Hood, und alle, die mit dir gehen, ihr seid von heute an mit dem Bann belegt. Und wer in Freundschaft mit euch spricht, wer für das Heil eurer Seelen betet, wer euch an seinem Tisch duldet, wer euch in Krankheiten und in der Todesstunde pflegt oder tröstet, der falle gleich euch der ewigen Verdammnis anheim."

Schweigend und mit Unbehagen hatten die Männer den Bannfluch vernommen. Manch einem war beklommen zumut, manch einem sank das Herz in bodenlose Tiefe. Die härteste aller Strafen war über sie verhängt, eine Strafe, die niemand lösen konnte als der Papst selbst. Ratlos blickten sie einander an, und die Gefangenen grinsten offen über die Ratlosigkeit, die sich ausbreitete.

Da erhob Robin wieder seine Stimme, und wenn er auch leiser sprach als zuvor, so war sie doch in ihrer Klarheit und Festigkeit nicht zu überhören. Er sagte: „Ihr tut Eurem Ruf im Land keinen Dienst, Bischof, wenn Ihr uns mit dem Bann belegt. Zu offen wird jetzt kund, daß die Kirche es nicht mit dem Volk hält. Denn wir sind ein Teil des Volks, ein kleiner zwar nur, der, um Leben und Freiheit zu retten, das Leben im Wald auf sich genommen hat. Doch von uns spricht das Volk voller Hoffnung und Achtung. Von Euch wird es mit Abscheu sprechen, wenn der Bannfluch ruchbar wird."

Ungerührt hörte der Bischof die Anklage Robins. Als er merkte, wie manche der Männer unsicher wurden, begann er, dringlich auf sie einzureden.

„Löst euch von diesem Verfluchten!" rief er. „Werdet an seiner Seite nicht unselig. Die Kirche hat ein weites Herz. Sie nimmt den wieder in ihre Arme, der voller Reue zu ihr kommt. Bleibt Kinder Gottes. Widersagt dem Satan!"

Die nächtliche Szene war zum Zerreißen gespannt.

Würden alle den Mut aufbringen, dieses Angebot des Bischofs von Hereford in den Wind zu schlagen?
Da trat Bruder Tuck vor, ernst wie alle in diesem Augenblick. Unverzagt blickte er dem Bischof ins Gesicht, wohl eine Minute lang, bis der die Augen niederschlug.
„Ich kenne Euch, Bischof", sagte er, unterdrückten Zorn in der Stimme. „Ich habe Euch oft bedient, wenn Ihr in unserem Kloster als Gast zu Tisch saßet, habe Eure Reden mit angehört, wenn Ihr mit Euresgleichen spracht. Erinnert Ihr Euch an den Tag, da Ihr bei uns den edlen Herrn von Faulconbridge getroffen habt und den Lord Bigot, die Euch ihr Leid über die Bauern klagten, die nicht so recht nach der Pfeife tanzen wollten? Wißt Ihr noch, was Ihr ihnen geantwortet habt, damals, als ich den Wein auftrug? Ich habe es nicht vergessen, Bischof, auch das Lachen nicht, mit dem Ihr Euren guten Ratschlag begleitet habt. Das beste sei, habt Ihr damals gesagt, die größten Schreier an die Bäume zu hängen und den Rest wie die Ochsen vor die Pflüge und Eggen zu spannen. Ich hätte Euch den Wein am liebsten ins Gesicht geschüttet."
Voller Unruhe ballte der Bischof die schweißnasse Hand zur Faust und öffnete sie sogleich wieder.
„Ich weiß nicht, was du von mir willst, du, ein entlaufener Mönch, der ohnehin schon der Gnade der Sakramente verlustig gegangen ist", versuchte er den Angriff des Bruders abzuwehren. „Ich kann mich an solche Reden nicht erinnern."
„Auch nicht daran", fuhr Bruder Tuck mit zornbebender Stimme fort, „daß Ihr im Kreuzgang unserer Abtei zwei von Eurer Mannschaft halbtot prügeln

ließt, weil sie Euren Pferden den Hafer aus der Krippe gestohlen hatten, um ihn nachts ins Dorf zu bringen, wo die Leute in jenem Winter vor Hunger die Rinde von den Bäumen nagten? Auch nicht daran, was Ihr dazu sagtet? Ich kann's Euch wiederholen, Bischof: Wer sich am Gut der Kirche bereichert, sagtet Ihr, verdient nichts, als daß er wie ein Hund behandelt wird. Habt Ihr den Satz auch vergessen?" — „Halte dein ungewaschenes Maul, du Satan", brüllte der Bischof plötzlich. „Lügen, nichts als Lügen verbreitest du."

„Und habt Ihr auch die wunderschönen Gespräche vergessen, in denen Ihr mit Euren Saufkumpanen dem König die Pest an den Hals gewünscht habt und Euch darüber totlachen wolltet, daß er dem Kaiser in die Hände gefallen ist, als er vom Kreuzzug zurückkam? Pläne habt Ihr geschmiedet, wie Ihr den Neuen, den Johann Ohneland, in Eure Hand bekommen wolltet..."

„Genug!" unterbrach Robin den Redefluß des Freundes. „Wir wissen schon längst, mit wem wir es zu tun haben. Ein Leuteschinder, ein Dieb am Gut der Armen, ein Verräter am König." Er wandte sich an seine Gefährten: „Und solch ein Mann soll uns beschimpfen, soll uns ungestraft Räuber nennen und aus der Gemeinschaft ausstoßen dürfen?" Zustimmende Rufe wurden in der Runde laut, und Much, der ganz besonders betroffen dreingesehen hatte, als der Bischof seinen Bannfluch verkündete, sagte: „Wenn einer von allen, die hier stehen, im höllischen Feuer brennen wird, dann seid Ihr es, Bischof."

„Ich habe die Weihen empfangen", zeterte der Bischof, ,,ich trage den Ring, die Mitra und den Krummstab, ich habe vor Gott und den Menschen die Gewalt, zu binden und zu lösen. Und keiner, den ich verflucht und verstoßen habe, wird den Strafen beim Jüngsten Gericht entgehen, keiner!"

,,Wenn Gottes Gerechtigkeit wirklich nicht anders sein sollte als die, die Ihr anbietet und vorführt, dann werden wir auch noch im Jenseits unseren Kampf fortsetzen!"

Schweigen folgte diesem Satz Robins. Der Bischof blickte betroffen drein, ehe er die Arme zum nächtlichen Himmel hob und mit lauter Stimme rief: ,,Du hast Gott gelästert!"

,,Das haben auch die Hohenpriester über Jesus gesagt", erwiderte Robin ruhig, ,,über den, in dessen Namen Ihr zu sprechen vorgebt und der die Armen geliebt hat und sie nicht dem Wucherer und dem Henker überantwortet sehen wollte. Schweigt jetzt. Wir könnten Euch totschlagen wie einen Hund. Habt Ihr es nicht selber gesagt: Wer sich am Gut der Kirche bereichert, verdient nichts, als daß er wie ein Hund behandelt wird? Doch wir wollen nicht in die Bräuche verfallen, die bei Euresgleichen im Schwange sind. Wir nehmen nur das Geld, das Ihr mit Euch führt. Es ist das Geld der Armen, der Witwen und Waisen. Und wir werden es den Armen zukommen lassen, nachdem wir es aus Euren Händen genommen haben."

,,Er soll den Bannfluch zurücknehmen!" schrie einer aus der Menge. ,,Er ist ein Verbrecher und hat kein Recht, uns zu richten!"

,,Laß, Freund", sagte Robin. ,,Der Bann aus diesem Mund schreckt uns nicht. Aber da der hohe Herr sich nun einmal unters Volk gemischt hat, soll er vor dem

Volk auch tun, was seines Amtes ist.“ Er wandte sich wieder dem Bischof zu, der ihn aus angstgeweiteten Augen hilflos anstarrte. „Ihr habt die einmalige Gelegenheit, Bischof, ein gutes Werk zu tun. Lest uns die Messe, ehe wir Euch und Eure Männer laufenlassen.“

„Leuten, die im Kirchenbann stehen, kommt es nicht zu, das Meßopfer mitzufeiern“, eiferte der Bischof trotz seiner Angst.

„Lest uns die Messe, Mann“, wiederholte Robin dringlich. „Oder ich vergesse, daß ich Euer und Eurer Bediensteten Leben habe schonen wollen.“

Und er zog sein Schwert und richtete die Spitze gegen den Bauch des Bischofs. Gleichzeitig traten von hinten zwei Männer an ihn heran, die ihn mit den Piken kitzelten, die der Wache im Gasthof abgenommen worden waren.

Zitternd gehorchte der Bischof. Zitternd trug er die Texte vor, sprach er das Confiteor, das Sündenbekenntnis, was mit beifälligem Gemurmel aufgenommen wurde, und mit schwacher Stimme verkündete er das Evangelium vom letztvergangenen Sonntag, das von den falschen Propheten handelte, die in Schafskleidern einhergehen, inwendig aber nichts als reißende Wölfe sind.

Nachdem er das letzte Wort der Meßtexte über seine bebenden Lippen gebracht hatte, entrang sich ein tiefer Seufzer der Erleichterung seiner Brust.

In lärmendem Zug begleiteten die Geächteten ihn und seine Leibwache eine halbe Stunde später bis zum Weg, der nach Nottingham führte. Man hatte ihnen alle Waffen und auch die Brustpanzer abgenommen. Als man sie losband, liefen sie die Straße hinunter, als sei ihr Leben noch immer in Gefahr. Der Bischof, von der Leibesfülle beim Laufen behindert, bildete den Beschluß des seltsamen Zuges, der sich bald im Dunkel verlor.

„Jetzt eilt er sicherlich spornstreichs zu seinem Freund, dem Sheriff", sagte Little John. „Und morgen ist es im Land herum, was ihm, dem armen, friedfertigen Gottesmann, vom bösen Robin Hood und seinen Leuten widerfahren ist."

„Ich wette", sagte Arthur Bland lachend, „der traut sich nicht mehr in die Nähe des Sherwood, und wenn hier sämtliche Schätze der Erde zu gewinnen wären."

Die nächsten Tage vergingen den Männern im Wald in einer Stimmung der Spannung. Aber so aufmerksam sie auch auf die Reden in den Dörfern und von durchziehenden Kaufleuten horchten, über das, was in jener Nacht im Wald geschehen war, war nichts zu vernehmen. Alles sprach nur davon, daß der Bischof in einem Gasthof überfallen und ausgeplündert worden sei und daß demnächst zweifellos eine Abordnung vom König kommen werde, diesen Überfall aufzuklären. So war es denn an Robin und seinen Leuten, die Geschehnisse der Nacht zu verbreiten, und alle, die es hörten, konnten die Freude darüber nicht verbergen, daß der Bischof gezwungen worden war, den Leuten die Messe zu lesen, die er kurz zuvor mit dem Kirchenbann belegt hatte.

Hochzeiten

Wieder nahte ein Winter, wieder neigte sich ein Sommer dem Herbst zu. Die Blätter des Waldes begannen sich zu verfärben, die Winde trieben regenschwere Wolken über den Sherwood. Die Zeit der Jagd zog herauf, und sie bedeutete für Robin Hood und seine Männer immer eine Zeit erhöhter Aufmerksamkeit. Bei der Verfolgung des Wilds drangen die Herren und ihr Troß oft genug tiefer in den Wald ein, als sie es für gewöhnlich zu tun wagten. Allenthalben war das Schmettern der Hörner, das Bellen der Hundekoppeln und das Rumoren der Treiber zu hören. Die Geächteten mußten sich durch Verdopplung der Wachen zu schützen suchen. Unablässig beobachteten sie die Züge der Jäger, an denen sich trotz päpstlichem Verbot auch viele geistliche Herren beteiligten.

Oft sahen Robins Leute aus sicherem Versteck die Barone in prächtigen Gewändern, die zur Hatz auf die Tiere des Walds denkbar ungeeignet waren und nur Rang und Reichtum des Besitzers zur Schau stellen sollten. Wenn sie diese Männer dann, manchmal zum Greifen nahe, vor sich hatten, zuckte wohl manche Hand zum Bogen oder zum Messer, um Rache zu nehmen für erlittenes Unrecht. Doch Robin hatte strenges Verbot erlassen, persönliche Vergeltung zu üben, die unter Umständen alle in Gefahr bringen konnte, zumal im Herbst, wenn es unter den Bäumen von Bewaffneten wimmelte. Nur in der Gemeinschaft und zum Nutzen der Gemeinschaft sollte gehandelt werden, das schärfte er seinen Leuten stets ein.

Ständig waren Späher unterwegs, die sofort melde-

ten, wenn sich der eine oder der andere der Herren unvorsichtig weit von der Gesellschaft entfernt hatte, etwa bei der hitzigen Verfolgung eines Hirschs. Dann wurde gemeinsam beschlossen und gehandelt. Auf diese Weise konnte es geschehen, daß einer der aufwendig gekleideten Barone sich plötzlich von Robins Leuten umzingelt sah. Für gewöhnlich begnügten sie sich damit, ihn bis aufs Hemd auszuplündern und ihn halbnackt davonzujagen. Doch wenn ihnen ein besonders fetter Fisch ins Netz gegangen, wie etwa im Fall des Sir Pierce, eines Herrn über ausgedehnte Ländereien, über die er mit grausamer Strenge regierte, verschleppten sie ihn zum Lager. Ein Botschafter wurde dann anderentags ausgesandt, um der Verwandtschaft zu melden, der edle Herr sei wohlauf und lasse grüßen, und wenn er, der Bote, nicht bis zum Abend mit der geforderten Summe Gelds wieder im Sherwood sei, dann werde man an dem Gefangenen so handeln, wie er oft genug an seinen Bauern gehandelt habe: Man werde ihn am Hals aufhängen. Nicht einmal geschah es in solch einem Fall, daß der Bote abschlägig beschieden worden wäre oder gar sein Leben eingebüßt hätte. Stets schätzte man einen lebenden Edlen höher als das noch so hohe Lösegeld.
Die Beute in diesem Herbst war besonders groß. Und besonders groß war auch die Dankbarkeit der Armen, die einen großen Teil des so Gewonnenen zugeteilt bekamen. Stets wußte Robin, in welcher Kate die Not besonders verheerend hauste, wo es Kinder ohne zureichende Nahrung gab oder alte Frauen, die nicht mehr arbeiten konnten und vom Grundherrn mitleidlos dem Hunger preisgegeben wurden. Stets sorgten

er und seine Männer sich um Kleidung für die, die sich selber nicht kleiden konnten. War da ein Verwalter, der die Bauern besonders hart preßte, um seinen Anteil am Ergebnis zu erhöhen, so konnte er sicher sein, über kurz oder lang einen nächtlichen Besuch von Robins Leuten zu empfangen, die ihm unmißverständlich und wenn nötig mit Schlägen klarmachten, daß sein Treiben nicht unbeobachtet geblieben sei und nicht geduldet werde. Auf Meilen im Umkreis des Sherwood galt das grüne Kleid der Geächteten bei den Armen als Ausweis für Hilfe, als Trost und Hoffnung. Es fand sich niemand, der einen dieser Männer den Obrigkeiten ausgeliefert hätte. Im Gegenteil: Wo sie auch auftauchten, wurden sie mit bescheidener, aber herzlicher Gastfreundschaft aufgenommen. Mancher Junge träumte davon, sich der Schar Robins zuzugesellen, wenn er alt genug dazu sein würde. Manches Mädchen öffnete einem Grüngekleideten die Tür zu einem nächtlichen Stelldichein. Und wenn irgendwo ein Fest gefeiert wurde, sah man meist den einen oder den anderen von Robins Männern unter den Feiernden, und alle gaben Obacht, daß sie nicht den Häschern in die Hände fielen, die unablässig die Dörfer durchstreiften.
Ein Mädchen mit Namen Marian, eines Bauern Tochter, lief eines Tages von zu Hause fort. Sie kleidete sich in Wams und Hosen, die sie sich heimlich genäht hatte, und erreichte nach einigen Tagen den Sherwood. Auch sie hatte viel von Robin gehört, von seinen Taten und von seiner Gerechtigkeit, und sie war ihm von Herzen zugetan. Keinen größeren Wunsch hegte sie, als in seiner Nähe zu weilen, ihn auf seinen Beutezügen zu begleiten, an seiner Seite

Heldentaten zu vollbringen.
Marian war ein großes und kräftiges Mädchen, erstarkt von der Arbeit auf dem Feld, dabei aber von ebenmäßigem Körperbau, und die Schönheit ihrer braunen Augen unter der hohen weißen Stirn wurde weit über ihr Dorf hinaus gerühmt. Doch als sie den Sherwood erreichte, wirkte sie müde vom langen Wandern, und ihre Augen hatten den Glanz verloren.
Lange irrte sie unter den Bäumen umher, ehe sie auf einen der Männer stieß. „Führe mich zu Robin Hood", sagte sie. „Ich komme von weit her, um ihn zu treffen."
Der Mann, der Wams und Hosen an ihr sah, glaubte, er habe einen Jüngling vor sich, der sich zu Robins Haufen schlagen wollte. Er musterte die fremde Gestalt vom Kopf bis zu den Füßen, brummte etwas wie „Milchbart!" vor sich hin und entschied schließlich: „Nun gut, gehen wir zu Robin. Zwar siehst du mir nicht so aus, als könntest du das Leben im Wald durchstehen, doch soll Robin entscheiden, ob du in unsere Schar aufgenommen wirst."
Bald darauf stand Marian vor Robin.
„Ich habe viel von Euch gehört", sagte sie, „und ich möchte bei Euch bleiben."
„Du scheinst mir ziemlich jung und zart, trotz deiner Größe", entgegnete Robin. „Das Leben im Wald ist hart. Willst du nicht lieber zu deinen Eltern zurück? Sicherlich sorgen sie sich, weil du sie verlassen hast."
„Ich möchte bei Euch bleiben", wiederholte Marian. Und sie warf Robin einen Blick zu, der ihr Glück verriet, den verehrten Mann gefunden zu haben, und alle Angst, er könnte sie fortschicken. „Um meine

Eltern", log sie, „braucht sich niemand mehr Kummer zu machen. Sie sind im letzten Winter gestorben, und ich bin ganz allein auf der Welt."
„Wenn das so ist, dann bleibe und schwöre, daß du uns in allem ein treuer Gefährte sein willst, in Freud und Leid, und daß du gegen das Unrecht kämpfen willst, wo immer du ihm auch begegnen magst."
„Das schwöre ich", sagte sie und mischte sich unter die anderen.
Am Abend trat Much zu Robin.
„Der Neue ist mir nicht ganz geheuer", sagte er. „Ich weiß nicht, wie es kommt, aber immer denke ich, wenn ich ihn sehe, ich hätte ein Mädchen vor mir. Er bewegt sich so ganz anders als wir und hat auch nicht den geringsten Flaum am Kinn."
„Dann wollen wir ihm oder ihr einmal hinter die Schliche zu kommen suchen", entschied Robin fröhlich. Und er ging zu der Stelle, wo Marian sich zum Schlafen niedergelegt hatte, den Hut tief in die Stirn gerückt, und stieß ihr den Fuß leicht zwischen die Rippen.
„He, Bursche!" rief er. „Steh auf, ich habe etwas mit dir zu bereden."
Verschlafen kam Marian auf die Beine. Als sie Robin vor sich stehen sah, ein verschmitztes Lachen um den Mund und Herausforderung in den Augen, sank ihr das Herz.
„Wir haben noch etwas vergessen", sagte Robin. „Jeder, der bei uns aufgenommen werden will, muß seine Kraft und seine Geschicklichkeit zuvor beweisen. Kannst du mit dem Knüppel umgehen, Bursche? Oder ist dir ein Ringkampf lieber?"
„Ich ziehe den Kampf mit dem Stock vor", ant-

wortete Marian hastig. Zum Glück war es so dunkel, daß keiner ihr Erröten bemerkte.
„Dann tritt an", forderte Robin sie auf. „Ich selbst will erproben, wie es um dich bestellt ist."
Während Much eine Fackel entzündete, wählten Marian und Robin die Stöcke aus, mit denen sie das Gefecht zu bestehen gedachten. In drei Schritt Abstand voneinander stellten sie sich auf, wie es der Brauch war, und begannen den Gang. Robin beschränkte sich darauf, die Hiebe und Stöße Marians abzuwehren, und obwohl sie mit erstaunlicher Kraft geführt wurden, merkte er doch bald an den Bewegungen, daß sein Gegner zumindest von ungewöhnlicher Beschaffenheit war. Auch Much, der die Fackel hielt und Schiedsrichter sein sollte, wurde durchs Zuschauen in seinem Verdacht bestärkt. Zu behende für einen Mann wich sie dem Gegner aus, zu vorsichtig und zu anmutig setzte sie die Füße.
Nach einer Viertelstunde sagte Robin: „Es ist genug, Freund. Du hast dich für den Anfang nicht schlecht gehalten."
Und wieder errötete Marian, diesmal vor Stolz über das Lob, das man ihr gespendet hatte.
„Setz dich dort hin und ruh dich aus. Deine Brust geht ja wie ein Blasebalg."
Und als Marian auf einem Baumstumpf saß, warf Robin ihr unversehens einen Apfel zu, wobei er rief: „Hier, erfrisch dich!"
Da sie den Apfel mit den Händen nicht fangen konnte, spreizte sie nach der Art der Frauen, die gewohnt sind, Röcke zu tragen, die Beine, so daß der Apfel zur Erde fiel.
„Du bist ein seltsamer Bursche", sagte Robin jetzt und

setzte sich neben sie auf den Baumstumpf. „Nicht mal einen Apfel kannst du richtig fangen. Oder hast du vergessen, daß du keinen Rock mehr trägst, in den der Apfel gefallen wäre?"
Marian antwortete mit keinem Wort. Schweigend knabberte sie an dem Apfel.
„Jetzt hat es ihm die Sprache verschlagen", stichelte Much, „unserem Kerlchen ohne Flaum."
Und er fuhr Marian wie unabsichtlich über den Kopf, so daß ihr Hut herunterfiel und ihr langes braunes Haar sich über die Schultern ausbreitete.
„Also doch eine Eva!" stellte Robin fest.
„Und eine schöne dazu", ergänzte Much. „Ich weiß nicht, warum ein so ansehnliches Mädchen ihr Geschlecht verleugnen sollte."
Marian hielt den Kopf gesenkt, um ihre Enttäuschung, so bald entdeckt worden zu sein, nicht zu zeigen. Tränen schossen ihr in die Augen, als sie zugab: „Ich heiße Marian."
„Ein netter Name", sprach Robin vor sich hin. „Und was hat dich in den Wald getrieben?" fragte er dann laut. „Wolltest du Beeren pflücken und hast dich dabei verlaufen?"
Da sprang Marian auf.
„Du sprichst wie ein Mann", sagte sie mit Zorn und Enttäuschung in der Stimme. „Frauen können mehr als Beeren pflücken und sie zu Mus kochen. Habe ich dir nicht bewiesen, daß ich mit dem Stock umzugehen verstehe? Und ich kann auch einen Bogen handhaben und bin beim Wettschießen besser gewesen als manch ein Mann aus unserem Dorf. Aber das zählt ja nichts, weil ich nicht immer Hosen getragen habe."
Betroffen murmelte Robin: „Aber so habe ich das

doch nicht gemeint. Ich war nur erstaunt.“
Doch das Mädchen war damit nicht zu beruhigen.
„Du bist es nicht wert, Robin Hood“, rief sie, „daß sich ein Mädchen um deinetwillen Gedanken macht. Der große Robin Hood, heißt es im Land, der Freund der Armen, der Rächer der Enterbten. Und du bist doch nur ein Mann wie alle anderen, der ans Beerenpflücken denkt, wenn er eine Frau im Wald sieht. Glaubst du, wir fühlten das Unrecht, das uns angetan wird, nicht genauso stark wie die Männer? Glaubst du, in uns lebte nicht der Wunsch, alles zum Guten zu wenden? Und kannst du dir nicht vorstellen, daß eine Frau einen Mann liebt, auch wenn sie ihn noch nicht gesehen hat, einen Mann, der überall als kühn und gerecht gepriesen wird? Ist es denn so unbegreiflich, wenn eine solche Frau sich auf den Weg macht, diesen Mann zu suchen?“
Jetzt war es vollends um ihre Beherrschung geschehen. Sie schlug die Hände vor das Gesicht und ließ sich wieder auf den Baumstumpf sinken.
Robin spürte sein Gewissen. Freundlich ließ er sich neben ihr nieder und streichelte ihre Schulter.
„Hör auf zu weinen“, sagte er sanft. „Ich konnte ja nicht ahnen, was dich hierhergetrieben hat. Ich habe wenig Geschick im Umgang mit Frauen. Meine Mutter war die einzige Frau, mit der ich in nähere Berührung gekommen bin. Bleibe bei uns, wenn du willst. Ich werde darauf achten, daß keiner der Männer dich ungebührlich behandelt.“
Marian hob den Kopf und lächelte unter Tränen.
„Danke“, brachte sie nur hervor.
Es dauerte zwar einige Tage, bis sich die Männer daran gewöhnt hatten, eine Frau in ihrer Mitte zu

wissen. Doch Marian verschaffte sich schnell Respekt. Nicht nur, daß sie dem Koch, John Strong, zur Hand ging, so daß es binnen kurzem hieß, der alte Suppenkapitän solle bei dem Mädchen in die Lehre gehen. Sie zog auch mit auf die Jagd und machte sich dadurch nützlich, daß sie die Kleider instand hielt. Immer aber, wenn Robin in der Nähe war, trieb es sie zu ihm hin, und auch Robin fühlte sich wohl in ihrer Gesellschaft. Keinem der Gefährten kam es in den Sinn, ihm Marian zu neiden. Sie behandelten das Mädchen mit all der Hochachtung, die sie auch ihrem Anführer entgegenbrachten.

Als der Winter seine ersten Boten in den Sherwood schickte, machte Robin sich auf, Abt Idlefons im Kloster zur Heiligen Quelle zu besuchen.

Seit Robin und seine Leute den Bischof von Hereford auf solch nachdrückliche Weise gelehrt hatten, daß das geistliche Gewand Untaten nicht decken kann, war der kluge Pater den Geächteten noch mehr gewogen. In das Jammern der Herrn über die immer drcister werdenden Gewalttaten Robins stimmte er nicht ein. Im Gegenteil schien er es zufrieden, daß mit dem Bischof einem der ärgsten Neider des Klosterreichtums ein ordentlicher Denkzettel verpaßt worden war. Es gingen sogar Gerüchte um, der Abt habe Robins Vorgehen ausdrücklich gutgeheißen und ihm die Beichte abgenommen.

Aber das waren eben nur Gerüchte. So weit gedachte der geistliche Herr denn doch nicht für die Männer aus dem Wald einzutreten. Sie hatten ihm nur einen guten Dienst getan, indem sie einen seiner Gegner in die Schranken gewiesen hatten.

„Was führt dich zu mir?“ fragte Abt Idlefons, als

Robin vom Bruder Pförtner ins Gästezimmer geleitet worden war. „Gibt es wieder von einem Streich zu berichten?"

„Einen Streich habe ich schon vor", entgegnete Robin gutgelaunt. „Doch diesmal soll er von ganz anderer Art sein."

„Laß hören, was du ausgeheckt hast."

„Ich möchte in einen neuen Stand überwechseln."

Erstaunt blickte der Mönch von dem Buch hoch, in dem er gelesen, ehe Robin eingetreten war, und dessen herrlich ausgemalte Initialien er während der ersten Worte des Gesprächs noch immer wohlgefällig betrachtet hatte.

„Willst du etwa ins Kloster eintreten?" fragte er ein wenig furchtsam. „Und mir meine Brüder aufrührerisch machen?"

„Seid unbesorgt um Eure Brüder, ehrwürdiger Vater", antwortete Robin und lachte. „Mich gelüstet's nach einem anderen Stand, dem Stand der Ehe."

Der Abt schaute erstaunt drein.

„Und wie willst du eine Familie führen", fragte er, „du, ein Verfemter, der sich in den Siedlungen nicht aufhalten darf, ohne gewärtig zu sein, das Leben zu verlieren?"

„Wir wollen im Wald wohnen."

„Im Wald?"

Pater Idlefons schüttelte ungläubig den Kopf. Er erhob sich von seinem Stuhl und ging unschlüssig in der Stube hin und her. Nach einer Weile blieb er vor dem einzigen kleinen Fenster stehen, das den Raum notdürftig erhellte. Es schien, als halte er Rat mit sich, und Robin wagte nicht, ihn zu stören.

Schließlich wandte er sich um und fragte: „Wer ist die Jungfrau?“
„Marian, ein Mädchen, das zu uns gestoßen ist und es sich nicht ausreden lassen wollte, daß der Wald auch eine Heimstatt für sie sein könnte.“
„Jetzt laufen auch schon die Weiber in den Wald“, sagte der Abt tadelnd, „anstatt, wie es ihnen zukommt, Haus und Herd zu hüten. Bei allem Verständnis, das ich dir, Robin, und den Deinen entgegenbringe: Das geht zu weit! Die heilige Mutter, die Kirche, hat der Frau ihren Platz zugewiesen, den sie in Liebe und Furcht vor dem Mann auszufüllen hat. Wohin soll das führen, wenn sie auch nach ihrem Kopf leben will?“
„Ihr denkt zu gering von den Frauen“, wandte Robin ein. „Euer Leben im Kloster . . .“
„Schick sie zurück, dorthin, wo sie hergekommen ist.“ Abt Idlefons wurde ungehalten, daß Robin auf das Klosterleben und seine Regeln anspielte.
„Es ist mir ein Greuel, eine Frau unter euch zu wissen.“
„Sie würde sich nicht wegschicken lassen. Sie ist ein Mensch mit eigenem Willen. Und außerdem“, Robin machte eine kleine Pause, „möchte ich sie auch gar nicht mehr wegschicken.“
Der Bruder Korbinian an der Pforte wunderte sich, daß Robin Hood so lange beim Abt blieb. Kurz nach dem Angelus-Läuten war er gekommen. Jetzt ging es schon auf die Komplet zu, und noch immer war von Robin Hood nichts zu sehen. Ob der ehrwürdige Vater mit dem Stromer beim Becher saß? Fast glaubte der einfältige Mann, mit seiner Vermutung recht gehabt zu haben, als Robin beim Dunkelwerden be-

schwingt über den Klosterhof lief und laut grüßend und aufgeräumt bei ihm vorbeiging.
,,Laßt Euch den Abend nicht lang werden, Bruder!" rief er. ,,Und seid nett zu Eurem Abt. Er ist der angenehmste Herr, der mir in meinem Leben begegnet ist."
Zwei Tage später, an einem Mittwochabend, traute Abt Idlefons Robin und Marian in einer Kapelle der Kirche des Klosters zur Heiligen Quelle. Much und Little John waren zu Zeugen gebeten worden und knieten ein wenig unbeholfen zu seiten des Paares. Dem Abt war gar nicht wohl zumut, daß er dem Drängen Robins nachgegeben hatte. Aber vielleicht, dachte er, während er die Segensformel murmelte, bringt die Heirat es mit sich, daß Robin Hood seinem wilden Leben entsagt, den Sherwood verläßt und irgendwo, wo ihn niemand kennt, einem gesitteten Erwerb nachgeht. Wenn das gelänge, hätte ich mehr erreicht als der Sheriff mit all seinen Kriegern.
Der Gedanke stimmte den Abt versöhnlicher. Doch weigerte er sich entschieden, der Einladung Robins zu einem Festmahl im Wald Folge zu leisten. Das Herz voller Zweifel, blickte er dem Paar und seinen Begleitern nach, bis sie im Wald verschwunden waren. Und wenn er auch den Sherwood nicht verläßt, beruhigte er sich, dann habe ich ihn mir doch mir der Trauung so stark verpflichtet, daß er unser Kloster ungeschoren läßt, solange er lebt.
Die Geächteten feierten Robins Hochzeit in und vor einer Hütte, die sie eigens für das Paar errichtet hatten. Ein Tisch, Bänke und die Bettstatt waren von Will Scadlock, der in der Gegend von Sheffield einst den Beruf eines Schreiners ausgeübt hatte, gefertigt.

Der brachte auch den ersten Trinkspruch aus, als man sich zum Mahl gesetzt hatte, zu dem man einen fetten Ochsen am eisernen Spieß briet.
„Das Paar", sagte er, „möge in Frieden leben unter uns Friedlosen. Es soll uns allen Mut geben, das Leben im Wald durchzustehen."
Nach dem Mahl führten Robin und Marian den Reigen an, bei dem die Männer paarweise über den Waldboden stampften, während Much, in der Mitte des Kreises stehend, eine einfache Melodie auf einer Rohrflöte dudelte. Alle waren sich einig, daß der Tanz die Kälte aus den Gelenken vertreibe und in den Mägen Platz schaffe für ein weiteres Stück von dem herrlich schmeckenden Ochsenfleisch am Spieß.
In den nächsten Tagen gab es in den Dörfern und Städten um den Sherwood nur ein Gesprächsthema: Robin Hoods Hochzeit. Wie üblich, tat das Gerücht das Seine und machte Marian, die aus Liebe zu Robin in den Wald gekommen war, zu einer kriegerischen Frau, wie man sie aus den alten Sagen kannte. Sie habe, so hieß es, Robin im Zweikampf besiegt und sei daraufhin in die Gemeinschaft aufgenommen worden. Jetzt galt Robin nicht mehr nur als kühner Rächer des Unrechts. Er wurde auch zum Schutzpatron der Liebenden. Und wenn irgendwo im Land ein Paar nicht zusammenkommen konnte, etwa weil die Eltern gegen die Verbindung standen, gedachte es seiner und wünschte, daß der Mann aus dem Sherwood Hilfe bringen möchte.
Eines Tages, kurz vor Weihnachten, als schon erster Schnee gefallen war und die Gefährten sich in Hütten und Höhlen zurückgezogen hatten, kam ein junger Mann von vielleicht fünfundzwanzig Jahren in den

Wald. Er trug einen schäbigen Pelz und Stiefel, die nicht so aussahen, als könnten sie auch nur die geringste Nässe abhalten. Sein Gesicht war bleich wie von tiefem und lang anhaltendem Kummer. Robin fragte ihn nach seinem Begehr, und der junge Mann begann zu erzählen. Sein Name sei Allin, er stamme aus adligem angelsächsischem Geschlecht, und da er in einem Tal wohne, wo er mit seinem Vater und seinen beiden Brüdern den Acker bestelle, nenne man ihn überall Allin vom Tal. Die Wirtschaft indes bringe kaum genug ein, die Familie am Leben zu erhalten. Stück um Stück des Landes sei im Lauf der vergangenen hundert Jahre von normannischen Edlen gestohlen worden, und sie könnten froh sein, daß man sie noch ungeschoren auf dem Rest wohnen und arbeiten ließe.

Robin hörte ein wenig ungeduldig dem langatmigen Bericht Allins zu. Er konnte sich nicht vorstellen, was diesen Mann in den Sherwood getrieben hatte.

„Sollen wir dir vielleicht dein Land bebauen helfen", unterbrach er Allin. „Oder willst du von uns eine Anleihe aufnehmen? Wir verleihen nichts."

„Das ist es nicht, was mich zu dir getrieben hat", sagte Allin, den der Spott in Robins Rede kränkte, und sein Gesicht wurde noch blasser. „Ich will heiraten."

„Und ich soll den Hochzeitsbitter machen?"

Robin lachte lauthals, so daß Marian und Little John, die hinter der Hütte Holz gestapelt hatten, neugierig wurden und herzutraten.

„Marian", sagte Robin, „putz mir mein Gewand mit Borten und Litzen und steck die schönste Feder auf meinen Hut. Ich soll dem Burschen eine Frau verschaffen."

,,Spotte nicht", widersprach Allin leise, fast schüchtern. ,,Das Mädchen, das ich mag, will man mir nicht zur Frau geben."
,,So etwas soll öfter vorkommen", mischte sich Little John ein, ,,aber es ist noch niemand an einer Hochzeit gestorben, die nie stattgefunden hat. Gehe nach Haus, Junge, und überschlaf deinen Kummer. Es gibt genügend Frauen auf Gottes Erde, und sicher ist auch eine für dich darunter."
,,Aber ich liebe Anna", sagte Allin verzweifelt. ,,Und ich bin seit drei Jahren mit ihr verlobt."
,,Dann geh mir ihr zum Priester", entschied Robin. Dann aber stutzte er und fragte: ,,Du bist verlobt, und man will dich trotzdem nicht heiraten lassen? Wie reimt sich das zusammen?"
Froh, nun die Mißverständnisse überwunden zu haben, nickte Allin eifrig und schickte sich an, Robin seine Lage zu erklären.
,,Anna stammt wie ich aus einem angelsächsischen Geschlecht. Auch ihre Leute sind arm geworden unter der normannischen Herrschaft. Unsere Familien waren befreundet, und Anna und ich kennen uns von Kind an. Schon früh war beschlossen, daß wir ein Paar werden sollten. Vor drei Jahren, als Anna siebzehn wurde, hat man uns miteinander verlobt. Seit einigen Monaten aber bin ich nicht mehr so gern gesehen bei ihren Eltern, und vorige Woche haben sie mir auch den Grund dafür verraten. Ein anderer Freier hat sich eingestellt, ein Graf Mortimer, Herr über große Ländereien in der Nähe von London und viele Sassen. Zwar ist er fast dreimal so alt wie Anna, doch das stört ihre Eltern nicht: Besitz und Titel allein halten sie für wichtig genug, um ihm ihr Kind in die

Ehe zu geben. Am Weihnachtsmorgen soll die Trauung stattfinden, und Anna weint sich die Augen aus dem Kopf. Aber sie kann gegen das Gebot der Eltern nicht an, wie sehr sie auch jammert.“ Die letzten Sätze hatte Allin nur mit Mühe hervorgebracht. Man sah es ihm an, daß er selber heftig gegen die Tränen ankämpfte.
„Für einen Mann von edler Herkunft zeigst du aber wenig Entschlossenheit“, spottete Little John. „Ich habe die Herren anders in Erinnerung, auch euch angelsächsische Herren. Aber freilich nur, wenn es ums Bauernschinden ging. Mag sein, ihr verliert all euren Mut mit eurem Besitz.“
Robin gebot dem Freund durch eine Handbewegung zu schweigen. „Spar deinen Spott“, sagte er ungeduldig. „Ein Mensch ist in großen Nöten, und auch wenn er nicht zu uns gehört, sollten wir ihm zu helfen versuchen.“
Dankbar blickte Allin ihn an.
„Ich habe nie den kleinen Leuten etwas zuleid getan“, beeilte er sich zu versichern. „Sähe ich sonst so aus?“ Er deutete auf seinen schäbigen Pelz und seine zerrissenen Stiefel. „Und würde ich mich sonst an euch um Hilfe wenden?“
„Das Mädchen ist unglücklich?“ fragte Marian.
„Auf den Tod“, beteuerte Allin.
„Sie soll nicht unglücklich bleiben“, entschied Robin. „Nenn uns Ort und Stunde der Trauung. Wir werden zur Stelle sein und dem edlen Sir eins aufspielen.“

Der Weihnachtstag goß Sonne über das Land. Auch das Dorf Stampington an der Straße nach Nottingham leuchtete freundlich in der kalten Morgenluft, als

Robin Hood mit einer Schar von vielleicht zwanzig Männern den Hang hinabstieg. Alle waren gewaschen und gekämmt, einige hatten sich sogar gegenseitig Haare und Bärte gestutzt. Denn wer zur Hochzeit geht, der soll ein liebliches, angenehmes Bild bieten, auch wenn er ungebeten kommt.

Die Straßen lagen menschenleer. Alle Bewohner des Dorfs hatten sich vor dem Altar der kleinen Kirche versammelt, wo nach der Messe die schöne Anna mit Sir Mortimer fürs Leben zusammengegeben werden sollte. Der vornehme und reiche Herr hatte zu dieser Feier eigens einen Prälaten mitgebracht, einen langen, spindeldürren Fünfziger mit dem Gesicht eines Säufers. Denn der Pfarrer von Stampington schien ihm nicht der rechte Mann, solch ein bedeutsames Ereignis zu vollziehen. Während das Weihnachtsamt im Innern des hölzernen Kirchleins vonstatten ging, verteilte Robin seine Leute auf dem Kirchhof, wo sie sich hinter Büschen und Grabkreuzen versteckten. Drei von ihnen sandte er zum Gasthaus; sie sollten sich um die zurückgelassenen Begleiter des Grafen kümmern.

Vorerst wollte er allein, gefolgt von Allin und Little John, durchs Portal gehen, und die anderen sollten sich auch diesmal wieder für den Fall bereit halten, daß ihre Hilfe benötigt würde.

Kaum daß der den Gottesdienst abschließende Segen gesprochen war, betrat Robin mit seinen Begleitern das Kirchenschiff. Aller Augen wandten sich nach ihnen um. Selbst der Priester, der vor der linken Altarseite das letzte Gebet las, riskierte einen Blick auf das, was da in seinem Rücken vorging. Leise erkundigte sich Robin bei Allin, wo denn der greise Bräutigam zu finden sei. Der deutete auf die erste

Reihe des Gestühls, die honorablen Besuchern der Messe vorbehalten war.
Da thronte er, der späte Freier, in der Pracht seines Fleisches, angetan mit einem schwarzen, kostbar bestickten und mit Pelz besetzten Überwurf, der von einem golddurchwirkten Gürtel gehalten wurde. Sein fast kahler Kopf leuchtete durch die Dämmerung der Kirche. Zu seiner Linken saßen der dürre Prälat, dem das Haar schmutziggrau vom Schädel herabhing, und zwei Herren, deren Kleidung an Pracht dem Gewand des Grafen Mortimer in nichts nachstand. Diese vier allein schienen die Störung nicht zu bemerken. Voller unbekümmerter Würde schienen sie weiter geradeaus auf den Altar zu blicken. In Wahrheit aber hielt das Gelage, mit dem der Graf am Abend zuvor Abschied vom Stand der Witwerschaft gefeiert hatte, ihre Hirne noch immer so sehr in Weindünsten gefangen, daß auch die kleinste Bewegung des Kopfes greuliches Stechen und Übelkeit verursachte.
„Da ist Anna!" flüsterte Allin aufgeregt, als nach dem Abzug des Priesters und der Ministranten ein weiß verschleiertes Mädchen von einem hochgewachsenen Mann aus der Sakristeitür geleitet wurde. „Der Mann neben ihr, das ist ihr Vater."
Nun erhoben sich auch die vier Herren aus der ersten Kirchenbank und gingen, der Prälat vorneweg, gemessenen oder, wie es vielen schien, schleppenden Schritts auf den Altar zu. Bei der Kniebeuge vorm Tabernakel wäre Sir Mortimer nicht mehr auf die Füße gekommen, hätten ihm nicht die beiden Zeugen einen helfenden Arm geliehen. Sie stützten ihn auch noch, während er sich stöhnend auf der Kniebank neben Anna niederließ. Unterdessen hatte der Küster

dem Prälaten in das funkelnde Meßgewand geholfen: Die Zeremonie konnte ihren Lauf nehmen.
Doch da rief Robin in die angespannte Stille, die über der Gemeinde lastete: „Halt! Ich habe gegen diese Trauung Bedenken anzumelden!“
Ein Stein, der in einen Bienenschwarm geworfen wird, hätte nicht mehr Verwirrung anrichten können, als diese Worte in der Kirche stifteten. Der Prälat erstarrte mitten in der Bewegung. Graf Mortimer stürzte, im Bemühen aufzustehen, von der Kniebank, so daß er zappelnd auf dem Bauch landete und von seinen Freunden erst mühsam wieder aufgerichtet werden mußte. Die meisten Besucher der Kirche waren aufgesprungen und verfolgten mit Neugier und unverhohlener Befriedigung Robins Gang zum Altar.
„Wer besitzt die Frechheit, eine heilige Handlung zu stören!“ donnerte der Prälat mit gewaltiger Stimme, die man seinem schmalen Brustkorb nicht zugetraut hätte.
„Ich, Robin Hood!“
Erwartungsvolles Raunen ging durch die dicht gedrängte Menge, als der Name genannt wurde, und die Herren vorn am Altar zogen unwillkürlich die Köpfe ein.
Mit einem Satz sprang Robin über die Kommunionbank.
„Du wagst es . . .“
„Ja, hochwürdigster Herr, ich wage es! Ich wage es im Namen der Liebe und der Gerechtigkeit, gegen diese Trauung Einspruch zu erheben. Ich wage zu behaupten, daß dieses Mädchen Anna den Herrn von Mortimer nicht aus freien Stücken heiratet und daß

die Trauung, die Ihr vorhabt, darum null und nichtig ist. Ich wage es, im Namen Allins vom Tal, der dem Mädchen seit drei Jahren anverlobt ist, um den sofortigen Segen des Priesters zu seiner Verbindung mit Anna zu bitten."
Der Tumult am Altar war unbeschreiblich. Der Prälat flüchtete sich einige Stufen höher.
Graf Mortimer konnte von seinen Freunden nur mit Aufbietung aller Kraft daran gehindert werden, sich auf Robin zu stürzen. Anna eilte zu Allin und warf sich in seine Arme. Nur Annas Vater blieb, wo er stand, den Kopf tief gesenkt, als schäme er sich.
Die Dorfleute in den Bänken blickten aufgeregt auf das unerhörte Schauspiel, das da vorn geboten wurde. Würden sie wohl Zeugen einer handfesten Prügelei werden? Die meisten gönnten dem alten Kerl den Aufruhr, der ihn um seine dritte Frau zu bringen drohte. Die Mädchen schmolzen hin vor Bewunderung für den edlen Robin Hood, und die Burschen fühlten sich größer und stärker, da sie den mutigen Mann am Altar sahen.
Es mochten zwei Minuten verstrichen sein, ehe der Prälat wieder Worte fand.
„Was berechtigt dich zu einer solch ungeheuerlichen Beschuldigung?" fragte er, zitternd vor Angst und Zorn. „Niemand zwingt dieses Mädchen vor den Altar. Aus freien Stücken hätte sie ihr Wort gegeben, dem edlen Grafen von Mortimer bis an ihr Ende eine treue und gehorsame Frau zu sein, so wie er ihr ohne Zweifel ein treuer, liebender Gatte gewesen wäre."
„Seht ihn Euch doch an, diesen edlen Grafen Mortimer", sagte Robin und wies mit weit ausholender

Geste auf die Jammergestalt des Grafens, der jetzt weinerlich zwischen seinen Freunden hing. „Das Beste an ihm ist seine Kleidung, mit der er vergebens seine Fettberge zu verdecken sucht."
Ein Heulen kam als Antwort aus dem Mund Mortimers, der wieder einen Versuch machte, sich aus der Umklammerung zu befreien.
Doch Robin ließ sich nicht beirren.
„Und nun blickt auf dieses Mädchen", fuhr er fort, als der Tumult am Altar abgeebbt war. „Seht Euch an, wie sie sich an den geliebten Mann drängt. Wagt Ihr da immer noch zu behaupten, sie würde ihr Jawort aus freien Stücken gegeben haben? Wenn je auf der weiten Welt eine Lüge über die Lippen eines jungen Menschen gekommen ist, dann wäre es heute vor diesem Altar geschehen."
„Du hast frech den Frieden eines Gotteshauses gebrochen!" zeterte der spindeldürre Prälat, dem in der Verwirrung keine bessere Entgegnung einfiel.
„Ihr irrt, Hochwürden", entgegnete Robin. „Ihr seid gekommen, im Namen Gottes einen lästerlichen Handel zu besiegeln. Ich will das verhindern. Also bin nicht ich der Friedensstörer, sondern Ihr. Da steht ein Mann", und er wies auf Annas Vater, „der sein Kind an einen reichen Greis verkaufen wollte. Er schämt sich, hoffe ich. Und da steht Ihr, der Ihr Euch anheischig macht, Sittlichkeit und göttliches Gesetz zu vertreten. Und Ihr wolltet Eure Hand dem Unsittlichsten leihen, das es unterm Himmel gibt. Zieht ab, Ihr seid ein böser Mensch!"
„Ich bestehe darauf, daß das Mädchen und sein Vater befragt werden", verlangte der Prälat energisch. „Ihre Meinung allein ist für mich entscheidend, nicht

das Wort eines ehrlosen, hergelaufenen Strolchs, der nach des Königs und Gottes Gesetz sein Leben hundertmal verwirkt hat."

„Stünden wir nicht in der Kirche", sagte Robin, „ich wollte dafür sorgen, daß Ihr bis an Euer Ende an die Beleidigung denkt, die Ihr mir zugefügt habt. Aber so sei's drum: Fragt die Tochter und den Vater. Hört Euer Urteil aus ihrem Mund."

Annas Vater trat einen Schritt vor. Er hielt den Kopf immer noch gesenkt.

„Ich habe unrecht gehandelt an meiner Tochter", sagte er tonlos. „Ich bitte sie um Verzeihung."

„Und du, Anna?" fragte Robin. „Willst du den Grafen von Mortimer zu deinem Mann nehmen?"

Anna machte sich von Allin los und schlug den Schleier zurück. „Nein!" antwortete sie mit fester Stimme. „Ich liebe Allin vom Tal, meinen Verlobten, und will ihn heiraten." Damit ging sie wieder an die Seite des jungen Mannes zurück, der zaghaft einen Arm um sie legte.

„Das wäre erledigt", stellte Little John mit Befriedigung fest. „Nun können wir zum fröhlichen Teil des Tages kommen."

„Noch etwas gibt es zu klären", unterbrach ihn Robin. „Ich nehme nicht an, daß Ihr, hochwerter Graf, und Eure Freunde bei der Hochzeit Annas mit Allin vom Tal zugegen sein möchtet. Klug wie ich bin, habe ich auch daran gedacht. Vor der Kirche stehen einige meiner Gefährten, die Euch sicher zum Gasthof geleiten und Euch beim Packen und Satteln helfen werden. Sie sind sogar begierig darauf, ein Stück mit Euch und Eurem Troß zu ziehen. Unter solch sicherem Schutz braucht ihr keine Waffen. Sie würden Euch auch nur auf Eurer langen Heimreise hinderlich sein. Und nun: Geht mit Gott. Es ist für alles gesorgt. Und vergeßt Robin Hood und seine Männer nicht. Vergeßt sie auch nicht, wenn Euch einmal das Gelüst ankommen sollte, für die Schlappe in Stampington Rache zu nehmen. Wir würden Euch empfangen, wie es Euch gebührt.“

Verwünschungen murmelnd, schwankten die vier Gestalten durch den Mittelgang des Kirchenschiffes und warfen die schwere Tür donnernd hinter sich zu.

Jetzt löste sich bei den Anwesenden das lang gestaute Gelächter. Mit Gewalt brach es los, daß das hölzerne Gebäude in seinen Grundfesten erbebte.

Der Pfarrer schlich ängstlich aus der Sakristei hervor. Kaum hatte er sein mausgraues Gesicht um die Ecke geschoben, da wurde er auch schon von Little John am Arm gepackt.

„Jetzt ist Eure Stunde gekommen, Hochwürden“, sagte er aufgeräumt. „Bräutigam, Braut und Zeugen“ — er zeigte auf sich und Robin — „sind zur Stelle. Die Trauung kann beginnen.“

„Herzlich gern, ihr Herren“, sagte der Pfarrer. „Aber das geht nicht. Jedes Paar, das vor den Altar treten will, muß zuvor an drei Sonntagen aufgeboten worden sein. Kommt in vier Wochen wieder, dann will ich die Trauung vollziehen.“

„Was denn? In vier Wochen erst?“ rumorte Little John. „Habt ein Herz, Hochwürden, für dieses liebende Paar. Gebt sie heute schon zueinander.“

„Es geht nicht“, beharrte der Pfarrer. „Es ist gegen das Gesetz der Kirche. Das Aufgebot muß sein.“

„Wenn Ihr's denn durchaus so wollt“, entschied John

nach einigem Überlegen, ,,dann gebt mir Euern Ornat.“
Und da der große Mann zu diesen Worten eine bärbeißige Miene machte, wagte der Pfarrer nicht, sich zu widersetzen. Angetan mit dem ungewohnten und viel zu kleinen und zu engen Gewand, erkletterte Little John die Kanzel und sprach: ,,Das heilige Sakrament der Ehe wollen sich spenden und werden hiermit zum ersten Mal aufgeboten: Allin vom Tal und Anna, Tochter des Herrn Alwulf.“
Siebenmal hintereinander verkündete Little John den Willen der Brautleute, sich trauen zu lassen, bis der Pfarrer rief: ,,Hört auf, um Gottes willen! Es ist genug!“ Zufrieden stieg Little John von der Kanzel, befreite sich von dem geistlichen Gewand und stellte sich zur Linken des Paars. In wenigen Minuten war die Trauung vollzogen, und jedermann in der Kirche hörte zweimal laut und deutlich das ,,Ja“, das den Bund besiegelte.
Noch Jahre später sprach man in Stampington von dieser Hochzeit. Das Haus des Brautvaters war schier zu klein für all die Gäste, die sich herzudrängten. Denn jeder im Dorf war eingeladen, und Robins Leute schleppten aus dem Wald, was sich an Gutem für Gaumen und Kehle auftreiben ließ. Bis in den Morgen hinein währte die Fröhlichkeit, an der auch der Pfarrer teilnahm. Bevor Robin schied, überreichte er Allin und Anna ein ledernes Säckchen, das prall gefüllt war mit Goldpfunden.
,,Nehmt das als ein Geschenk von uns“, sagte er. ,,Wer eine Ehe stiftet, muß auch etwas tun, sie zu erhalten.“

Von Bettlern und Mönchen

Die Geldkiste des Bischofs erlaubte Robin Hood und den Seinen über Monate ein Leben ohne Entbehrung. Dennoch war sie nicht unergründlich, zumal Robin freigebig mit dem Schatz umging. Hätten sie nach Räuberart das Geld nur für sich verbraucht und nicht Notleidende unterstützt, dann wären sie auf lange gesichert gewesen.
Daß er den Armen half und, mehr noch, daß er, wenn er Geld hergab, nie versäumte, den Bischof als unfreiwilligen Spender zu nennen, ließ dem hohen Herrn die Galle ins Blut steigen. Oft hörte man ihn Robin einen abgefeimten Schurken nennen, einen Satansbraten, der sich nicht damit begnügte, Geld zu rauben, sondern auch noch niederträchtig genug war, das Gewonnene wieder unter die Leute zu bringen. Einmal sagte er zu seinem Sekretär, einem frisch aus der Klosterschule gekommenen Mönchlein: ,,Ich kann verstehen, daß es einen nach Reichtum gelüstet und daß er alles unternimmt, ihn zu erlangen. Ich kann auch verstehen, wenn einer Leute überfällt und ausraubt. Aber erst zu rauben und den Raub dann im Namen des Beraubten zu verschwenden, das geht über meinen Verstand. Entweder ist der Mensch verrückt, oder er ist gefährlich. Ich glaube, er ist gefährlich, so gefährlich, daß wir uns alle zusammentun sollten, um ihn zur Strecke zu bringen. Was wird, wenn er an unser Land geht? Die Hungerleider werden ihm scharenweise hinterherlaufen und ihn höher verehren als einen König.''
Auch unter den Geächteten selbst gab es einige, die an Robins Verstand zweifelten. Sie nannten ihn einen

Verschwender, einen Toren, der für andere seinen und ihren Kopf aufs Spiel setzte, anstatt dafür zu sorgen, daß sie alle entweder in einem abgelegenen Winkel Englands oder in Frankreich den Rest ihres Lebens in Wohlstand und Freude zubringen könnten. Aber die Mehrzahl der Gefährten billigte Robins Verhalten, und wenn einer zu laut über Verschwendung oder Mißwirtschaft lamentierte, so konnte er gewiß sein, sich bald von einer Gruppe Kameraden umgeben zu sehen, die ihm klarmachten, daß sie sich nicht zusammengetan hätten, um wie die Räuber und die Herren vom Geld der anderen zu leben. Es kam auch vor, daß einer, der in die eigene Tasche stahl und raubte, mit allem Schimpf davongejagt wurde. Der Name der Geächteten aus dem Sherwood mußte sauber bleiben. Ihre Beute sollte denen wieder zuteil werden, die geschuftet und gefront hatten. So war's beschlossen, und so mußte es bleiben.

Als man schon den Boden der Kiste des Bischofs sehen konnte, berief Robin einige der engsten Vertrauten zu sich, um mit ihnen zu beraten, wie dem drohenden Mangel Abhilfe zu schaffen sei. An ein größeres Unternehmen war vorerst kaum zu denken, da sich die Herren nun, da sie von dem Mißgeschick des hochwürdigsten Herrn Bischofs von Hereford gehört hatten, auf ihren Reisen mit verstärkter Mannschaft umgaben. Und was womöglich noch ärger war: Viele scheuten sich seitdem, größere Geldmengen mit sich zu führen. Mußte jetzt Geld transportiert werden, so geschah es oft auf seltsame, zuvor nie gesehene Weise. Der Betrag wurde in kleinere Summen aufgeteilt, und einzelne Leute machten sich auf den Weg, das Geld unauffällig ans Ziel zu bringen. Die Boten

waren meistens als Bettler oder als Mönche verkleidet.
Robin hatte durch einen Bettler, der durch den Sherwood gekommen war, davon erfahren. Der hatte in einer elenden Herberge drei in Lumpen gehüllte Männer dabei beobachtet, wie sie des Nachts ihre Pfunde zählten, die sie in Ledersäcken unter den Röcken verborgen trugen. Und er war auch Zeuge einer Unterhaltung geworden, in der die drei sich berieten, welchen Weg sie am nächsten Tag einschlagen wollten, um ungeschoren an Robin Hood und seiner verwegenen Schar vorbeizukommen.
Und einmal waren Robin, Little John, Much und einige andere aufgebrochen, um einem Grafen aufzulauern, der zu Hofe zog und bei dem sie einen namhaften Geldbetrag vermuteten. Doch wie groß war ihre Enttäuschung, als ihnen ganze zwei Pfund in die Hände fielen. Die hatte ihnen der Herr großmütig überlassen und dabei gehöhnt: „Die fetten Zeiten für euch räuberische Burschen sind nun vorbei."
Wie aber sollte man die verkleideten Geldboten erkennen? Wenn es etwas im Überfluß gab im Land des englischen Königs, dann waren es Bettler und Mönche. Wer sein Hab und Gut an einen Herrn verloren hatte, der ging oft auf die Straße und trachtete von der Mildtätigkeit der Mitmenschen seinen Unterhalt zu bestreiten. Wer der Leibeigenschaft entfliehen und doch ein gesichertes Auskommen haben wollte, begehrte Aufnahme als Laienbruder in einem der zahlreichen Klöster, die über das ganze Land verteilt waren. Die Hunderte und aber

Hunderte von Bettlern und Mönchen auf den Straßen zu durchsuchen, wäre jedoch ein hoffnungsloses Unterfangen gewesen.

„Wie wär's", schlug Little John vor, „wenn sich einige von uns verkleideten und selber als Bettler oder als Mönche durch die Gegend zögen? Sie könnten in den Herbergen übernachten und mit den Leuten sprechen und sie auszuhorchen versuchen. Ich bin gewiß, so kämen wir unfehlbar ans Ziel."

„Das ist ein Gedanke, der es in sich hat!" rief Much begeistert. Stellt euch vor, wenn wir uns alle in der Kutte oder den Bettelsack umgetan auf den Weg machten! Im Nu hätten wir all das Pack durchgekämmt und die Böcke von den Schafen gesondert."

Auch Robin war sehr angetan vom Vorschlag Little Johns. Doch gab er zu bedenken, daß es äußerst gefährlich wäre, wenn sich alle Männer aus dem Sherwood an diese Aufgabe machten.

„Wir müssen beisammen bleiben", erklärte er, „und nur einige dürfen durchs Land ziehen. Wenn plötzlich hundert neue Bettler herumwimmeln und ein paar Dutzend Mönche auf den Straßen von Nottingham geistern, wird man Verdacht schöpfen. Laßt Little John und mich erst einmal die Probe wagen. Haben wir Erfolg, dann können andere ihr Glück auch versuchen."

Es half nichts, daß Much inständig bat, man solle auch ihm erlauben, verkleidet durchs Land zu ziehen, um nach goldschweren Bettlern und Mönchen Ausschau zu halten. Robin schlug ihm diesen Wunsch ab und bestellte ihn für die Zeit, da er nicht im Sherwood sein konnte, zu seinem Stellvertreter als Anführer der

Männer. Die Aussicht, daß für eine Weile alles nach seinem Willen zu geschehen habe, versöhnte Much denn schließlich auch.

Robin und Little John aber berieten sogleich, wie sie vorgehen wollten. Ein Bettlergewand war leicht gefunden, und John streifte es sich über. Die Mönchskutte, die Bruder Tuck getragen hatte, als er vor Jahren in den Sherwood gekommen war, mußte freilich erst für Robin passend gemacht werden. Als beide nun verkleidet dastanden, musterten sie einander für eine Weile und brachen dann in lautes Gelächter aus.

„Dominus tecum, Bruder", sang Little John. „Aus welchem Kloster seid Ihr entsprungen?"

„Unverschämtes Bettelpack!" rief Robin. „Immer dreister wird diese Landplage!"

Dann lachten beide wieder. Für den Rest des Abends trugen sie die seltsame Verkleidung, um sich daran zu gewöhnen. Little John übte sich im Hinken, damit er einen recht erbärmlichen Eindruck mache, und Robin murmelte, unterstützt von Bruder Tuck, unentwegt lateinische Floskeln.

Am nächsten Morgen verließen sie den Wald. Little John, der Bettler, wandte sich nach Süden. Robin schlug den Weg nach Osten ein. Winkend grüßten sie einander noch einmal, ehe sie sich vollends aus den Augen verloren.

Schon bald schwitzte Robin in der härenen Kutte, die eher für schattige Kreuzgänge gemacht war denn fürs Wandern unter der prallen Sonne. Little John hingegen in seinem zerlöcherten Gewand, das jedem kühlenden Windzug offenstand; hatte das bessere Teil erwählt. Vergnügt brummte er ein Liedchen vor

sich hin, während er mit großen Schritten Meile um Meile hinter sich brachte. Nur von Zeit zu Zeit hielt er inne, krümmte den Rücken, senkte den Kopf und ging für einige Minuten langsamer, das rechte Bein hinter sich herziehend. Stets schien er zufrieden mit sich zu sein nach solch einer Änderung des Ganges und der Haltung und legte das nächste Stück des Wegs um so beschwingter zurück.
Nach drei Stunden kamen hinter einer Biegung der Straße die ersten Häuser von Barnesdale in Sicht. Zufrieden, ein gutes Stück in kurzer Zeit geschafft zu haben, setzte er sich auf einen Stein am Rand des Wegs, nahm einen kräftigen Schluck aus einer Flasche mit Weizenschnaps, die er in seinem Bettelsack versteckt hielt, und blinzelte behaglich in die Sonne.
Er saß noch nicht fünf Minuten, da näherte sich ihm ein Paar in seltsamem Aufzug. Der eine, schwer und massig, war in ein Wams gehüllt, das einstmals einem Herrn als Feiertagsstaat gedient haben mochte, jetzt aber so verschmutzt war, daß seine ursprüngliche gelbe Farbe nur noch an einigen Stellen zu erkennen war. Seine Beine steckten in einem Rest von Hosen, die von einem ledernen Riemen gehalten wurden. Die Füße hatte er mit Lumpen umwickelt. Sein Kumpan wirkte nicht um einen Deut weniger elend. Er unterschied sich von ihm nur dadurch, daß er trotz der Hitze einen weiten, schweren Mantel trug, der aussah, als habe ihn ein Troßbube auf dem Weg nach Jerusalem und zurück mit sich geschleppt. Er verdeckte alles an diesem Mann bis auf den Kopf und die Füße, die schmutzig und bloß waren.
Als das Gespann näher kam, entdeckte Little John,

daß der Große die Augen geschlossen hielt und von dem Barfüßigen geführt wurde, so gut es gehen mochte. Denn dieser hatte einen verkrüppelten linken Arm und schüttelte sich nach jedem Dutzend Schritten von Kopf bis Fuß, wobei sein weiter Mantel sich wie das Gefieder eines Vogels aufplusterte.

Bei Gott, dachte John, da läuft mir gleich Konkurrenz über den Weg, bei der ich auf den Busch klopfen kann. Doch im geheimen dachte er, es sei wohl unsinnig, hinter diesen beiden Elendsgestalten geheime Boten zu vermuten.

Unendlich langsam und unter immer wiederholtem Schütteln und Stehenbleiben kamen die Männer näher.

„Gott zum Gruß!“ quäkte der Barfüßige und wurde wieder von einem Zittern befallen. „Willst du auch nach Barnesdale?“ Er kicherte unvermittelt. „Jaja, so ein schönes Begräbnis zieht doch die Kunden aus der ganzen Umgebung an. Paß auf, bis wir in der Stadt sind, werden wir noch manchem Bettler begegnen.“

„Ein Begräbnis?“ fragte Little John. „Und was haben wir mit einem Begräbnis zu tun?“

Mißtrauisch musterte ihn der Barfüßige.

„Hör dir den nur an“, wandte er sich an seinen Begleiter. „Der stellt komische Fragen.“

„Vielleicht ist er noch nicht lange genug auf der Straße“, mutmaßte der massige Mann, ohne die Augen zu öffnen, „und er weiß noch nicht, daß Trauernde am freigebigsten sind.“

„Ach so, das meint ihr“, warf Little John schnell ein. „Das weiß ich natürlich. Aber ich wußte nicht, daß in Barnesdale ein Begräbnis ansteht. Auf denn, Brüder, laßt uns gemeinsam gen Barnesdale ziehen.

Ich rieche schon förmlich den leckeren Leichenschmaus, der die Leute so gebefreudig stimmt.“
„Nicht so hastig“, sagte der Barfüßige, dessen Mißtrauen noch nicht gewichen war. „Du bist doch nicht etwa einer von denen, die jetzt als Bettler verkleidet durchs Land ziehen und in Wahrheit Gold unter ihren Lumpen tragen?“
„Da sei Gott davor!“ beteuerte Little John. „Du kannst mich durchsuchen, und wenn du auch nur eine Kupfermünze an mir findest, sollst du sie behalten dürfen.“
Entschlossen und ohne sich noch einmal zu schütteln, ging der Barfüßige auf ihn zu, betastete ihn von oben bis unten und griff in den Sack, ohne indes etwas anderes daraus zutage zu fördern als die Schnapsflasche, die er mit freundlichem Grunzen sogleich an den Mund setzte und erst nach einem langen Schluck wieder freigab.
Little John hatte nicht übel Lust, den unverschämten Gesellen zu ohrfeigen. Doch er dachte daran, daß die beiden ihm noch nützlich sein könnten. So sagte er nur: „Um die Wahrheit zu sagen: Ich bin noch ein Neuling in eurem Geschäft und hätte gern erfahren, wie man es am besten anstellt, wenn man das Mitleid der Leute erwecken will.“
„Hast du gehört, William, ein Neuling“, wandte sich der Barfüßige an seinen blinden Genossen. Dann fragte er Little John sachlich: „Und was für Gebrechen hast du?“
„Ich hinke.“
„So, du hinkst.“ In der Stimme des Barfüßigen schwang alle Verachtung der Welt. „Und das ist alles?“

„Ist das nicht genug?“
„Genug zum Verhungern schon. Aber wenn du nicht von allen Türen weggejagt werden willst, mußt du dir schon etwas Besseres einfallen lassen. Hinkende laufen zu Hunderten herum, und kein Mensch läßt sich von so einem Klumpfuß oder Steifbein noch rühren. Ja, wenn dir beide Beine fehlten ... Sieh mich an und meinen Freund. Er ist blind, und ich habe einen verkrüppelten Arm und den Veitstanz. Das ist so ungefähr das Schwerste, was man sich aussuchen kann. Aber es wirkt auch am besten.“
„Was man sich aussuchen kann?“ fragte Little John töricht. „Ja, seid ihr denn nicht wirklich ...“
„Wir sind hungrig“, wurde er prompt beschieden, „und haben keine Gelegenheit, unseren Hunger zu stillen, als die, ans Mitleid der Menschen zu rühren. Wenn jemand noch heile Glieder hat und sein Augenlicht und nicht alle paar Minuten von einem häßlichen Schütteln befallen wird und sieht uns daherwanken, dann wird ihm himmelangst, ihm könnte es auch einmal so ergehen. Und er gibt, um den lieben Gott zu versöhnen.“
„Blinde werden besonders reichlich versehen“, mischte sich nun der massige Mann mit dem ehedem gelben Wams ein, der die Augen aufgemacht hatte und dem Freund an die Seite trat. „Es ist nur so anstrengend, nicht zu blinzeln, wenn einem die Sonne ins Gesicht scheint.“
„Ihr seid mir nette Galgenvögel“, sagte Little John lachend. „Nehmt mich mit, und mir wird es an nichts mangeln.“ — „Topp“, entschied der Barfüßige. „Wir unterweisen dich, und du gibst uns die Hälfte von allem, was du erbettelst.“

,,Es sei drum", sagte Little John.
Und die drei zogen weiter gen Barnesdale. Da die Stadt schon nahe war und sie hin und wieder jemandem begegneten, mußten sie sich dazu bequemen, ihre Gebrechen zur Schau zu stellen. Das kostete sie zwar viel Zeit, doch bewahrte es sie davor, innerhalb der Stadtmauer vielleicht als Betrüger entlarvt zu werden. Kurz bevor sie das Nordtor erreichten, wurden sie von zwei Männern eingeholt, die ähnlich schäbig gekleidet waren wie sie und auch große Bettelsäcke umgehängt hatten, sich jedoch nicht die Mühe machten, durch Vortäuschen eines Gebrechens ihrem Gewerbe bessere Möglichkeiten zu eröffnen.
,,He, Freunde, wohin so eilig?" fragte der Barfüßige. ,,Das Begräbnis ist nicht vor zehn beendet, und vor elf sitzt keiner der Trauernden an der Tafel, um sich ein paar Unzen Kummerspeck anzufressen und des lieben Toten beim Wein zu gedenken. Kommt mit uns. Wir führen euch vor die richtige Tür."
Die beiden Eiligen sahen einander zweifelnd an. Der eine von ihnen, ein junger Bursche mit blassem Gesicht, dem man unschwer ansah, daß die Sonne nur selten seine Haut beschien, sagte schließlich zu dem Barfüßigen: ,,Laßt uns ziehen. Wir haben es eilig."
,,Oho!" lachte der Blinde und riß beide Augen vor Neugier auf. ,,Das ist mir noch nie begegnet: ein Bettler, der Eile hat. Zeit ist doch das einzige, das wir im Überfluß besitzen. Nur die Reichen müssen damit geizen."
,,Lebt wohl", sagte der Blasse. ,,Wir wünschen euch einen vollen Bauch und einen vollen Sack."
,,Laß sie, Freund", sagte der Barfüßige. ,,Wer unsern Rat nicht annehmen will, der braucht sich nicht

zu wundern, wenn er es zu nichts bringt."
Und er setzte, sich schüttelnd, seinen Weg fort, den Blinden, der beide Lider wieder heruntergeklappt hatte und ein gottergebenes Gesicht machte, am Arm führend.
Little John indes hatte beide Ohren gespitzt während der flüchtigen Rede und Gegenrede, die gewechselt worden waren. Es stimmte: Eile hatten nur die Reichen, auch wenn sie im Bettelgewand gingen.
Kurz entschlossen und ohne Abschied von den verwunderten Gefährten zu nehmen, beschleunigte er seinen Schritt und setzte ihnen nach, hütete sich dabei aber wohl, sie vorerst zu überholen oder sich ihnen zuzugesellen. Er hielt sich ein Stückchen hinter ihnen. Als sie das Tor passierten, war ihm für einen Moment, als hätte der Torwächter die beiden Bettler mit einem kurzen Kopfnicken gegrüßt.
Im Geschwindeschritt ging es durch die Gassen von Barnesdale. Weder der blasse Bursche noch sein Begleiter würdigten die Häuser auch nur eines Blicks. Zielstrebig gingen sie dem Südtor zu, das sie nach knapp zehn Minuten durchschritten.
Little John blieb ihnen auf den Fersen. Nach einer viertel Wegstunde südlich von Barnesdale, inmitten von Weizenfeldern, überholte er die beiden, nickte einen kurzen Gruß und ließ gleichzeitig seinen Stock quer über den Weg fallen. Dann bückte er sich danach und versperrte so den Durchgang.
„Euch muß ja ein siebenschwänziger Teufel im Leib sitzen", sagte er lächelnd und sah ihnen von unten ins Gesicht, „daß ihr so durch diese schöne Gegend rast. Ein ehrlicher Bettler kann kaum mit euch Schritt halten."

Unwillig versuchten sie, sich an ihm vorbeizudrängen, der blasse Bursche voran, hinter ihm sein rundlicher Gefährte, dem vor Anstrengung und Angst der helle Schweiß auf der Stirn stand.
„Nicht doch, Freunde“, beschwichtigte John sie. „Welcher ehrliche Bettler wird einem anderen ein Schwätzchen abschlagen. Kommt, setzt euch mit mir ins Korn. Es duftet nie so süß wie kurz vor dem Schnitt. Glaubt mir das.“
Dabei machte er eine solch drohende Miene, daß der Blasse noch blasser wurde und seinem Gefährten die ohnehin knappe Luft fast gänzlich ausblieb.
„Wir sind in Eile“, stieß der Blasse hervor.
„Das habe ich schon einmal gehört“, entgegnete John ruhig. „Ich jedoch nicht, ich möchte ein Schwätzchen mit euch halten.“
Und er zerrte den Blassen so heftig am Ärmel, daß er hintüber ins Getreide fiel. Der Begleiter setzte sich freiwillig an den Feldrain, seinen Bettelsack ängstlich mit beiden Händen umklammernd.
„Ich will kein ehrlicher Bettler sein, wenn da nicht etwas in euren Säcken geklingelt hat, als ihr euch hinsetztet“, sagte Little John. „Ihr habt auf eurer Wanderung wohl schon manchen Penny zusammengescharrt. Stimmt's?“
„Ein ... wenig nur“, stotterte der Blasse, und der andere nickte eifrig dazu.
„Dann laßt mich einmal einen Blick auf eure Bettelschätze werfen“, forderte Little John. „Ich bin ein guter Mensch und freue mich gern am Glück anderer.“
Doch als er den Sack des Blassen fassen wollte, sprang dieser auf die Füße, zog aus den Falten seines

Überwurfs einen kurzen Dolch und machte Miene, sich auf Little John zu werfen. Der aber hatte solches vorausgesehen und schnellte im Sitzen seinen linken Fuß vor, der das Handgelenk des Blassen voll traf. Mit einem Schmerzensschrei ließ dieser den Dolch fallen, und als er sich danach bücken wollte, empfing er ein paar klatschende Ohrfeigen, die seinen Kopf nach links und rechts warfen, ehe er halb betäubt auf den Weg sank.

Dann wendete sich Little John dem anderen Mann zu, packte ihn an der Kehle und schüttelte ihn wie ein Lumpenbündel, daß es im Sack klimperte.

„Willst du etwa auch einen Dolch gegen mich ziehen?“ fragte er drohend.

„Nein, nein, nein!“ röchelte der Mann.

Little John zog ihn empor und warf ihn neben seinen Gefährten.

„Ich habe etwas gegen eilige Bettler“, sagte er, indem er aufstand und sich breitbeinig über die beiden stellte. „Und Bettler, die gegen einen Leidensgefährten den Dolch ziehen, mag ich schon gar nicht. Steht auf und stellt euch an den Wegrand. Und wehe euch, wenn ihr noch einmal versucht, mir ans Leben zu gehen!“

Die beiden taumelten hoch und stellten sich an den Rand des Weges.

„Legt die Hände in den Nacken“, kommandierte Little John. „Wer auch nur die Nasenspitze bewegt, der soll meine Handschrift zu spüren bekommen.“

Mit einer blitzschnellen Bewegung hob er den Dolch auf und zerschnitt die Stricke, an denen die Bettelsäcke befestigt waren. Sie plumpsten zu Boden, und mit schreckgeweiteten Augen sahen die falschen

Bettler zu, wie Little John sie in aller Ruhe durchsuchte.

,,Da soll noch einmal einer behaupten, die Bettler lebten schlecht im Reich Seiner britischen Majestät", sagte er, als er beide Hände mit Goldstücken gefüllt wieder zum Vorschein brachte. ,,Wieviel Pfund schleppt ihr so mit euch herum?" fragte er, und als die beiden schwiegen, setzte er dem Blassen den Dolch auf die Brust. ,,Heraus mit der Sprache! Ich habe keine Lust, den ganzen Krempel zu zählen."

,,Sechshundert insgesamt", antwortete der Blasse in Todesnöten, ,,und ein paar Schillinge."

,,Sehr gut", stellte Little John fest. ,,Und wem gehören sie — ich meine: wem gehörten sie?"

,,Dem Grafen Berkley", gab der schwitzende Mann eilfertig zu. ,,Wir sind Verwalter seiner Güter und wollten das Geld nach London bringen, wo der Graf bei Hofe weilt."

Little Johne konnte sein befriedigtes Grinsen nicht unterdrücken, als er sagte: ,,Zieht nach London und meldet eurem Herrn, ihr wäret auf einen getroffen, der im Auftrag Robin Hoods kassiert. Und nun geht in Gottes Namen. Und noch eins: Laßt euch nicht einfallen, nach Barnesdale zurückzukehren. Ich bleibe noch drei Tage in der Stadt und werde ein wachsames Auge auf zwei Burschen von eurem Aussehen haben. Wenn ich euch dort erwische, geht es euch wirklich an den Kragen. Ich spaße nicht."

Er wartete noch, bis die beiden Gestalten am südlichen Horizont verschwanden, ohne sich noch einmal umgeblickt zu haben. Dann füllte er den Inhalt der beiden Bettelsäcke in den seinen um. Doch als er befriedigt und frohgelaunt wieder den Weg nach Norden antreten wollte, sah er sich plötzlich dem Barfüßigen und dem Blinden gegenüber, die mit einem Satz aus dem Weizenfeld auf die Straße sprangen.

„Für einen Bettler, der erst seit kurzem beim Gewerbe ist", redete der Barfüßige ihn an, „zeigst du großes Talent."

„Ich wittere halt die Freigebigen", erwiderte Little John schmunzelnd, „und weil ich ein so artiger Knabe bin, beschenken sie mich auch reichlich."

„Nachdem du ihnen ein wenig die Wangen gestreichelt und den Hals massiert hast", sagte der Blinde. „Ich habe alles genau beobachtet, auch daß du die kleine Gabe in deinen Sack umgefüllt hast."

„Du hast wirklich scharfe Augen für einen Blinden", gab Little John zu.

„Und ich habe gute Ohren", mischte sich der Barfüßige wieder ins Gespräch, „und die haben gehört, wie du den beiden Feiglingen etwas von Robin Hood erzählt hast. Schämst du dich nicht, in seinem Namen zu plündern?"

„Warum sollte ich mich schämen? Ich bin Little John, Robins bester Freund."

„Dann bin ich Much, des Müllers Sohn!" rief der Barfüßige und umtanzte Little John.

„Und ich bin Arthur Bland, der Gerber!" stimmte der Blinde laut und fröhlich ein.

„Ihr seid töricht, Freunde", sagte Little John ärgerlich, „und törichte Leute kann ich nicht ausstehen. Geht mir aus dem Weg."

„Nicht bevor wir geteilt haben", sagte der Blinde. „Du erinnerst dich doch an unsere Abmachung."

„Euch die Hälfte von allem zu geben, was ich

erbettelt habe", stimmte Little John zu. „Aber ihr mit euren scharfen Augen und euren guten Ohren wißt doch sehr genau, daß von Betteln nicht die Rede sein kann."

„Erbettelt oder nicht", stellte der Barfüßige fest, „es wird geteilt, da beißt die Maus keinen Faden ab."

Als Little John sah, daß die beiden Bettler nicht gesonnen waren, ihn ungeschoren ziehen zu lassen, verlegte er sich aufs Verhandeln und bot den beiden eine Handvoll Goldstücke an. Sie aber lachten nur darüber.

„Hör zu, mein Freund", begann der Barfüßige und trat drohend nahe an Little John heran, „mit uns ist nicht zu spaßen. Uns kannst du nicht so schnell in die Flucht schlagen wie diese beiden Hasenfüße. Wir verlangen jeder unseren ehrlichen Anteil."

Da Little John den Barfüßigen so frech reden hörte, schwoll in ihm der Zorn. Er riß den goldschweren Bettelsack von der Schulter und ließ ihn wie eine Steinschleuder in der Luft kreisen.

Den Blinden traf er an der rechten Schläfe, so daß der mit einem dumpfen Laut zusammensank. Der Barfüßige, dem es gelungen war, sich rechtzeitig aus dem Bereich des herumwirbelnden Golds zu bringen, versuchte mit tief vorgeneigtem Kopf Little John zu unterlaufen und ihn so zu Fall zu bringen. Doch der war gewandt und wachsam genug. Er riß das linke Knie hoch und traf den Anrennenden krachend an der Kinnspitze.

„Dummköpfe", sagte er verächtlich, als er die beiden Angreifer stocksteif und reglos im Straßenstaub liegen sah. „Wer mit Little John tanzen will, der muß die Musik bezahlen."

Dann griff er in den Sack, holte eine Handvoll Goldstücke heraus und streute sie über die bewußtlos Daliegenden, wie der Sämann Körner übers Feld streut.

,,Damit ihr eure Kopfschmerzen mit ein paar Kannen Wein kurieren könnt'', sagte er frohgemut, hängte sich den schweren Sack wieder um und trat den Heimweg an. Um Barnesdale schlug er einen Bogen und war noch vor dem Einbruch der Dunkelheit wieder bei den Gefährten im Sherwood. Lachend und verschwitzt vom Weg und der Last des Golds, stellte er den Sack vor sie hin und hatte seine helle Freude daran, wie ihnen die Augen vor Verwunderung schier aus dem Kopf traten, als sie in den gelben Metallstückchen wühlten.

,,Wenn Robin ähnlich erfolgreich ist'', stellte er nicht ohne Stolz fest, ,,dann braucht uns um unseren Unterhalt für die nächste Zeit nicht bange zu sein.''

Doch Robin war vorerst nicht so glücklich wie sein Freund. Den ganzen Tag über wanderte er durchs Land, ohne einen Mönch zu Gesicht zu bekommen, wurde von Bauern gegrüßt und grüßte zurück, und manches Mädchen mochte wohl verwundert dem gutgewachsenen Mann in der Kutte hinterhersehen, wie er rüstig über die Straßen zog.

Am Abend erreichte er die Grenze der Grafschaft Lincoln. Er kehrte bei einem Pfarrer ein, der ihn mit selbstgemachtem Honigwein traktierte. Aber so geschickt Robin auch fragte, ob denn nicht ab und zu Mönche durchzögen, die als Geldboten eingesetzt seien, der Pfarrherr wollte oder konnte ihm keine Auskunft geben. So mußte er sich denn mit belanglosem Gespräch begnügen, das sich meist um die

Teuerung im Land und den guten Obstertrag drehte. Mit einem kleinen Rausch vom reichlich genossenen Honigwein ging er ins lavendelduftende Bett und schlief bald ein.
Am Morgen ministrierte er bei der Messe und ließ sich das anschließende Frühstück gut schmecken. Als er aufbrechen wollte, sah er vom Fenster aus zwei Zisterziensermönche in den Pfarrhof treten, einen jungen und einen alten, die trotz der frühen Stunde schon einen beträchtlichen Weg hinter sich gebracht zu haben schienen. Sie begehrten vom Pfarrer eine Erfrischung, nahmen dankend den Apfelsaft entgegen, tranken die Becher in einem Zug leer und wollten eilends weiterziehen. Da trat Robin vor die Tür.
„Benedicte", grüßte er. „Wohin des Wegs, Brüder?"
„Benedicte!" antwortete der Alte. „Wir wollen nach Boston, im Auftrag unseres Priors."
„Nach Boston?" fragte Robin und stellte sich verwundert. „Das trifft sich ausgezeichnet. Boston ist auch mein Ziel. Unser Kloster hat in der Nähe der Stadt eine Filiale, und da will ich hin. Darf ich mich euch anschließen?"
Der Alte zögerte einige Sekunden. Dann aber schien er nach einem langen Blick auf die schwarze Kutte Robins beruhigt. Flüsternd beriet er sich mit seinem Begleiter, ehe er sagte: „Seid willkommen. Zu dritt wandert sich's besser. Ein frommes Gespräch kann uns den Weg nur verkürzen."
Man verabschiedete sich vom Pfarrer, der dem Dreigespann lange hinterherblickte und behaglich darüber nachdachte, wie schön es doch der liebe Gott ein-

gerichtet habe, daß sich die Leute, die ihr Leben seinem Dienst geweiht, überall so gut verstünden. Er murmelte noch einen Segen hinter den drei Brüdern her und begab sich dann zu seinen Bienenstöcken im Garten hinterm Haus.

Robin merkte bald, daß seine Begleiter an etwas Schwerem schleppten. Besonders der alte Mönch keuchte und schnaufte, daß einen das Jammern ankommen konnte. Doch als Robin ihn fragte, ob er nicht einen Teil der Last übernehmen könne, wehrte der Alte fast ängstlich ab, und der Junge beteuerte, sie trügen nichts mit sich unter der Kutte als etwas Brot und gedörrtes Fleisch. Sein Begleiter sei ein wenig asthmatisch und solch langen und beschwerlichen Wegen nicht mehr recht gewachsen.

Also zogen sie weiter gen Boston. Robin, aller Last ledig, einen soliden Knüppel schwingend, ging stets einige Schritte voraus. Nach einer weiteren Wegstunde fragte er abermals, ob er nicht etwas von der Last übernehmen könne, und wiederum wurde ihm Bescheid, man trüge nichts als Brot und Fleisch mit sich. Zu Mittag lagerten sie unweit einer Kapelle, die der Heiligen Jungfrau geweiht war. Erschöpft streckten die beiden Mönche die Beine weit von sich. Auch Robin setzte sich ins Gras.

„Für ein kühles Bier“, sagte Robin und wischte sich den Schweiß von der Stirn, „würde ich jetzt mein halbes Seelenheil geben. Ja, Brüder, schaut nicht so entsetzt. Der Durst ist eine Plage, genau wie die Sünde. Beide kommen vom Teufel. Und sie zu bekämpfen ist Gott gefällig. Drum laßt einen Schilling springen. Ich will ins nächste Dorf vorauseilen und eine Kanne Bier kaufen.“

,,Wir führen keinen Penny mit uns'', beteuerte der Alte, ,,sind auf unserer Reise ganz auf die Mildtätigkeit anderer angewiesen.''

,,Ganz recht'', stimmte der Junge eifrig bei. ,,So gern auch wir unsere Zungen netzen würden, es geht nicht. Vielleicht wird Gott uns zu einem frischen Quell führen.''

,,Ach, Bruder, ich bin durstig und nicht schmutzig'', seufzte Robin. ,,Das Wasser ist mir ein Greuel, seit ich gehört habe, wie der Herr während der Sintflut alles Getier und sündhafte Menschenpack im Wasser ersäuft hat. Und hat er nicht selber den Noah unterwiesen, Wein zu bauen? Seid keine Schelme, Brüder, und opfert einen Schilling für Bier.''

,,Wir haben nichts'', beharrte der Alte.

,,Die heilige Armut gestattet uns sowenig wie dir, Bruder, an den Schätzen der Erde teilzuhaben'', ergänzte der Junge.

Das zähe Beteuern der Mönche, nicht einen Penny mit sich zu führen, schreckte Robin nicht. Vielmehr stachelte es seine Erfindungsgabe, einen Weg zu suchen, um an das Geld seiner Begleiter zu kommen. Denn daß sie im Besitz von Geld waren, glaubte er fest. Er las es in ihren Gesichtern, über die sich jedesmal geheimer Schrecken legte, wenn er von Geld sprach. Er sah es an ihren Körpern, die sich unter der Last von Goldstücken krümmten. ,,Wie wäre es'', schlug er schließlich vor, ,,wenn wir zur Kapelle hinübergingen und der Heiligen Jungfrau ein Gebet brächten, wie es Brauch und Pflicht von uns fordern? Es würde uns stärken auf unserem Weg, Brüder.''

Dem Vorschlag konnten sich die beiden Mönche nicht widersetzen. Stöhnend zwar, doch ohne Zaudern

legten sie die zweihundert Schritt bis zur Kapelle zurück. Vor einem buntbemalten hölzernen Standbild der heiligen Maria sanken alle drei in die Knie und verharrten still, wobei einer den anderen verstohlen und voller Mißtrauen betrachtete.
Nachdem die Stille einige Minuten gewährt hatte, erhob Robin seine Stimme zu voller Lautstärke und betete zum Entsetzen seiner Begleiter:
,,Sieh uns arme durstige Menschen dir zu Füßen, o Maria. Der Staub der Straße hat unsere Kehlen ausgedörrt. Laß es nicht zu, daß wir vor Entkräftung am Wege liegenbleiben. Schenke uns deine Huld und ein paar Pennies für einen leckeren Trunk, amen.‘‘
Dann versank er wieder in Schweigen, während die Mönche einander ratlos ansahen. Plötzlich sprang er auf, lachte, rieb sich die Hände und rief, daß die kleine Kapelle widerhallte: ,,Brüder, die Heilige Jungfrau hat mich erhört! Sie hat Erbarmen mit uns! Ich wußte ja, daß dem gegeben wird, der aus reinem Herzen bittet. Stellt euch vor, was sie mir gesagt hat!‘‘
,,Was hat sie dir gesagt?‘‘ fragten die beiden Mönche wie aus einem Mund, und sie verhehlten ihren Argwohn nicht, der bis ins grenzenlose gewachsen war.
,,Sohn, hat sie mir gesagt, dein frommer Wunsch sei dir erfüllt, um deiner und deiner Brüder guten Taten willen. Ich will euch so beschenken, daß es euch ein Leben lang nicht an gutem Getränk mangeln wird. Durchsuch auf der Stelle, hat sie gesagt, deine beiden Gefährten, die frommen und bescheidenen Männer! Du wirst sehen, ich habe sie mit Goldstücken reichlich ausgestattet, weil sie mir ihr Leben lang so ergeben gedient haben.‘‘

Die beiden Mönche wurden wachsblaß, da sie den Betrug erkannten, mit dem ihr Begleiter sie traktierte.

„Freunde, laßt uns der Heiligen Jungfrau danken", sagte Robin, „und ihr hoch und heilig versprechen, unser Leben lang kein Wasser mehr zu trinken."

Mit diesen Worten trat er an die Mönche heran und faßte jeden von ihnen an einem Arm.

„Und dann laßt uns sehen, ob die Heilige Jungfrau das Wunder wirklich vollbracht hat."

Sie mochten sich drehen und wenden, wie sie wollten, aus Robins festem Griff entkamen sie nicht. Behutsam geleitete er die beiden Widerspenstigen ins Freie.

„Seht nach, Brüder, ob ein Wunder an euch geschehen ist", forderte er sie auf.

Die Mönche aber beklopften nur oberflächlich ihr Gewand und stellten fest, es sei kein Geld vorhanden.

„Ihr Kleingläubigen!" rief da Robin. „Euch mangelt's am Vertrauen in die Kraft des Wunders. Laßt mich nur nachschauen."

Und er warf sie zur Erde und suchte in ihren Kutten und fand, was er suchte: Jeder von ihnen trug an einem Strick um den Bauch eine Anzahl Ledersäckchen, aufgefädelt wie die Blutwürstchen und prall gefüllt mit Goldstücken.

„Das Wunder ist geschehen", sagte er schlicht, während er die Säckchen an sich nahm. „Dankt Gott, dem Herrn, und der Heiligen Jungfrau, daß sie uns beschenkt haben. Marsch, in die Kapelle!"

Als die Mönche zitternd die Kapelle wieder betreten hatten, warf er das Tor hinter ihnen zu und schob den Riegel vor.

„Merkt euch eins, ihr Herren", rief er ihnen durchs vergitterte Fenster zu, „die Lüge ziert den Menschen nicht, und sie führt ihn ins Verderben. Sagt eurem ehrwürdigen Abt meinen Gruß und richtet ihm freundlich aus, Robin Hood sei trotz allem zu seinem Geld gekommen. Benedicte, Brüder!"
Im nächsten Ort erstand Robin für fünf Pfund ein Pferd, und so war er vor Einbruch des Abends schon im Sherwood. Beim funzligen Licht der Öllampe wurde das Geld gezählt. Es waren auf den Penny genau vierhundertundfünfundneunzig Pfund. Als das Ergebnis bekannt wurde, machte Little John eine wegwerfende Handbewegung und sagte geringschätzig: „Wenn du immer so kleine Beute mitbringst, Robin, müssen wir verhungern."

Ein Pfingstgang nach Nottingham

Oft genug ging Robin die Mahnung im Kopf herum, die der Töpfer seinerzeit ausgesprochen hatte: „Nur im Wald zu hausen und die draußen in der Welt zu vergessen oder sich nicht um sie zu kümmern, das ist ein Geschäft, das jeder betreiben kann." Gewiß war seine Schar in den letzten Jahren zu einer Macht herangewachsen, über die niemand mehr zu lächeln wagte; gewiß herrschten sie über die vielen Quadratmeilen, die der Sherwood bedeckte, und nichts in diesem Gebiet und in den angrenzenden Orten konnte geschehen, von dem sie nichts wußten oder das sie nicht billigten. Aber sie blieben die Ausgestoßenen, und der Bischof von Hereford hatte sie sogar mit dem Kirchenbann belegt. Solange sie im Wald lebten und

sich höchstens in Verkleidung oder bei Nacht in die Siedlungen wagten, mußte sich unterm Volk, je länger, desto mehr, der Eindruck vertiefen, es fehle ihnen doch an wahrer Macht und auch an Mut, den Herren offen entgegenzutreten.
Einmal am hellichten Tag und ohne Verkleidung aus dem Wald treten, mitten unter die Menschen, und ihnen so zeigen, daß die Männer aus dem Sherwood mehr waren als eine Schar Geächteter! Unablässig bohrte dieser Gedanke in Robins Hirn. Er durfte nicht hinnehmen, was die geistlichen und weltlichen Herren über sie beschlossen hatten. Er, Robin Hood, mußte allen beweisen, daß im Sherwood der Wille lebte, am Leben der Menschen teilzuhaben.
Das Pfingstfest nahte, und es wurde in dieser Gegend immer besonders laut und ausgelassen gefeiert. Von nah und fern strömten an diesen Tagen die Bauern und die Handwerker aus den Dörfern nach Nottingham, so daß die Stadt die vielen Gäste nicht fassen konnte und manch einer auf den Wiesen vor den Mauern unterm milden Vorsommerhimmel kampieren mußte.
Nach dem Hochamt in Sankt Marien wimmelte dann alles auf dem Marktplatz und durch die Straßen. Buden wurden aufgeschlagen, Gaukler zeigten ihre Künste, wandernde Händler boten ihre bunten Waren feil, in den Schenken drängte man sich Kopf bei Kopf.
Man müßte unter diesen Menschen sein, müßte sich in der Kirche zeigen, beim Gottesdienst! Kein Bannfluch eines schurkischen Bischofs würde das verhindern können und nicht die bewaffnete Macht eines betrügerischen Sheriffs.

Abt Idlefons, vor dem Robin diese Gedanken eines Tages bei einem Besuch im Kloster laut werden ließ, erblaßte vor Schreck. Jetzt, dachte er, tritt das ein, was ich seit langem befürchtet habe. Robin begnügt sich nicht mehr mit der Herrschaft über Wald und Getier, will nicht mehr nur von Fall zu Fall die verletzte Gerechtigkeit rächen. Sein Sinn steht nach Aufruhr. Mitten unters Volk will er sich mischen! Wäre ich König, ich hätte diesen Mann schon längst zum Ritter gemacht und ihm Land zugewiesen, einen gehörigen Batzen, und eine Schar von Bauern, über die er herrschen könnte. Der Appetit auf Gerechtigkeit würde ihm bald vergangen sein. Nun ist es vielleicht zu spät. Gott allein weiß, was geschieht, wenn er zu Pfingsten in Sankt Marien erscheint.
Mit beredten Worten versuchte Abt Idlefons, Robin von seinem Plan abzubringen.
Er sprach von der Gefahr, die ihm bei einem solchen Unternehmen drohe, und davon, daß der König sich über die Maßen erbosen könne, wenn er von diesem Streich höre. Doch seine Vorhaltungen prallten an Robin ab.
„Sei demütig und gehorsam, mein Sohn. Anders führt kein Weg zur Gerechtigkeit“, sagte der Abt schließlich, errötete aber, sobald die Worte ausgesprochen waren, weil er wußte, wie leer sein Ratschlag war. So fügte er schnell hinzu: „Komm zu uns zur Messe, wann immer du willst. Im Kloster zur Heiligen Quelle wird stets ein Platz für dich frei sein.“
Aber Robin sah ihn nur verständnislos an. Wollte denn dieser Mann nicht begreifen, worum es ihm ging?
Auch die Gefährten, mit denen er über seinen Plan

sprach, rieten ihm ab. Es sei zu gefährlich, warnten auch sie, er werde ohne Zweifel erkannt und gefangen werden. Man hatte Beispiele dafür, daß der Sheriff Männer mitten im Gottesdienst hatte verhaften lassen. Wie wenig erst würde er zaudern, wenn es darum ging, einen Mann wie Robin Hood in seine Gewalt zu bringen!

„Schlag dir den Plan aus dem Kopf", sagte Little John am Samstag vor Pfingsten, als Robin wieder einmal die Rede auf sein Vorhaben gebracht hatte. Sie saßen vor Robins Hütte auf einer aus Ästen roh zusammengezimmerten Bank. Der späte Mainachmittag schüttete allen Zauber des Frühsommers über den Wald. Der Specht ließ sein eintöniges Hämmern hören, das Laub prangte noch im zarten Grün, der Wind fuhr raschelnd und angenehm kühlend durch die Bäume und trieb sein Spiel mit den Gräsern.

Robin indes achtete nicht auf den freundlichen Tag. Die Stirn gerunzelt, das Kinn in die Hand gestützt, knurrte er: „Zum Teufel mit deiner Vorsicht!"

Marian trat aus der Tür der Hütte und schaute besorgt auf die beiden Männer. Sie spürte die Verstimmung, die zwischen ihnen aufgekommen war, und versuchte, sie durch ein Lächeln und einen fröhlichen Zuruf zu zerstreuen. Doch weder Robin noch Little John achteten auf ihr Bemühen. Verlegen blieb sie in der Tür stehen und wußte nicht, was sie tun sollte, das Einvernehmen der Freunde wiederherzustellen. Als sie Robin fragte, was vorgefallen sei, wurde ihr barsch zur Antwort, sich nicht in Geschäfte zu mischen, von denen sie nichts verstehe. Vor solcher Rede zog sie sich empört zurück. Robin, dem die unwirsche Art, in der er sie angefahren hatte, leid tat,

wollte ihr ins Haus folgen. Aber Little John hielt ihn am Arm fest.
,,Laß uns erst ins reine kommen, Robin", sagte er beschwichtigend. ,,Wir sind besorgt um dich." In seiner Stimme lag all die Liebe, die er für den störrischen Freund empfand.
Robin aber hatte kein Ohr für die Sorge Little Johns. Unruhe erfaßte ihn. Er sprang von der Bank auf und ging vor der Hütte hin und her. Tief bohrte er die Spitze seines Schuhs ins Moos, daß die Ameisen eilends davonkrabbelten.
,,Ich gehe morgen früh nach Nottingham!" entschied er nach Minuten währendem Schweigen. ,,Und keiner kann mich davon abhalten."
Da Little John den Freund so entschlossen sah, war er bereit, einzulenken und zu versuchen, wenigstens die größte Gefahr von ihm abzuwenden.
,,Wenn du glaubst, du müßtest gehen, so geh", sagte er ruhig. ,,Doch laß einige von uns dich begleiten. Zwölf Bogenschützen genügen, um dich vor allen Nachstellungen des Sheriffs zu sichern."
,,Bin ich ein Herr, der sich nicht mehr allein unters Volk trauen kann? Muß ich mich von einer Leibwache umgeben lassen, ich, Robin Hood?" Zorn und sogar ein wenig Verachtung lagen in dem Blick, mit dem Robin Little John maß. ,,Ich brauche deine zwölf Bogenschützen nicht. In Sankt Marien bin ich sicher wie in Abrahams Schoß. Keiner wird wagen, Hand an mich zu legen vor allen Leuten. Die würden mich schützen vor den Bütteln des Sheriffs, besser, als ihr es könnt."
,,Robin, du träumst", sagte Little John besorgt. ,,Hat dich dein kühler Verstand denn ganz verlassen?

Glaubst du wirklich, man würde dir helfen können, wenn Bewaffnete aufziehen? Glaubst du, das Volk vermöchte gegen die Spieße anzugehen? Wach auf, Robin, laß dir gut raten.“
„Wenn du so um mich besorgt bist“, spottete Robin, „dann kannst du ja morgen früh hinter mir dreingehen und meinen Bogen tragen und vor der Kirchentür warten, bis die Messe aus ist. Ein ansehnliches Trinkgeld ist dir gewiß.“
Zwar bereute er in derselben Sekunde, da die Worte seinen Mund verließen, diesen Spott, doch war er nicht in der Stimmung, sich zu entschuldigen. Little John aber ging schweigend vom Platz. Stunden streifte er durch den Wald und sah dennoch nicht Busch noch Baum. Seine Gedanken kreisten immer nur um Robin Hood und dessen seltsames Verhalten. War er hochmütig geworden über seinen Erfolgen und seiner Beliebtheit beim Volk? Wußte er nicht mehr, daß er nichts war ohne die Freunde?
Was sonst konnte ihn am Pfingsttag nach Nottingham treiben? Die Stadt würde vor Menschen wimmeln, und der Sheriff hatte sicherlich bereits all seine Truppen aufgeboten, um Unruhen sogleich mit Eisen dämpfen zu können.
Lange stand Little John unter einer uralten Eiche, der der Blitz mehr als einmal in die Krone gefahren war und deren Äste sich bizarr nach allen Seiten reckten. Vom Westen her zog schon die Dämmerung herauf und dämpfte allmählich das helle Grün zu Grau.
Little John war zum Weinen zumut.
Warum nur verstand er den Freund nicht?
Allmählich spürte er mehr, als er begriff, was Robin gemeint haben konnte. Nicht Hochmut trieb ihn unter

die Menschen, sondern die Sehnsucht, nach so vielen Jahren sich einmal wieder frei und ohne Maskerade unter ihnen bewegen zu können, die Sehnsucht, einmal nicht der berühmte und besungene Geächtete zu sein, sondern Robin Hood, der Sohn eines Bauern, der seinen Fuß hinsetzen konnte, wohin er wollte. Aber zahlte es sich aus, dessentwegen Gefahr für Leib und Leben auf sich zu nehmen?

Little John hatte keine allzu große Sehnsucht nach den Siedlungen der Menschen. Zu stark noch war die Erinnerung an die Mühsal und das Böse, das er dort erfahren hatte. Ihm genügten der Wald und die Gefährten, ein paar Freunde und ab und an ein fröhlicher Streich, der einem die Kraft der eigenen Glieder bewies und dazu noch einen Gewinn abwarf. Eine saftige Prügelei auf einer Kirmes war ganz nach seinem Sinn. Aber Kopf und Kragen riskieren, um sich einmal in aller Öffentlichkeit zu zeigen?

Nachdenklich und unentschlossen kehrte er zum Lager zurück. Es war bereits Nacht, als er das Feuer erreichte, um das nur noch wenige Männer saßen. Einer sang ein schwermütiges Lied von einem Mädchen, das sich zu Tod grämte, weil der Liebste es verlassen hatte, einige hörten müßig zu, andere schnitzten an Pfeilen herum oder schärften Dolche und Schwerter an Steinen.

Much saß ein wenig abseits, wie immer, und der Ausdruck seines Gesichts deutete darauf hin, daß er wieder einmal in Gedanken an die Mühle seines Vaters versunken war. Vor einigen Wochen hatte er Little John seinen schönsten Traum offenbart: wieder Müller zu sein, das Klappern des Rads zu hören, die Kornsäcke hineinzuschleppen und mit der Hand die

Güte des weißstäubenden Mehls zu prüfen. Aber Little John hatte nur gelacht und ihn einen Dummkopf gescholten, der froh sein sollte, die Plackerei hinter sich gebracht zu haben, ein für allemal, und ein lustiges Leben im Wald führen zu können. Seitdem war Much nicht mehr zu bewegen gewesen, in Little Johns Beisein von der Mühle zu sprechen, und Little John, als er gemerkt hatte, wie sehr er den Freund mit seinem Lachen gekränkt, brachte hinfort auch nicht mehr die Rede auf Muchs Kummer und Wunschvorstellung.

Heute aber, da er selber mit Zweifeln angefüllt war, ließ er sich neben Much nieder und fragte ihn, ganz ohne Arg und Spott, ob er wieder einmal in seines Vaters Mühle weile. Much merkte schon am Klang der Stimme Little Johns, daß der ihn nicht verspotten wollte, und gab ordentlich Bescheid: Ja, er habe wieder einmal seinen Gedanken nachgehangen, das verkürze ihm die Zeit und vertreibe die Einsamkeit.

„Es scheint, als ob der schöne Wald sich mit blasser Schwermut überziehen wollte", sagte Little John mit einem komischen Seufzer. „Die Sehnsucht raubt euch allen noch den Verstand."

Und er erzählte Much, was ihm einige Stunden zuvor mit Robin widerfahren war. Der hörte aufmerksam und verständnisvoll zu und sagte schließlich: „Wir dürfen ihn jetzt nicht im Stich lassen, Little John. Und wenn er nicht will, daß wir ihn begleiten, werden wir ihm eben folgen, ohne daß er es weiß. Halten wir uns also bereit, ihm morgen früh auf den Fersen zu bleiben auf seinem Weg nach Nottingham. Er wird, glaube ich, unsere Hilfe bitter nötig haben."

Robin schlief nur wenige Stunden, und in diesen

wenigen Stunden schlief er schlecht. Bis in den Traum hinein bedrängte ihn die Reue, Little John vor den Kopf gestoßen zu haben. Er sah sich wieder mit dem Freund vor der Hütte beisammensitzen, und er hörte, wie er ihm in freundlichen Worten erklärte, warum er nach Nottingham müsse.

,,Solange wir uns im Wald versteckt halten'', hörte er sich sagen, ,,sind wir zwar unbequem, doch nicht allzu gefährlich. Man macht Jagd auf uns oder nicht. Wir plündern einen Bischof oder fangen einen der Herren weg und geben ihn gegen Lösegeld wieder frei. Wir spielen ihnen einen Possen, indem wir uns verkleiden und in die Stadt kommen. Manchmal habe ich das Gefühl, wir sind recht froh geworden, daß wir fernab von den Siedlungen wohnen, fernab auch von den Nöten, die in den Siedlungen herrschen. Robins lustige Schar, so nennt uns das Volk, und es liebt und bewundert uns, weil wir nicht nach der Pfeife tanzen, auf der uns die Herren vorspielen, weil wir sie hin und wieder gehörig rupfen und den Armen einen kleinen Teil von dem zurückgeben, was man ihnen gestohlen hat. Ein Gang aber, wie ich ihn morgen vorhabe, im allen bekannten grünen Wams und die Grauganfeder am Hut, ändert alles. Vielleicht wird mich der Sheriff fangen und in den Turm werfen. Aber dann hat das Volk gesehen, daß wir nicht nur listig sein können im Schutz des Walds oder in einer Verkleidung, sondern auch mutig. Versteh mich, John. Ich bin nicht hochmütig geworden und nicht übermütig.''

Unausgeschlafen brach er vorm Morgendämmern auf. Den ganzen Weg über verfolgte ihn der Gedanke, einen unversöhnten Freund zurückgelassen zu haben. Wenn er heil aus Nottingham zurückkam, wollte er

als erstes mit Little John sprechen.
So sehr war er in seine Überlegung versponnen, daß er nicht zurückblickte und nicht sah, wie Little John und Much ihm in gehörigem Abstand folgten, jede Möglichkeit ausnützend, sich hinter Bäumen und Felsen vor dem Blick Robins zu verbergen.
Die Wächter am südlichen Tor von Nottingham machten große Augen, als ein Mann an ihnen vorbeiging, der wie Robin Hood aussah, wortlos und grußlos die Straße zu Sankt Marien hinauflief und seine Feder im Wind wippen ließ, als wäre es die selbstverständlichste Sache von der Welt. Doch waren sie unentschlossen, ob sie dem Sheriff den seltsamen Besucher melden sollten. Wenn er wirklich Robin Hood ist, so dachten sie, und kommt ganz offen und ohne Begleitung in die Stadt, dann müßte es doch mit dem Teufel zugehen, wenn er nicht ein Stelldichein mit dem Sheriff selbst hat; lebensmüde ist der Bursche wohl nicht. Und sie blieben auf ihrem Posten und hatten ein waches Auge auf die anderen Passanten, die vom feierlichen Geläut der Glocken angelockt wurden.
Robin mischte sich unter die Kirchgänger, die in ihrem besten Staat aus den Häusern strömten, und die Bauern, die von jenseits der Mauern kamen und auf den ersten Blick an ihrem schäbigen Habit zu erkennen waren, mochten sie sich auch noch so große Mühe gegeben haben, sich in ihrer Kleidung dem Feiertag anzupassen. Die Überlegungen, die die Wächter am Tor hatten zögern lassen, den Mann im grünen Wams für Robin Hood anzusehen, nährten auch die Zweifel der Kirchgänger. Wohl glaubte mancher unter ihnen, in dem Weggenossen den be-

rühmten Geächteten zu erkennen. Doch wollte es niemandem in den Kopf, daß er sich auf diese Weise mutwillig der Gefahr aussetzen könnte. Und so schwiegen sie voreinander und behielten ihre Mutmaßungen für sich.
Robin erreichte die Kirche noch vor dem Beginn der Messe und kniete sich in eine Bank vor dem Marienaltar. Beim Kyrie drängten sich Little John und Much abgehetzt durch die hinten stehende Menge und hielten besorgt Ausschau nach dem Freund. Erleichtert sahen sie ihn unbehelligt. Daß in diesem Augenblick ein Mönch sich hastig durch die Menge der Gläubigen zwängte und durchs Portal das Freie gewann, entging ihnen. Er eilte über den Markt zum Haus des Sheriffs, wo er nur kurze Zeit blieb. Dann ging er, gemessener nun, wie es sich für sein geistliches Kleid geziemte, auf die Kirche zu und nahm wieder im Chor unter den Brüdern Platz. Wäre Robin nicht so in seine Gedanken vertieft gewesen, er hätte in dem Mönch einen der Weggefährten wiedererkannt, die er mit List und Gewalt um einige Säckchen Gold erleichtert hatte.
Much, der dem Portal am nächsten stand, witterte als erster der drei Freunde Gefahr. Fieberhaft überlegte er, wie er Robin verständigen könnte. Ein lauter Ruf wäre am wirkungsvollsten gewesen. Aber er hätte zweifelsohne damit die ganze Gemeinde aufmerksam gemacht und Robin vielleicht einen schlechten Dienst erwiesen. So versuchte er denn so unauffällig wie möglich, zum Marienaltar durchzukommen. Doch mit dem letzten „Amen“ brachen des Sheriffs Leute bereits in die Kirche. Much stand einige Schritte von Robin entfernt und konnte nur noch „paß auf!“

rufen. Im selben Moment fühlte er sich nach vorn gestoßen, und ehe er wieder sicheren Stand gefunden hatte, waren drei, vier Bewaffnete aus einem Seiteneingang auf Robin zugesprungen und umklammerten ihn.

Little John wollte zu Robin durchbrechen, jedoch ein Kordon der Soldaten des Sheriffs drängte ihn und die neugierig gewordene Menge ab. Hilflos und bebend vor Wut, mußte er zusehen, wie der sich heftig wehrende Freund von vier Bewaffneten aus der Kirche geschleppt wurde.

Der Sheriff im blauseidenen Festtagsgewand trat nun aus der Sakristei, wo er sich verborgen gehalten hatte. Sein Gesicht spiegelte eitel Zufriedenheit. Mit einem Handzeichen gebot er der raunenden Menge Ruhe.

„Heute", sagte er aus stolzgeschwellter Brust, nachdem Totenstille sich im Kirchenschiff ausgebreitet hatte, „heute endlich ist es uns gelungen, einen der frechsten Gesetzesverächter in unsere Gewalt zu bekommen. Robin Hood wurde gefangen, als er seine Bosheit zu weit trieb und den Frieden unserer Kirche störte. Seine Strafe ist ihm gewiß. Morgen früh werden Boten zum Hof des Königs geschickt, um Seiner Majestät die Gefangennahme des Verbrechers zu melden. Ihr alle", und er beschrieb mit dem rechten Arm einen weiten Kreis über die Köpfe der Zudrängenden, „die ihr in der Furcht des Herrn und in der Achtung vor dem Gesetz lebt, werdet mit mir Genugtuung verspüren. Geht nun und feiert die Pfingsten. Wir haben Grund zu feiern!"

Beschwingten Schritts verließ der massige Mann die Kirche, unbekümmert darum, daß er komisch wirkte in seinem Frohlocken und daß viele Gesichter ihm gar

nicht freundlich nachschauten. Von den Stufen des Portals aus sah er noch, wie sein Feind am anderen Ende des Marktplatzes, von einem Dutzend Männern eskortiert, in den Gefängnisturm gebracht wurde. Sein leises Lachen klang böse.
Während der Sheriff von seinem Schreiber die Botschaft an den König aufsetzen ließ und sie siegelte, eilten Little John und Much aus der Stadt. Der Zorn darüber, daß sie dem Freund nicht hatten helfen können, und die Sorge um sein Schicksal lähmten ihnen die Zunge. Wie von selbst schlugen sie nicht den Weg zum Sherwood ein, sondern lenkten ihre Schritte in Richtung Barnesdale, das an der Heerstraße nach London lag.
Erst nach drei Stunden legten sie die erste kurze Rast ein und berieten, was zu tun sei. Sie kamen zu dem Schluß, daß die Boten an den König auf jeden Fall abgefangen werden müßten, schon um Zeit zu gewinnen. Vielleicht wäre es sogar gut, anstelle der Boten nach London zu eilen, um des Königs Gnade für den Freund zu erflehen. Much machte den Vorschlag, in der verfallenden Mühle seines Vaters zu übernachten. An dieser Mühle mußten die Boten auf ihrem Weg nach London vorüber. Hier konnten sie ihnen auflauern.
Gegen Abend erreichten sie ihr Ziel. Die Mühle lag, an die tausend Schritt von einem Dorf entfernt, an einem Bach, der sich in vielen Windungen durch das flache Land zog. Betrübt betrachtete Much die Reste des Strohdachs und das blockierte hölzerne Rad. Der untere, ins Wasser ragende Teil des Rades schien verfault zu sein, der schnell fließende Bach hatte Stücke aus dem Holz gerissen. Die Haustür war

zerbrochen und hing nur noch an einer Angel. Die große Stube zu ebener Erde bot ein Bild des Verfalls: Unkraut wucherte zwischen den zerborstenen Dielen, die Decke hing herab, und die Lehmfüllung des Fachwerks zeigte beträchtliche Löcher, durch die die Abendkühle empfindlich hereindrang.

Doch allzuviel Zeit blieb Much nicht, seinen Gedanken über die hier verlebten glücklichen Jahre nachzuhängen. Der weite Weg, im Eilschritt zurückgelegt, hatte die Glieder der beiden Männer dumpf und schwer werden lassen. Notdürftig säuberten sie eine Ecke des Raums vom gröbsten Schmutz und streckten sich aus, ohne an ihren nagenden Hunger zu denken.

Sie erwachten vorm ersten Hahnenschrei vom Knurren ihrer Mägen, und während Much ins Dorf ging, Brot zu erbitten, faßte Little John Posten an der Straße. Ihre Geduld wurde auf eine harte Probe gestellt. Die Sonne stand schon hoch am Himmel, und noch immer war von den Boten des Sheriffs nichts zu sehen. Little John begann bereits zu argwöhnen, daß Much sich geirrt habe und daß noch andere Straßen nach London führten, da hörten sie Hufschlag aus der Ferne, der schnell lauter wurde. Wie auf ein Kommando erhoben sie sich und verbargen sich zu beiden Seiten der Straße. Als die Reiter in Sicht kamen, trat Much in die Mitte des Weges und winkte wild mit den Armen.

Die beiden Reiter zügelten den Galopp ihrer Pferde, hielten an, und einer von ihnen, ein vierschrötiger Geselle, den Much und Little John schon in der Kirche von Sankt Marien gesehen hatten, rief in donnerndem Baß: „Mach Platz! Wir sind Kuriere des

Sheriffs von Nottingham auf dem Weg zum König nach London. Mach Platz, oder wir reiten dich nieder!"
Diese Worte wirkten wie ein Signal. Little John stürzte hinter dem Busch hervor, klammerte sich an das rechte Bein des zweiten Reiters, eines jungen Burschen, der seinem Alter nach noch in Pagendiensten stehen mußte, zerrte ihn vom Pferd, noch ehe er sein Schwert ziehen konnte, und setzte ihm den Fuß auf die Brust. Much hatte sich unterdessen hinter den vierschrötigen Kerl auf das Pferd geschwungen und versuchte, ihn, dem vor Überraschung der Mund töricht weit offenstand, aus dem Sattel zu heben. Er preßte ihm die Armbeuge gegen den Hals, so daß seine Gesichtsfarbe ins Bläuliche hinüberwechselte und er in verzweifeltem Bemühen, sich aus der Klammer zu befreien, die Zügel fahrenließ. Mit einem gewaltigen Ruck nach links schleuderte Much dann den Reiter aus dem Sattel. Beide fielen zu Boden, ohne daß Much seinen Gegner aus der Umklammerung freigab.
Little John hatte währenddessen den leichtgewichtigen Jüngling hochgerissen; er stellte ihn gegen einen Baum und begann ihn mit der rechten Hand zu durchsuchen, während die Linke den Körper mit unwiderstehlicher Gewalt gegen das Holz preßte. In einem Lederbeutel auf der Brust fand er das gesiegelte Schreiben des Sheriffs an den König.
Triumphierend wandte sich Little John zu Much um, schwenkte das Blatt und rief: „Hier ist, was wir suchen!"
Diesen kurzen Augenblick der Unaufmerksamkeit nutzte der junge Mann dazu, sich mit aller Gewalt,

die er aufbringen konnte, gegen Little John zu werfen. Es gelang ihm auch, den Hünen zum Straucheln zu bringen, und er huschte wie ein Schatten zu seinem Pferd, hob sein Schwert aus dem Gras auf, wohin Little John es achtlos geworfen hatte, und sprang John von hinten an.
Nur weil dieser gerade im Begriff war, sich umzuwenden, blieb er von dem tödlichen Streich verschont. So ritzte der Stahl nur seinen Oberarm und stachelte seine Wut. Mit einem Schrei, der das Pferd zurückscheuen ließ, zog er seinen Dolch und rannte ihn dem Jüngling in den Leib. Lautlos sackte er zusammen.
„Das ist der Lohn für seine Hinterlist", sagte Little John beklommen, wie um vor sich selbst den Tod des jungen Mannes zu rechtfertigen, und wandte sich zu Much um. Aber auch diesem war alles andere als wohl zumut. In dem Bestreben, seinen Gegner nicht aus der Umklammerung zu lassen, hatte er ihn so fest gepackt, daß er erstickt war. Erschrocken beugte er sich über den leblosen Körper. Das Handgemenge vor der Mühle seines Vaters hatte ihm die Fassung geraubt. Zum Schmerz über das verlorene Glück vergangener Jahre gesellte sich nun das Bewußtsein, den Tod verbreitet zu haben. Doch es blieb ihnen keine Zeit, sich in Bestürzung über den Tod der Boten zu verlieren. Robin mußte geholfen werden. In der Mühle fanden sie einen rostigen Spaten, mit dem sie ein Grab für die beiden Männer aushoben. Dann bestiegen sie die Pferde und ritten gen London. Zwei Tage später erreichten sie ihr Ziel.
Die lärmende Stadt mit ihren Tausenden Häusern, ihren Dutzenden Kirchen, den Brücken, den Ver-

kaufsbuden, den Werkstätten aller Art, die engen Straßen, darin es von Menschen wimmelte, die Schiffe, die die Themse herauffuhren und an den Kais ihre Güter aus aller Welt löschten, diese Stadt mit elendesten Bettlern und prangenden Herren, die sich in Sänften tragen ließen, erschreckten die beiden Freunde, die, in Dörfern aufgewachsen, nur selten in eine kleine Stadt gekommen waren und sich seit Jahren an die Stille der Wälder gewöhnt hatten. Verschüchtert und linkisch fragten sie sich nach dem Tower durch, dem Sitz des Königs, der gleichzeitig als Feste gegen Feinde und Verlies für wichtige Staatsgefangene diente. Der Anblick dieser Burg, die trotz ihrer weißen Tünche dunkel und drohend am Themseufer emporragte, benahm ihnen den Atem. Zu viele Geschichten von grausamen Herrschern, die ihre Feinde hier hatten verhungern oder zu Tode quälen lassen, waren ihnen zu Ohren gekommen, als daß sie nicht ein Schauern angekommen wäre.
Indes gelangten sie nicht einmal über die Brücke in den Vorhof. Der Kommandant der Wache, ein Sizilianer, der des Königs Gunst auf dessen Kreuzzug errungen hatte und ihm ins ferne, neblige England gefolgt war, musterte mit Mißtrauen ihren schmutzigen Aufzug, las die Botschaft des Sheriffs, lächelte geringschätzig und verschwand schließlich in einem der vielen Gänge der Burg. Zwei Stunden warteten Little John und Much darauf, daß ihnen Bescheid würde. Dann trat ein junger Geistlicher zu ihnen und tat ihnen mit sanfter Stimme kund, der König weile nicht im Tower.
„Indessen", fuhr er fort, „erscheint mir die Botschaft, die ihr ihm zu überbringen habt, wichtig

genug. Drum sage ich euch, wo ihr ihn finden könnt: Reitet gen Hastings. Auf halbem Weg liegt das Schloß des Herrn Guidomar von Limoges, das Schloß eines widerspenstigen Vasallen. Das belagert der König mit zweihundert seiner Leute. Und nun: Zieht mit Gott."

Mit frischen Pferden ausgerüstet, bewältigten sie die Strecke bis zum Abend. Abgehetzt erreichten sie das Lager zu Füßen des Schlosses, das von einer Anhöhe aus das Land überschaute und den Leuten des Königs mit starken Mauern trotzte. Bald erkannten sie unter den mannigfaltigen und bunten Zelten das des Königs. Es überragte die anderen, war geräumiger und mit einer Fahne geschmückt, die den Ginsterzweig, das Wappen der Plantagenets, auf weißem Grund zeigte.

Trotz der Unbekümmertheit, die Little John und Much zur Schau trugen, klopfte ihnen das Herz im Hals. Bald sollten sie König Richard gegenüberstehen, der wegen seiner Stärke und seines Muts den Beinamen ,,Löwenherz" trug. Über niemanden im Land, auch nicht über Robin Hood, waren so viele Geschichten in Umlauf wie über den König. Seine Kriegsfahrt nach dem Morgenland, die Kämpfe, die er sich mit den Truppen des Sultans Saladin geliefert hatte, seine abenteuerliche Rückkehr, auf der er vom Markgrafen von Österreich und vom deutschen Kaiser gefangengenommen und nur gegen ein riesiges Lösegeld wieder freigegeben worden war, die Behauptung seines Throns gegen Johann Ohneland, den eigenen Bruder, seine zahlreichen Fehden, die er mit den großen Baronen austrug, wann immer es für ihn Geld oder Land zu gewinnen gab, seine erbitterten

Kriege mit dem französischen König Philipp August und nicht zuletzt sein Ruf als Dichter und Sänger: All das ging von Mund zu Mund.
König Richard empfing die beiden Männer sogleich, in der Meinung, sie seien die Boten des Sheriffs von Nottingham. Er saß auf einem stabilen, mit Fellen bedeckten Holzstuhl, als sie das Zelt betraten, und seine Gestalt konnte sich an Größe, seine Brust an Umfang mit der Little Johns messen. Unter buschigen Brauen beherrschten durchdringende dunkle Augen ein Gesicht, das von den Strapazen und Gefahren eines Lebens in Heerlagern und Schlachten gezeichnet war und Spuren vorzeitigen Alters trug. Er war wegen der Hitze nur mit einem weißen Hemd und Strumpfhosen von leuchtendem Blau bekleidet. Neben ihm, auf einem kleinen Tisch, stand ein prächtiger goldener Becher, aus dem er hin und wieder einen tiefen Schluck nahm, während er die Botschaft des Sheriffs las.
„Ihr also seid die Boten meines Sheriffs von Nottingham", stellte er dann fest und musterte mehr belustigt als drohend die beiden Männer in den grünen Wämsern, die vor ihm standen und betreten zu Boden blickten. „Könnt ihr lesen?"
„Nein, mein König", antwortete Much.
„Dann wißt ihr nicht, was in diesem Brief steht?"
„Wir nehmen an, daß der Sheriff Euch mitteilen will, er sei des Räubers Robin Hood habhaft geworden, und daß er anfragt, ob er ihn gleich hinrichten lassen oder ihn an Euch senden soll, damit Ihr ihn bestraft", sagte Much.
„Das stimmt. Aber es steht noch etwas in diesem Brief. Hört selber." Und Richard las: „Ich übersende

Eurer königlichen Majestät diese Botschaft durch einen meiner Hauptleute und den Pagen Guillaume, den ich untertänigst der Erziehung an Eurem Hof anempfehle.“ Er blickte von dem Pergament auf und sah die niedergeschlagenen Augen der Männer. „Nun, ihr Herren, wer von euch ist der Hauptmann, wer ist der Page?“ Little John und Much schwiegen.

„Bist du der Page?“ wandte er sich an Little John, der vor Verlegenheit nicht wußte, wohin mit seinen großen Händen.

„Nein“, stieß der schließlich hervor. „Den Pagen hat unterwegs der Blitz getroffen.“

„Und wo ist der Hauptmann?“

„Den hat das hitzige Fieber hinweggerafft“, log John weiter. „Sterbend übergab er uns die Botschaft mit der Bitte, sie doch um Gottes willen Euch zu überbringen.“

„Ihr Schwindler“, rief König Richard. Aber in seiner Stimme lag nicht die Drohung und der Zorn, die dem Augenblick angemessen gewesen wären. „Soll ich raten, wer ihr seid?“ Er legte eine kleine Pause ein, und sein volles, von Narben gezeichnetes Gesicht verzog sich zu einem belustigten Grinsen. „Ihr seid Gefährten Robin Hoods, habt die Boten erschlagen...“

„Das war nicht unsere Absicht“, beteuerte Much.

„Ihr habt die Boten erschlagen“. beharrte der König lautstark, „den Brief an euch genommen. Und nun wollt ihr sehen, wie Richard über euren Freund entscheidet. Ich sollte euch auf der Stelle hängen lassen!“

Little John und Much fuhren zusammen.

„Mit Männern, die meinem und meiner Stellvertreter Willen trotzen, die das Gesetz verletzen, sich zusammenrotten, ehrbare Herren überfallen und dann noch die Stirn haben, vor ihren König hinzutreten, macht man nicht viel Federlesens. Und euren Anführer, diesen Robin Hood, den sollte man vierteilen mit dem Schwert." Wieder legte Richard eine Pause ein und blickte vom einen zum anderen. „Schämt ihr euch nicht?" fragte er dann ruhiger.
Auf diese Frage hin konnte Little John nicht länger an sich halten. Er hob den Kopf, trat einen Schritt vor und begann zu sprechen, frei und ungeniert. Und es wurde die längste Rede, die er je gehalten hatte.
„Nein, mein König, wir schämen uns nicht, weil wir keinen Grund haben, uns zu schämen. Es stimmt: Wir rotten uns zusammen, wir überfallen die Herren, wir trotzen dem Gesetz, das uns für vogelfrei erklärt hat. Doch man läßt uns nicht anders zu unserem Recht kommen, so zu leben, wie es uns zukommt. Eure Vasallen, Herr, die Euch den Treueid geleistet haben, sitzen auf dem Land, das uns und unseren Vätern weggenommen wurde. Wir müssen das Land bebauen, doch sein Ertrag gehört nicht uns. Man hält uns wie das Vieh und schlechter und straft uns, wenn wir uns nicht in allem fügen. Man sagt uns, unser Los sei von Gott bestimmt und es sei von Gott so gefügt, daß einige wenige Gewalt über uns haben sollen. Wir glauben das nicht mehr, mein König, und halten die Ordnung, wie sie ist, für teuflisch. Wir sind aus der Welt getrieben worden, müssen in den Wäldern hausen, wenn wir nicht schlimmste Strafen erleiden wollen, und beobachten von dort aus das arge Treiben Eurer Vasallen und die Habgier der geistlichen

Herren. Und wir greifen ein, rächend und richtend, wenn die Ungerechtigkeit zu laut zum Himmel schreit. Verurteilt uns, wenn Ihr es vor Eurem Gewissen vertreten könnt!"

Verwundert sah König Richard auf den grobschlächtigen Mann, aus dessen Mund er nie und nimmer eine solche Rede erwartet hätte. Er erhob sich, ging um seinen Stuhl herum und umspannte die hölzerne Lehne mit seinen kräftigen Händen.

„Ich kann viel vor meinem Gewissen vertreten", sagte er hart. „Sehr viel. Wenn es um mein Reich geht, über das Gott mich zum Herrscher gesetzt hat, kenne ich kein Gewissen. Einen ungehorsamen Vasallen wie diesen Guidomar", er deutete mit dem Kopf in die Richtung, in der das Schloß lag, „zerschmettere ich. John, meinen eigenen Bruder, habe ich aus dem Land getrieben, als er sich die Krone aneignen wollte. Die mächtigen Bischöfe zittern vor mir. Und da sollte ich vor einer zusammengelaufenen Schar von Geächteten Gewissensbisse verspüren? Ein Wort von mir genügt, und ihr lebt keine fünf Minuten mehr. Ein Wink, und euer Robin Hood ist tot. Und wenn ihr lebend aus diesem Zelt kommt, dann verdankt ihr es nicht deiner Rede, sondern nur meiner Gnade und vielleicht meiner Neugier. Ich muß diesen Mann kennenlernen, der beim Volk beliebter ist als ich, der König, und dessen Gefährten ihm so treu ergeben sind, daß sie nicht davor zurückscheuen, ihr Leben aufs Spiel zu setzen, um seines zu retten."

Er trat nahe an Little John heran und blickte ihm fest in die Augen.

Doch John schlug den Blick nicht nieder,

,,Vielleicht", fuhr König Richard nach einer Weile nachdenklicher fort, ,,lebt unter euch noch etwas, das dem Adel dieses Reichs längst verlorengegangen ist: Treue und Wahrhaftigkeit. Vielleicht können Treue und Wahrhaftigkeit nur unter den Armen bestehen, wo die Gier nach immer neuen und größeren Reichtümern die Menschen noch nicht verdorben hat. Ihr wißt, ihr seid Verbrecher von der schlimmsten Sorte. Nicht das irdische und nicht das göttliche Gesetz sind euch heilig. Dennoch lasse ich euch laufen, um eurer Treue zum Freund willen. Mehr noch: Ich mache euch zu meinen Boten an den Sheriff von Nottingham."

Er trat an eine Truhe im Hintergrund des Zelts heran, öffnete den schweren Deckel und entnahm ihr einen kleinen ledernen Sack und einen schweren goldenen Ring, der das Siegel des Königs trug.

,,Hier sind zwanzig Pfund", sagte er. ,,Nehmt sie für die Botendienste. Und diesen Ring weist dem Sheriff von Nottingham vor und richtet ihm aus, daß ich Robin Hood, seinen Gefangenen, im Tower zu London sehen will. Und sagt ihm, es koste ihn das Leben, wenn er diesem Befehl nicht nachkomme."

Auf den Gesichtern von Little John und Much spiegelte sich deutlich die Erleichterung über die Wendung, die ihre Angelegenheit genommen hatte. Much, der tiefer betroffen gewesen war von der Verdammungsrede des Königs, atmete hörbar aus, und ein strahlendes Lächeln verbreitete sich über sein Gesicht.

,,Ich wünsche euch alles Glück auf dem Weg", sagte König Richard. ,,Und hütet euch vor Blitzschlägen und dem hitzigen Fieber", fügte er mit gespieltem

Ernst hinzu. ,,Boten, habe ich mir sagen lassen, sind besonders anfällig gegen derlei Unbill.“

,,Keine Sorge“, rief Much unbeschwert. ,,Wir werden uns schon zu schützen wissen.“

Vier Tage später, der Sheriff saß soeben mit seiner Frau beim Mahl, betrat Much, gekleidet wie ein Herold des Königs, das prächtige Haus am Marktplatz von Nottingham. Little John wartete vor der Tür, da er besorgte, der Sheriff, dessen Gefangener er für einige Stunden gewesen war, könnte ihn wiedererkennen. Auf ein vereinbartes Zeichen des Freundes hin wollte er sich, wenn nötig, in den Garten schleichen, an dessen äußerstem Ende sich der Turm erhob, in dem Robin gefangengehalten wurde.

Nachdem er des Königs Petschaft betrachtet und es für echt befunden hatte, bot der Sheriff Much gutgelaunt einen Becher Wein an und ermunterte ihn, das Neueste vom Hof zu erzählen. Much berichtete wahrheitsgetreu, wie und wo er den König zuletzt gesehen hätte. Den Pagen, so erzählte er, habe Richard sogleich in den Dienst der Königin gestellt, den Hauptmann seiner Leibgarde zugewiesen. Und ihm, dem Sheriff, winke hohe Belohnung, wenn er den Gefangenen mit heiler Haut und bei bester Gesundheit im Tower zu London abliefere.

Der Sheriff nickte nur vielsagend und nahm die Gelegenheit, einen Boten des Königs unter seinem Dach begrüßen zu können, wahr, um sich noch mehr als gewöhnlich am Wein gütlich zu tun. Als er nach der dritten Kanne des Rebensaftes verlangte, bestand seine Frau darauf, daß Much sie in den Keller begleite und das Licht halte.

Unten, vor den schweren Fässern, teilte sie ihm

hastig flüsternd mit, sie habe ihn als einen von Robin Hoods Leuten, die im verflossenen Jahr in der Stadt ein gehöriges Spektakel aufgeführt hätten, erkannt, dächte jedoch nicht daran, ihn ihrem Mann zu verraten. Ihr gehe es nur darum, Robin in Sicherheit zu wissen. Dabei seufzte sie so tief, daß Much verwundert aufhorchte und nicht anders konnte, als anzunehmen, die Dame sei bis über beide Ohren in seinen Freund verliebt.
Und wie als Bestätigung seiner Vermutung hörte er sie sagen: ,,Ach, Robin, das ist ein Mann, den ich aus ganzem Herzen verehre.‘‘
Dabei klapperte sie mit den Augendeckeln.
,,Und deshalb‘‘, fuhr sie energisch fort, ,,will ich nicht, daß ihm etwas zustößt. Der Sheriff ist voller Rachsucht. Er will Robins Leben, koste es, was es wolle. Gestern habe ich ein Gespräch, das er mit einem seiner Freunde führte, belauscht. Er sagte, daß er nicht daran denke, Robin Hood den Händen des Königs zu überantworten, wenn dieser es verlange. König Richard werde sich von Robins Beliebtheit unterm Volk und seiner Tapferkeit womöglich dazu bestimmen lassen, ihm die Freiheit wiederzuschenken oder ihn gar zum Ritter zu schlagen. Und ich hörte, wie er drohte, den Gefangenen, wenn er nach London gebracht werden müsse, unterwegs niederzuhauen. Dem König will er dann sagen, Robin habe zu fliehen versucht, habe sich zur Wehr gesetzt, als man ihn wieder eingefangen hatte, und sei dabei umgekommen.‘‘
Much vernahm den Bericht der Frau mit wachsender Erbitterung, und es brauchte nicht ihres dringlichen ,,Rette deinen Freund!‘‘, um ihn sofort über einen

Plan nachzudenken zu lassen, wie er Robin aus seinem Kerker befreien könnte.
Alles lief glatter, als Much erwartet hatte. Der Sheriff sprach dem Wein so maßlos zu, daß er nach einer Stunde halb besinnungslos unter den Tisch sank. Als er nach lärmendem Rülpsen eingeschlummert war, trat Much ans Fenster und ahmte dreimal den Ruf des Käuzchens nach. Das war das Signal für Little John, sich zum Turm zu schleichen. Nach einer weiteren Viertelstunde trafen sich die Gefährten vor dem Eingang zum Kerker. Des Sheriffs Frau hatte Much den Schlüssel zur Außentür mit der Bitte übergeben, ihn ihr um Gottes willen sofort nach der Befreiung des Freundes zurückzubringen, damit auch nicht der leiseste Verdacht aufkommen könne, sie sei mit im Bund gewesen.
So vorsichtig Much auch zu Werke ging, er konnte nicht verhindern, daß die Tür in ihren rostigen Angeln quietschte. Doch der Wachposten, der auf einem Schemel vor Robins Verlies saß, schlief so fest, daß er nichts hörte. Er wurde erst wach, als Little John dicht an seinem Ohr brüllte: ,,Wach auf! Robin Hood ist entflohen!"
Ehe der Wächter noch seine Sinne sammeln konnte, stürzte er, von einem mächtigen Schlag getroffen, vornüber. Ihm das Schlüsselbund abzunehmen, die Tür aufzusperren und Robin von seinen Fesseln zu befreien war das Werk weniger Sekunden.
Die Freunde hielten sich nicht damit auf, sich gegenseitig ihre Freude über das Wiedersehen zu bezeigen. Eine stumme Umarmung genügte, dann verließen sie lautlos den Turm. Am Fenster des Hauses wartete die Frau des Sheriffs und nahm den Schlüssel wieder in

Empfang. Mit einer Mischung von Erleichterung und Trauer sah sie auf Robin hinunter, der ihr seinen Dank mit einer tiefen Verbeugung abstattete.
Nachdem sie die Stadtmauer überstiegen und den Graben durchschwommen hatten, verschnauften sie für ein paar Minuten unter einer Platane. Jetzt, da die erste Wiedersehensfreude abgeklungen war, legte sich der Ernst auf die Gemüter. Robin, der die Tage im Turm mit dem Gedanken an seinen sicheren Tod zugebracht hatte, war voll Dankbarkeit den Freunden gegenüber.
„Nie mehr werde ich deinen Rat mißachten", sagte er zu Little John. „Ich hatte Zeit genug, darüber nachzudenken, welch eine Torheit ich begangen habe, indem ich zu Pfingsten die Messe besuchte. Den Feinden ist es trotz vieler Anschläge nicht gelungen, mich zu Fall zu bringen, aber meine eigene Verwegenheit hätte mich fast das Leben gekostet."
„Klag dich nicht an", widersprach Little John. „Du hast ihnen gezeigt, daß ein Mann aus dem Sherwood sich vor nichts fürchtet. Und uns hast du Gelegenheit gegeben, uns als echte Freunde zu erweisen. Und außerdem hast du uns zu einer großen Reise verholfen, die wir sonst nie im Leben unternommen hätten."
Fragend sah Robin von Little John zu Much, und sie berichteten, einer dem anderen vor Eifer das Wort aus dem Mund nehmend, von ihren Abenteuern und davon, wie sie vor König Richard gestanden und mutig ihre Sache vertreten hatten.
„Nun ist's aber genug", entschied Much schließlich. „Die schmale Kost des Sheriffs hat den armen Robin so dünn gemacht wie einen Hasen im Winter. Was er

braucht, das sind nicht Erzählungen, sondern ein ordentliches Stück Fleisch zwischen die Zähne. Auf, Freunde, in den Sherwood!“

Besuch im Sherwood

Richard Löwenherz war außer sich vor Zorn, als ihm vom Entkommen Robin Hoods berichtet wurde, und der Sheriff von Nottingham verbrachte Wochen in der bangen Erwartung, daß der König die Flucht des Gefangenen an seinem Leben oder seinem Gut rächen würde. Aber sosehr König Richard auch wütete, sowenig konnte er es sich erlauben, auf die Dienste eines Mannes wie des Sheriffs von Nottingham zu verzichten.

Mochte der immerhin seine Fehler haben und im Fall des Geächteten aus dem Sherwood ein Tropf gewesen sein: er war für den König unentbehrlich, trieb er doch in seinem Gebiet mit aller Härte die Steuern ein, die zur Ausrüstung des Heeres für den Krieg gegen die Franzosen so nötig waren. Zudem vergaß der König dem Sheriff von Nottingham nicht, daß dieser zu der Zeit, als er, Richard, vom Kaiser gefangengehalten worden war, treu zu ihm gestanden und alle Angebote ausgeschlagen hatte, Johann Ohneland, den verräterischen Bruder, zu unterstützen. Rücksichtslos hatte er dafür gesorgt, daß aus seiner Grafschaft erheblich zu dem unermeßlich hohen Lösegeld, das der Kaiser für die Freilassung Löwenherz’ gefordert, zugesteuert wurde. Kein Edler war damals ungeschoren davongekommen, vom gemeinen Volk erst gar nicht zu reden, und die Kirchen

und Klöster hatte er dermaßen zur Ader gelassen, daß im Land die Redensart umging, der Sheriff von Nottingham scheue nicht einmal davor zurück, die Monstranz vom Altar zu stehlen.
Freilich hatte König Richard auch beobachtet, wie des Sheriffs Reichtum im Lauf der Jahre ständig angewachsen war und mit dem Reichtum sein Einfluß. Sein Wort galt etwas bei den Großen des Landes, und niemand wagte, ihn sich zum Feind zu machen.
Niemand, außer Robin Hood, dem seltsamen Mann, der sich kühn und verwegen gegen alle Ordnung des Reiches stellte.
So wütete zwar der König, da ihm der Vogel, den er schon sicher im Käfig zu haben glaubte, entflogen war. Doch dachte er nicht im Ernst daran, es seinen Sheriff büßen zu lassen. Vielmehr beschloß er eines Tages, als die Kämpfe in Frankreich wieder einmal infolge der Erschöpfung beider Parteien und des Anbruchs der kälteren Jahreszeit fast zum Erliegen gekommen waren, eine Reise nach dem Norden zu unternehmen. Von seinem persönlichen Erscheinen erhoffte er einige Barone, die sich allzu selbstherrlich aufführten und ihm den schuldigen Tribut zum Teil oder gar ganz verweigerten, zur Botmäßigkeit zu bringen. Doch blieb dies nur ein Nebengedanke. Der eigentliche Grund seiner Reise war, im Sherwood mit Robin Hood zusammenzutreffen. Er konnte den Gedanken nicht ertragen, in seinem eigenen Land einen Untertan zu wissen, der sich seinem Befehl zu entziehen wagte. Und nun gar noch den Sohn eines Bauern!
So fest insgeheim Richards Vorhaben war, Robin

Hood aufzustöbern, so wenig ließ er vorerst von diesem Plan verlauten. Das Gefolge, das er ausgewählt hatte, wußte nichts anderes, als daß der König in dringlichen Geschäften nach Nottingham müsse. Nur seiner Gemahlin, der schönen Berangaria von Navarra, offenbarte er sich.

„Es ist mir unerträglich", sprach er, „den Mann nicht zu kennen, von dessen Taten ganz England voll ist. Ich bin König in diesem Reich. Mir huldigen die Großen, wenn auch oft genug widerwillig und unter Zwang. Und da soll mir versagt sein, zu sehen, wie ein angelsächsischer Räuber das Knie vor mir beugt? Nein, ich muß ihn treffen. Die Lieder, die unterm Volk umlaufen, sollen auch davon berichten, daß Richard Löwenherz die Huldigung Robin Hoods empfangen habe. Am besten wär's, er bliebe bei Hof, dieser König des Sherwood. Meinem Sheriff in Nottingham wäre dann viel Ärger erspart, und ich hätte einen Mann gewonnen, der beim Volk in hohem Ansehen steht."

Dabei strich er der Königin übers schwarze Haar, und er malte sich aus, wie nützlich es für ihn wäre, wenn es ihm gelänge, Robin Hood an den Hof zu ziehen. Möglicherweise würden dann viele anders über den König denken und ihre stumme Feindschaft aufgeben. Überall, in Städten und Dörfern, waren seine Leute bereits eifrig dabei, Richard Löwenherz als den ersten Ritter der Christenheit zu feiern und seine kriegerischen Taten auszuschmücken. Es ging sogar die Rede um, daß der König selber Lieder auf sich und seine Taten gedichtet habe und sie von Spielleuten auf die Jahrmärkte bringen lasse. Allein sie hatten bis jetzt wenig Erfolg. Die Fremdheit, die Feindschaft

ließen sich nicht ausrotten. Aller kriegerischer Ruhm, den er auf dem Kreuzzug erworben hatte, galt für nichts in dem Volk, das den Spruch geprägt hatte, der König plündere das eigene Land aus, um die Muselmanen ausplündern zu können. Und obwohl es von allen Kanzeln verkündet worden war, der Zug nach Jerusalem gelte nur der Befreiung des Grabes Christi aus der Hand der Heiden, hielt sich beharrlich die Meinung, Richard, den seine Leute Löwenherz nannten, habe einen Raubzug unternommen und sich unterwegs mit dem König von Frankreich über die Aufteilung der Beute verzankt. Als er auf dem Rückweg vom deutschen Kaiser gefangengenommen worden war, hatte ihm kein Mitleid im Land gegolten. Nur die Flüche der ausgepreßten Bauern und Bürger waren laut geworden.
Er, König Richard, war überzeugt, daß sich das ändern würde, wenn er nur erst Robin Hood am Hof hätte!
Eifrig und in aller Stille wurden die Vorbereitungen zu der Reise nach Nottingham getroffen. Drei Dutzend ausgesuchte Krieger begleiteten den König an einem kühlen Septembermorgen durch das Tor und über die Zugbrücke des Towers. Ohne königliches Banner ritten sie, Richard Löwenherz in ihrer Mitte, die anderen um Haupteslänge überragend. Man ließ sich Zeit und legte die Strecke in kleinen Abteilungen zurück. Jeden Abend wurde ein Lager aufgeschlagen, so daß der Zug von der gern oder widerwillig gewährten Gastfreundschaft der Barone unabhängig blieb. Man benötigte vierzehn Tage, ehe die Silhouette von Nottingham in Sicht kam. Lediglich ein Kurier war vorausgeeilt, um Abt Idlefons und den

Sheriff vom Eintreffen des königlichen Besuchs in Kenntnis zu setzen.
Der Sheriff sah dem Kommen des Königs mit gemischten Gefühlen entgegen und bereitete alles zur Bequemlichkeit Richards, damit dieser nicht durch kleine Unzulänglichkeiten noch mehr in Harnisch gebracht würde. Abt Idlefons indessen freute sich auf die Gäste, die eine Nacht unter dem Dach seines Klosters zubringen wollten. Er ahnte den Grund für Richards Reise. Endlich schien sich der König besonnen zu haben und dem nähergetreten zu sein, was er, der Abt, schon seit langem als gut und nützlich erkannt und worauf er bei gelegentlichen Besuchen am Hof hingewiesen hatte. Abt Idlefons sandte sogleich einen seiner Mönche zu Robin und ließ ihn dringlich zu einem Gespräch ins Kloster zur Heiligen Quelle bitten. Dort empfing er ihn mit allem Ernst, der ihm angesichts des kommenden ungewöhnlichen Ereignisses geboten schien.
„Der König will dich im Sherwood aufsuchen", begann er, nachdem er einen Becher Wein für Robin ausgeschenkt und so schon von vornherein dessen Mißtrauen geweckt hatte. „Richard wird in wenigen Tagen hiersein. Ich kann mir vorstellen, daß er nicht erkannt zu werden wünscht, jedenfalls nicht sofort. Empfange ihn mit aller Höflichkeit, die ihm zukommt, und laß ihn dennoch nicht merken, daß du weißt, wer er ist. Richard ist von leicht entflammbarer Natur, und ich kann mir vorstellen, daß er aus der Haut fährt, wenn nicht alles so abläuft, wie er es sich vorgestellt hat. Du tätest gut daran, deinen Leuten einzuschärfen, sich von ihrer besten Seite zu zeigen und ihre Wildheit zu zügeln."

Robin war nicht allzusehr überrascht, als er die Nachricht hörte. Little Johns und Muchs Bericht von ihrem Zusammentreffen mit Richard Löwenherz hatte ihm so etwas wie eine Ahnung eingegeben, daß der König sich in Zukunft mehr um ihn kümmern werde als bisher. Daß er sich aber in höchsteigener Person in den Sherwood aufmachen würde, war freilich mehr, als er erwartet hatte.
„Er zieht doch wohl nicht mit Kriegsvolk gegen uns?“ fragte er mit Argwohn in der Stimme.
„Sei unbesorgt. Richard kommt in friedlicher Absicht“, beschwichtigte ihn der Abt.
„Und was, glaubt Ihr, ehrwürdiger Vater, ist seine Absicht?“
„Nur die beste.“
„Ich habe von den Herren viel erleiden müssen, zu viel, so daß mir auch ihre besten Absichten nicht geheuer sind.“
„Bedenke, Robin, er ist der König!“
Robin blickte zu Boden. Zu oft schon hatte er darüber nachgedacht, daß der König es nicht dulden würde, einen auch noch so kleinen Teil seines Reiches außerhalb der Gesetze zu lassen. Nun, da er einsah, daß mit Gewalt gegen die Männer aus dem Sherwood nichts auszurichten war, würde er wohl versuchen, mit Überredung zum Ziel zu kommen.
„Will er mich kaufen?“
Der Gedanke war gegen seinen Willen laut geworden, und der Abt zuckte zusammen, als er in solch dürren Worten die mögliche Absicht Richards laut werden hörte. Beschwörend hob er beide Hände, und auf seinem gutmütigen Gesicht malten sich alle Zeichen der Bestürzung, als er entgegnete: „Hüte deine

Zunge, Robin! Der König hat es nicht nötig, sich seine Untertanen zu kaufen. Sie schulden ihm Respekt und Diensteifer. Er ist ihr König, von Gott eingesetzt, über ihr Wohl und Wehe zu entscheiden."
„Der König hat nur gekaufte Freunde. Oder glaubt Ihr, auch nur einer der Herren würde zu ihm stehen, wenn er sie nicht mit Ländereien reich beschenkt hätte? Er täte gut daran, es mit den einfachen Leuten zu halten. Hier könnte er noch Treue und echte Freundschaft finden, die er dem Volk mit nichts anderem zu bezahlen hätte als damit, daß er ihm ein Leben ohne Bedrückung gewährte."
„Der König ist selber ein normannischer Edelmann", sagte der Abt ernst. „Wie kannst du da von ihm verlangen, daß er sich von seinen eigenen Leuten abkehrt?" Unzufrieden mit der Wendung des Gesprächs, fügte er hinzu: „Du machst dir zu viele Gedanken, Robin, verschwendest deine Zeit an Dinge, die du nicht beurteilen und erst recht nicht ändern kannst. Nimm Richards Besuch als hohe Ehre und bescheide dich damit."
„Bescheidung ist immer Euer letzter Rat", spottete Robin. „Wenn ich mich daran gehalten hätte all mein Leben lang, ich läge schon längst vermodert unterm Rasen, und kein König der Welt käme auf den Gedanken, mir einen Besuch abzustatten. Ob ich Dinge beurteilen kann, mag dahingestellt sein. Ihr habt studiert und verfügt sicherlich über den größeren Weitblick. Aber um Dinge zu ändern, bedarf es nicht nur der Belesenheit. Dazu braucht man ein heißes Herz, ehrwürdiger Vater, die Erfahrung, wie böse einem das Leben mitspielen kann, wenn man nicht hochgeboren ist, und Phantasie, sich vorzustellen,

wie schön es sein könnte. Ich besitze all dies, und es hat mich zu dem gemacht, was ich bin."
„Du bist der hochmütigste Geselle, der mir je unter die Augen getreten ist", polterte der Abt. „Ich rate dir, den König mit deinem Stolz nicht zu erzürnen. Bedenk seine hitzige Art."
Damit wandte er sich von Robin ab und verließ den Raum. War denn dieser Mann nicht zur Vernunft zu bringen?
Abt Idlefons sah seine Lieblingsvorstellung, Robin als Vasall des Königs, in Gefahr. Er mußte Richard Löwenherz darauf vorbereiten, ein wie störrischer Geselle dieser Robin Hood war. Denn wenn es zum Zusammenprall zweier solcher Starrköpfe kam, würde wohl nichts als Scherben übrigbleiben.
Robin ging mit unguten Gefühlen aus dem Kloster. Er achtete nicht darauf, daß der Bruder Pförtner ihm einen guten Weg wünschte, als er das Tor passierte und die Brücke betrat. Er ging auch nicht sofort zu den Freunden zurück. Stundenlang streifte er durch den Wald und erwog immer wieder, ob der unerwartete Königsbesuch alles bessern würde oder ob er nicht vielmehr der Anfang neuer Drangsal und neuer Gefahr wäre.
Im Lager beriet er sich mit Marian und Little John. Beide versuchten seine Bedenken zu zerstreuen. Besonders Little John war beredt, dem Freund den möglichen Vorteil des Besuchs auszumalen.
„Denk dir nur", erklärte er lärmend und stampfte in der kleinen Hütte mit einer Wucht auf und ab, daß die Dielen ächzten, „der König wird dich zum Ritter schlagen und uns als deine Gefolgsleute reich beschenken! Nie mehr haben wir es dann nötig, einem

Pfaffen aufzulauern oder einem Baron die Hosen auszuziehen. Das elende Leben im Wald ist vorbei. Wir schlafen in richtigen Betten und speisen an herrlich besetzten Tafeln. Und wenn der König in den Krieg zieht, folgen wir ihm, erstürmen Städte und begehen Heldentaten.“ Er trat vor die Tür, reckte die mächtige Brust und rief übermütig in den Abend hinein: „Adieu, ihr Bäume, die ihr uns im Winter so kläglichen Schutz geboten habt. Lebt wohl, ihr Hirsche, Rehe und Hasen. Bald seid ihr sicher vor uns und unseren Pfeilen.“

Robin lächelte gegen seinen Willen über das Ungestüm des Hünen. Seine Besorgnis wollte nicht weichen, wurde eher durch Little Johns Benehmen verstärkt. Da lebte er nun Jahre mit einem Mann zusammen, teilte alle Freude und alle Gefahr mit ihm, und in zahllosen Gesprächen hatte er versucht, ihm klarzumachen, warum das Leben im Wald allein Gewähr für Freiheit bot. Und nun, da sich eine geringe Aussicht aufgetan hatte, vielleicht des Königs wechselhafte Huld zu erwerben, faselte der Mann von Kriegszügen und Heldentaten!

Die halbe Nacht noch sprach er, nachdem Little John fröhlich geschieden war, mit Marian. Nie zuvor hatte sie Robin so ernst erlebt, auch nicht in der Nacht, in der er sich entschlossen hatte, die Pfingstmesse in Nottingham zu besuchen. Marian verstand Robins Besorgnis und versuchte ihn zu beruhigen.

„Niemand kann dich zwingen, ihm zu folgen“, sprach sie, „auch der König nicht. Hast du nicht Proben genug gegeben, daß du dein eigener Herr bist? Aber schlag die Hand, die er dir entgegenstrecken wird, nicht aus. Vielleicht kannst du damit manches

zum Besseren wenden. Schon oft ist ein Herrscher durch einen klugen Ratgeber zum Guten geführt worden."
„Ach, Marian", erwiderte Robin, „es wäre zu schön, wenn sich dein Wunsch erfüllte. Aber die Wirklichkeit ist hart. Wäre Richard der beste König der Welt, er könnte sich gegen die Herren im eigenen Land nicht durchsetzen. Robin Hood als Ratgeber Richards! Die bloße Kunde davon würde die Barone aufbringen. Ihre Herrschaft wäre in Gefahr. Ohne Zögern würden sie ihren Vasalleneid brechen und den Franzosen unterstützen. Und Richard weiß das. Ich fürchte, er will nichts anderes, als daß das Volk ihn und mich in einem Atem nennt. Den König und den Geächteten, die nicht mehr gegeneinanderstehen, sondern der Welt ein Bild friedlicher Eintracht bieten. Aber vielleicht habe ich falsche Vorstellungen von ihm, und er kommt reinen Herzens in den Sherwood."
Drei Tage später meldeten Kundschafter, die Robin in Richtung der Abtei ausgesandt hatte, ein seltsamer Zug von Mönchen nähere sich dem Wald, an ihrer Spitze einer, der so groß sei wie Little John. Da wußte Robin, daß der König auf dem Weg zu ihm war. Er zog ihm mit fünfzig seiner Leute entgegen und wartete bei einer ausgedehnten Lichtung auf ihr Kommen. Während sie den König empfingen, sollten die Zurückbleibenden für ein Mahl sorgen, wie es prächtiger im Sherwood noch nie geboten worden war.
Robin befahl seinen Männern, sich im Hintergrund zu halten. Nur Little John, der vor Aufregung rote Ohren hatte, Much und Arthur Bland behielt er bei sich. Er

schärfte den Gefährten nochmals ein, Richards Spiel mitzuspielen und sich davor zu hüten, die Verkleidung eher zu durchschauen, als bis sich der König selbst zu erkennen gäbe. Um seine Ahnungslosigkeit zu unterstreichen, ließ er seine drei Begleiter ihre Bogen spannen, als der Mönchszug am Rand der Lichtung auftauchte, trat selber vor und rief mit lauter Stimme: „Bleibt stehen, wenn euch euer Leben lieb ist! Robin Hood, der Anführer der Geächteten aus dem Sherwood, gebietet euch, all eure Habe vor ihm hinzulegen!"

Abt Idlefons, der sich hinter dem König hielt, glaubte für einen Augenblick, Robin sei von allen guten Geistern verlassen und habe wirklich vor, den König und sein Gefolge zu übcrfallen. Besorgt wollte er auf Robin zueilen. Doch Richard hielt ihn mit einer Armbewegung zurück.

„Wir sind Boten des Königs", sagte er. „Richard Löwenherz ist in der Nähe. Gnade Gott dem, der uns überfällt! Er überfällt den König selbst."

„Wer beweist mir denn, daß ihr zu seinem Gefolge gehört?" antwortete Robin Hood. „Für mich seid ihr nichts anderes als ein Haufen faulen, vollgefressenen Mönchsgesindels, das den Menschen auf der Tasche liegt."

Richard Löwenherz tat einige Schritte auf Robin zu. Offensichtlich war abgesprochen worden, daß sich der König erst einmal allein mit dem Anführer der Geächteten unterhalten sollte. Es folgte ihm keiner aus seiner Begleitung. Ungefähr in der Mitte der Lichtung trafen sich die beiden Männer.

Verwundert schaute Richard aus seiner Höhe auf Robin hinunter. Er hatte sich diesen Räuber ganz

anders vorgestellt, höher gewachsen, breiter und muskulöser. Statt des erwarteten Recken, wie ihn die Lieder des Volks zeichneten, sah er einen Mann, der, verglichen mit ihm, eher zierlich wirkte.
„Das also ist der hochberühmte Robin Hood“, sagte er mehr zu sich selbst, „der Schrecken einer ganzen Grafschaft, das verehrte Vorbild aller armen Leute.“
Und er lachte, daß sein mächtiger Körper wie im Krampf geschüttelt wurde. Sein Lachen pflanzte sich unter den Leuten seiner Begleitung fort. Nur Abt Idlefons und der Sheriff, dem die Mönchskutte prall um den fetten Bauch saß, stimmten nicht in das Gelächter ein. Dem letzteren war, weiß Gott, nicht fröhlich zumut. Zuerst hatte er seinen Ohren nicht trauen wollen, als er von des Königs Plan erfuhr. Nachdem er dann eingesehen hatte, daß Richard nicht zu bewegen war, von seinem lächerlichen und gefährlichen Vorhaben abzustehen, hätte er sich liebend gern davor gedrückt, den König in den Sherwood zu begleiten. Aber der hatte darauf bestanden. Sein Sinn für grobe und bösartige Scherze war bei der Vorstellung angeregt worden, die beiden Männer zusammenstehen zu sehen, die sich seit Jahr und Tag aufs heftigste befehdeten.
„Euer König hat, scheint mir, Boten ausgesandt, die wenig von Anstand halten“, entgegnete Robin, rot vor unterdrücktem Zorn. „Ich rate Euch zur Höflichkeit, Herr. Sonst könntet Ihr es nur allzu leicht bereuen, den falschen Ton angeschlagen zu haben. Im Sherwood bin ich der König!“
Und er nahm sein Horn und stieß dreimal hinein. Da wurde es unter den Bäumen lebendig. Die fünfzig

Männer traten aus dem Wald auf die Lichtung, die Bogen gespannt und die Pfeile im Anschlag. Überrascht ging Richard Löwenherz einige Schritte zurück. Doch als er sah, daß die Männer sich in guter Ordnung aufstellten und keine Miene machten, ihm und seiner Begleitung auf den Leib zu rücken, blieb er stehen. Ein Ausdruck der Bewunderung breitete sich auf seinem Gesicht aus.

„Das nenne ich eine gelungene Vorstellung", sagte er voller Anerkennung zu Robin. „Sind deine Leute immer so schnell zur Hand, wenn du sie brauchst?"

„Uns bleibt keine andere Wahl, als einer für den anderen einzustehen", antwortete Robin selbstbewußt. „Sonst hätte uns der Schuft von einem Sheriff, den der König über diese Grafschaft gesetzt hat, schon längst den Garaus gemacht."

Das wurde mit Absicht so laut gesprochen, daß der Sheriff, den Robin als ersten im Gefolge des Königs erkannt hatte, sich ins Bläuliche verfärbte und alle Anzeichen eines drohenden Schlagflusses zeigte. Wütend knurrte er vor sich hin: „Das sollst du mir büßen!", wagte aber nicht, im Angesicht des Königs dessen Anordnung zu mißachten und sich auf Robin zu stürzen. Auch flößte ihm die Reihe Schützen, die da aufmarschiert war, gewaltigen Respekt ein. So blieb er denn brav in der Gesellschaft.

„Der Sheriff, das ist der König in eigener Person!" donnerte Richard Löwenherz.

„Ach, Herr, ich würde so gering nicht von unserem König denken, als daß ich ihn mit diesem Blutsauger und Leuteschinder auf eine Stufe stellen möchte."

Robin trat, ein Lächeln um die Lippen, einen Schritt näher an Richard heran und gab ihm halblaut den

Ratschlag: ,,Laßt das den König nicht hören. Ich fürchte, er könnte sich erbosen über den unziemlichen Vergleich."
Richard war für Sekunden sprachlos. Sollte er sich diesem frechen Kerl sofort zu erkennen geben und damit auf all die Auskünfte, die er als Mönch eher zu erhalten glaubte, verzichten? Er entschied sich schließlich doch, seine Rolle beizubehalten.
,,Du führst eine selbstbewußte Sprache, Mann", sagte er, halb verärgert, halb bewundernd.
,,Das ist die Sprache, die unter uns gang und gäbe ist. Wir machen nie aus unserem Herzen eine Mördergrube. Das ist eher Sitte auf den Schlössern. Das Leben im Wald erzieht zu Wahrhaftigkeit."
,,Mir scheint eher, es erzieht zu Dreistigkeit und Willkür." Richard Löwenherz wies auf die Schützen, die noch immer ihre Bogen im Anschlag hielten. ,,Diese Männer, die uns bedrohen, sind dem Gesetz ein Schlag ins Gesicht."
,,Sie mißachten das schlechte Gesetz, Herr. Wir haben noch nie einem Armen etwas genommen und noch nie den Friedfertigen behelligt. Nur der Gewalttätige hat gelernt, vor uns zu zittern, und dem Dieb am Eigentum des anderen haben wir Furcht beigebracht. Es ist uns gleich, ob ein solcher Dieb und Friedensstörer einen großen Namen trägt oder ob er seine Sünde unter der Kutte oder dem Bischofsmantel zu verbergen sucht. Wir rächen an ihm die Klage der Witwe, die er um den Mann und Ernährer gebracht hat, die Not des Bauern, den er von seinem Hof verjagt hat, die Lüge, mit der er einen braven Mann in die Verzweiflung getrieben hat. Wir führen das aus, was des Königs Amt wäre zu tun."

„So hältst du dich wirklich und wahrhaftig für einen König?“ fragte Richard lauernd. „Vielleicht gar für einen mächtigeren König, als Löwenherz es ist?“
„Sprecht mir nicht von Löwenherz, Herr.“ Robin spürte, wie das Gespräch eine Spannung entstehen ließ, die alle Männer rings auf der Wiese in ihren Bann schlug. Es lag einzig und allein bei ihm, diese Spannung zu mindern und dem Zusammentreffen eine versöhnliche Wendung zu geben. „Da Ihr den König kennt, werdet Ihr wissen, wie sehr ihm die Hände gebunden sind. Ich bin froh, daß ich nicht König sein muß, ein Herrscher über dieses Land, in dem die Armut zum Himmel schreit und das Verbrechen mit Rang und Titel belohnt wird. Er hat ein böses Erbe angetreten, dieser Löwenherz, das auch einen Klügeren und Mächtigeren zum Verzweifeln bringen könnte. Darum laßt uns ihn nicht beneiden.“
Stille lastete drückend über der Lichtung, wie Sonnenglast an einem Sommermittag. Es war, als ob alle den Atem anhielten. Der Wind, der die Baumkronen rings bewegte, und ein paar Waldvögel schienen allein Leben zu haben in dieser Starre.
Wie wird Richard diese Rede aufnehmen? dachte Abt Idlefons mit Bangen, und er befürchtete, der König werde sein Schwert unter der Kutte hervorreißen und sich auf Robin stürzen. Man muß dieses unverschämte Maul stopfen! ging es dem Sheriff durch den Sinn. Und er erzitterte bei dem Gedanken, Richard könnte ihn dafür verantwortlich machen, daß sich solch eine lästerliche Zunge in seiner Grafschaft ungeniert äußerte.
Much blickte sich heimlich nach den Bogenschützen um, ob sie noch alle in Stellung wären.

Little John stand offenen Mundes da. Wenn ihm auch manche Feinheit der Rede des Freunds entgangen war, so spürte er doch, daß die Begegnung auf des Messers Schneide stand.
Richard Löwenherz selbst war es, der den Bann brach. Um dem Gespräch die tödliche Spannung zu nehmen, sagte er: ,,Du wirfst mit großen Worten um dich, als wären's Kieselsteine, und den König scheinst du wie deinen Milchbruder zu kennen. Der arme König!" spottete er. ,,Du hast Vorstellungen von einem König wie ein einfältiger Bäcker, dem sein Beichtvater eingebleut hat, er solle froh sein und dem lieben Gott dafür danken, daß er selber nicht die Krone zu tragen brauche."
Dann besann er sich darauf, daß er noch immer verkleidet war, und er schlug einen anderen, freundlicheren Ton an.
,,Wird nicht im ganzen Land gerühmt, Robin Hood sei gastfreundlich zu denen, die in guter Absicht zu ihm in den Sherwood kommen? Nun, wir sind in guter Absicht erschienen. Werde deinem Ruf gerecht, Robin Hood, anstatt Reden zu halten. Meine Ohren sind voll, aber mein Magen ist leer."
Ein hörbares Aufatmen ging über die Lichtung. Die Gesichter entkrampften sich, die Haltung der Männer wurde lockerer.
Auch über Robins Gesicht ging ein Lächeln.
,,So kommt denn, Ihr Herren", sagte er mit lauter und einladender Stimme, ,,und seht, ob an König Richards Hof eine bessere Tafel gehalten wird."
In langem Zug gingen sie einer nach dem anderen über schmale Waldpfade. Robin führte an, hinter ihm quälten sich die Gäste in den ungewohnten,

knöchellangen Kutten über Wurzelwerk und Steine. Den Beschluß bildeten die bewaffneten Männer.
König Richard rühmte später stets das Mahl im Wald, das Robins Leute für ihn und sein Gefolge angerichtet hatten. Nie, so sagte er, habe er köstlichere Forellen gegessen und nie saftigeren Hirschbraten als im Sherwood, und das schäumende Bier unterm kühlenden Laubdach habe ihm gemundet wie Quellwasser nach tagelangem Marsch durch die orientalische Wüste.
Robins Leute hatten an nichts gespart. Unermüdlich drehten sich die Spieße über den Feuern, und zwischen heißen Steinen buken die Fische, die man zuvor in frisches Laub eingepackt hatte. Die beiden Männer, die an den Fässern saßen, hatten alle Hände voll zu tun, um die stets aufs neue hergereichten Trinkhörner und Becher wieder zu füllen. Besonderen Beifall verdiente sich der große, kugelförmige, in vielen Farben schillernde Pudding, den Bruder Tuck nach klösterlichem Rezept aus Fleisch, Waldfrüchten und Wurzelwerk hergerichtet hatte.
Stunden währte das Mahl. Die Trinksprüche wollten schier kein Ende nehmen, wenn sie auch anfangs immer um dieselben Dinge kreisten.
„Es lebe der König!“ hieß es und „Richard Löwenherz möge gesund bleiben!“
Richard brachte seinerseits einen Toast auf Robin Hood aus, den er „einen braven Mann und einen der vorzüglichsten Wirte im ganzen Königreich“ nannte.
Je weiter die Zeit fortschritt, desto lärmender ging es zu unter den Bäumen. Das Bier hatte die Zungen gelockert und das Blut in Wallung gebracht. Immer

öfter wagten sich nun Robins Leute mit Sprüchen vor, die den Herren in Mönchsgewändern nicht behagten. Sprüchlein wie „Auf das freie, frohe Leben im Wald!" oder „Fest wie die Eichen wollen wir stehen um unseren Robin Hood!" erregten noch keinen Anstoß. Murren aber wurde schon unter den falschen Mönchen laut, als es hieß: „Zum Teufel mit den normannischen Baronen!", und als gar Little John auf den Sheriff zutrat, ihn mit einem heftigen Hieb auf die Schulter in die Knie gehen ließ und so laut, daß es alle in der Runde hören konnten, rief: „Ehrwürdiger Bruder, trink mit mir darauf, daß der Fettwanst von Nottingham sich den Hals brechen möge!", da war das schöne Einvernehmen ganz und gar gestört. Der Sheriff versetzte Little John einen Stoß gegen die Brust, und der antwortete mit einer weithin schallenden Ohrfeige, die den Sheriff umwarf. Sogleich eilten zwei Männer aus Richards Gefolge herbei und tasteten nach ihren Kurzschwertern, die sie unter den Kutten verborgen hielten, um die Schmach des Sheriffs zu rächen. Zweifelsohne wäre es zu einer wüsten Rauferei gekommen, wenn in diesem Augenblick nicht Richard Löwenherz mit lauter Stimme dazwischengefahren wäre.

„Wer wagt es", schrie er, „im Angesicht des Königs Händel zu beginnen? Ich bin Richard Löwenherz, und ungestraft soll keiner in meiner Gegenwart den Frieden brechen!"

Das hitzige Getümmel verebbte schnell. Aller Gesichter wandten sich ihm zu, als er die Kutte, unter der er Hosen und ein schwarzes Lederkoller trug, auf dem in goldener Prägung das Wappen mit dem Ginsterzweig prangte, mit einem heftigen Ruck über

den Kopf zog. Nun entledigten sich auch die übrigen Herren ihrer Verkleidung, so daß schließlich nur noch Abt Idlefons im grauen Mönchshabit ein wenig fremd unter all den bunten Gestalten dastand.
Jetzt, da der König sich er erkennen gegeben hatte, war es, als bräche eine Kluft auf zwischen den Geächteten und den Männern vom Hof. Die Verkleidung hatte die Feindseligkeit zwischen den beiden Parteien gedämpft. Nun trat sie offen in jedermanns Auge. Wie von selbst löste sich die bunte Reihe, in der die Mönche und die Männer aus dem Sherwood nebeneinander gesessen hatten. Wieder, wie zuvor auf der Lichtung, sonderten sich die Haufen, und wieder standen sich Robin Hood und Richard Löwenherz in der Mitte zwischen den Lagern gegenüber.
Der König sah noch gewaltiger aus als zuvor, da die Kutte seinen mächtigen Körper verdeckt hatte. Bedächtig ließ Robin den Blick über Beine, Brust und Arme seines Gegenübers wandern. Als er Richard so in der Pracht seines Fleisches vor sich stehen sah, glaubte er an das, was ihm bisher immer als Sage vorgekommen war. Richard, so hieß es nämlich, trüge in den Schlachten eine Panzerung, die zwei gewöhnliche Männer nur mit Mühe aufheben könnten, und das Pferd, auf dem er reite, müsse so stark sein, daß es allein einen hoch mit vollen Fässern bepackten schweren Wagen von der Stelle bringen könne.
„Der Tag versprach in schönem Einklang zu enden“, sagte Richard Löwenherz.
Er schaute mit Vorwurf auf Robin nieder, der indes den Blick unbekümmert zurückgab.
„Vielleicht gibt’s keinen Einklang zwischen uns und

Euern Vasallen, Herr König. Man kann nicht Jahre durch ein fröhliches Beisammensein im Wald vergessen machen."
„Ich habe es versucht."
„Und ich habe Euch empfangen, wie es einem König gebührt. Ich wußte von vornherein, wer Ihr wart."
„Ich hätte Truppen gegen dich und deine freche Bande schicken können."
„Ich hätte Euch niederschießen lassen können, und ich bin nicht einmal so sicher, ob nicht viele Eurer Barone mich darum gelobt hätten."
Ein Gefühl tiefer Enttäuschung überkam Richard Löwenherz. Würde er diesen Mann je dazu bewegen können, an den Hof zu kommen? Und wenn er ihn am Hof hatte: Würde er ihn dort halten können? Er sah seinen Plan zerstieben wie die Spreu unterm Wind. Kehrte er ohne Robin Hood nach London zurück, ohne einen Robin Hood, der ihm freiwillig folgte, so käme das einer verlorenen Schlacht gleich.
Nichts mehr von Vorwurf und Enttäuschung lag in Richards Stimme, als er auf Robin zutrat, ihm die Hand entgegenstreckte und sagte: „Wir wollen, so gut es gehen mag, Freunde bleiben."
Ein wenig verwundert über diesen Umschwung der Stimmung, doch nicht allzu eilfertig, in des Königs Angebot einzuschlagen, ergriff Robin die dargebotene Hand. Murmeln erhob sich bei den Geächteten angesichts dieser Szene.
Manche der Herren, die im Rücken des Königs versammelt waren, machten unfrohe Gesichter. Sie dachten, es gehe doch zu weit, wenn der König dem Aufrührer und Gesetzesbrecher so offensichtlich

seine Huld erwies.
Dabei hätten sie Richards sprunghafte Natur aus langem Umgang besser kennen sollen.
Er konnte einen Mann den einen Tag erheben und mit Ehren überhäufen und ihn am nächsten Tag wieder fallenlassen. Manchmal würfelte er eine Nacht hindurch mit dem geringsten Reiter seines Heeres, dann wieder war sein Hochmut so grenzenlos, daß er über alle hinwegsah. Er konnte großzügig sein wie niemand auf der Welt, aber auch so grausam, daß er eine Stadt, die ihn und seinen Troß nicht mit der von ihm erwarteten Freude aufnahm, brandschatzen und plündern ließ.
Aber die Furcht fraß ihnen am Herzen, Robin Hood könnte so dauerhaft in des Königs Gunst bleiben, daß ihnen die ihre zu stark beschnitten würde. Besonders mißhagte ihnen natürlich Robins Anspielung, es wäre vielen von ihnen gar nicht so unlieb gewesen, wenn er Richard Löwenherz aus dem Weg geräumt hätte.
Unruhig verfolgten sie, wie sich die Dinge zwischen den beiden Männern weiterentwickeln würden. Der König versprach Robin, daß ihm am Hof alle Ehren zuteil werden sollten, die einem Ritter zukämen, und als ihm das keinen Erfolg brachte, ließ er alle Herrengeste fallen und malte ein farbiges Bild einer Freundschaft zwischen zwei Männern, die gleichermaßen geachtet und berühmt wären und die zueinanderstehen müßten. Richard sprach auch von gemeinsamen Jagden in den großen Forsten des Südens, von Turnieren, bei denen sie antreten und sich um den Siegpreis bewerben würden. Sein Auge blitzte im Eifer, und seine Zunge warb unermüdlich.
Als dann noch Abt Idlefons neben den König trat,

dessen Bemühung zu unterstützen, gab Robin allmählich sein Zögern auf. Vielleicht, dachte er, ist es von Nutzen, des Königs Gunst nicht auszuschlagen. Vor dem Sheriff haben wir dann erst einmal Ruhe. Und wer weiß, ob ich mit einer Weigerung, ihm nach London zu folgen, den Gefährten nicht das Heer des Königs auf den Hals hetze.

„Es ist nicht meine Art“, erklärte er schließlich, „angebotene Gastfreundschaft auszuschlagen. Und wenn sie gar vom König kommt, bleibt mir nichts anderes, denn sie als eine Ehre für mich und meine Männer zu betrachten.“

„Ich habe natürlich nicht daran gedacht“, fuhr ihm der König schnell und erschrocken in die Rede, „deinen ganzen Troß an den Hof zu bitten.“

Er war um einige Grade blasser geworden, und fast wäre ihm das Wort „Gesindel“ aus dem Mund gerutscht.

„Ich auch nicht“, entgegnete Robin, da er Richards Erschrecken wahrnahm, mit leichtem Spott, „ich kann mir schwer vorstellen, wie sich alle diese Männer in London wohlfühlen sollten. Aber dennoch bleibe ich dabei, daß Eure Einladung für uns alle eine Ehre ist. Denn wir sind eins, Herr König. Wenn einem von uns ein Leid widerfährt, dann trifft es uns alle. Und wenn einem von uns eine Ehre wird, dann sind wir alle geehrt. In diesem Sinn nur kann ich Eure Einladung annehmen.“

Der Sheriff im Hintergrund erboste sich so sehr, daß ihm Übelkeit vom Magen in die Kehle stieg. Seine Nase wurde spitzer, sein Mund krümmte sich nach unten, als hätte er einen Buschen Tausendgüldenkraut zwischen den Zähnen. Nach all den

Jahren, in denen er Jagd auf diesen Verbrecher gemacht hatte, mußte er nun so etwas erleben!
Flüsternd beriet er sich mit seinem Nebenmann, einem Ritter, dem ein Türkensäbel die halbe Nase abrasiert hatte, und trat dann entschlossen einige Schritte vor. Man merkte ihm an, wie schwer es ihm fiel, das Wort an Richard zu richten.
„Mein König", begann er schließlich zuckenden Gesichts, „ich glaube, Ihr tut dem Mann da keinen Gefallen, indem Ihr ihn an den Hof bittet. Er ist an ein Leben unter freiem Himmel gewöhnt. Es ist, als wolltet Ihr einen Waldvogel in einen Käfig sperren."
Aber Richard Löwenherz lachte nur und sagte: „Dann seid Ihr all die Jahre ein schlechter Vogelsteller gewesen, Sheriff. Wenn ich recht unterrichtet bin, so hattet Ihr es doch darauf abgesehen, diesen Vogel auf Eure Ruten zu locken. Und nicht einmal, um ihn nur in einen Käfig zu sperren. Ihr wolltet ihn rupfen. Mir folgt er freiwillig."
Diese Schlagfertigkeit rief selbst unter den Baronen Befriedigung hervor. Den mächtigen Sheriff solchermaßen abgekanzelt zu sehen tat ihnen im Herzen wohl. Denn wenn der König so zu einem Sheriff sprach, den er als seinen Stellvertreter über eine Grafschaft gesetzt hatte, dann konnte das nur bedeuten, daß dessen Stellung nicht mehr so fest war, wie sie schien. Und ein wankender Beamter des Königs bedeutete immer ein Stück Zuwachs an eigener Macht. So vergaßen sie denn über der Schadenfreude gegen einen ihresgleichen fast ihren Groll gegen Richard, der um Robin Hoods Gunst schier gebuhlt hatte.

Nur Abt Idlefons, besorgt, die weltlichen Herren könnten zu sehr Oberwasser bekommen, versuchte vorsichtig zu vermitteln. Mit beschwichtigender Geste wandte er sich an beide, den König und seinen Sheriff.

„Ich denke, dies ist nicht Tag noch Stunde, Mißstimmung zu erzeugen. Freuen wir uns doch, daß ein verirrtes Schaf heimgefunden hat zur Herde. Gott im Himmel sieht es lieber, wenn Eintracht herrscht unter denen, die an ihn glauben und die in seinem Namen zu Herren über die Erde gesetzt sind."

„Amen!" sagte Robin. Und wenn er auch nicht aus vollem Hals lachte, so sah man seinen Augen doch an, daß er Abt Idlefons' salbungsvolle Worte nicht ernst nahm. „Da nun Eintracht herrscht unter den Kindern Gottes, sollten wir den Tag nach altem Brauch mit einem Wettschießen zu Ende gehen lassen."

Der König war einverstanden, und bald wimmelte der Platz von geschäftig hin und her eilenden Männern. Ziele wurden aufgestellt, Äste für Pfeile von den Bäumen gehauen und zurechtgeschnitzt, und die Bogen wurden gespannt.

Natürlich entbrannte sofort ein geheimer Wettbewerb um die besten Ergebnisse zwischen dem Gefolge des Königs und Robins Leuten, und jede der Parteien jubelte laut, wenn einem ihrer Schützen ein Treffer gelungen war. Als unbestritten beste Schützen stellten sich am Ende Robin und König Richard heraus, und das veranlaßte den König aufs neue, dem Führer der Geächteten die Hand entgegenzustrecken.

„Auf ein baldiges Wiedersehen in London", sagte Richard Löwenherz. „Ich warte auf dich."

,,Auf gutes Einvernehmen'', setzte Robin dagegen.
Eine Woche später ritt Robin, begleitet von Little John und Arthur Bland, auf der Heerstraße nach London. Der Abschied von den Freunden im Wald war ihm nicht leichtgefallen. Kaum daß der König und sein Gefolge weggezogen waren, hatten sich wieder Zweifel in ihm geregt, ob er denn wirklich des Königs Angebot folgen sollte. Das Drängen der Männer hatte schließlich den Ausschlag gegeben. Auch sie glaubten, daß das Leben in den Wäldern leichter würde, wenn Robin sich das Wohlwollen des Königs erhielte.
Marian war für die Dauer von Robins Aufenthalt am Hof zu ihren Eltern zurückgekehrt, die ihr ihre Flucht längst verziehen hatten und sie mit offenen Armen aufnahmen. Der treue Much blieb im Sherwood zurück, um an Robins Stelle nach dem Rechten zu sehen.

Erlebnisse in London

Achtzehn Monate blieb Robin Hood in London, und er fühlte sich keine Minute heimisch am Hof. Wohl gab es für ihn und seine beiden Begleiter in den ersten Wochen viel Neues zu sehen, doch konnten sie sich nicht in das Neue schicken. Immer wieder, wenn sie an den Wald und das Wild, an die Stunden mit den Gefährten, die fröhlichen und die beschwerlichen, dachten, schwoll ihnen das Herz vor Sehnsucht. Selbst Little John, der so eifrig gewesen war, an den Hof zu kommen, verlor mit jedem Tag ein Stückchen seiner guten Laune.

Oft sah man sie beisammensitzen, in irgendeinem der vielen engen Zimmer des Tower, in die das Sonnenlicht sich durch schmale Fenster nur mühsam einen Weg bahnte, oder auf einer der Steinbänke im Schloßhof inmitten der Raben, die hier ihr Quartier hatten und die sich ihnen zutraulich näherten. Und immer wieder sprachen sie dann über das, was sie hinter sich gelassen hatten. Gefangene, die unter strengem Verschluß gehalten werden, hätten nicht sehnsüchtiger von ihrem Zuhause träumen können, als die drei Männer vom Sherwood träumten.
Dabei war es durchaus nicht so, daß sie sich vorsätzlich von allem absperrten, was sie umgab. Little John und Arthur Bland zumal drängten sich anfangs geradezu in alle Zirkel. Wurde irgendwo im Schloß musiziert, sah man sie unter den Zuhörern. War ein Vasall eingetroffen, der lange dem König seine Aufwartung nicht gemacht und viel zu berichten hatte, standen sie unter der Menge, die ihn umgab. Sie nahmen an manchen Gelagen teil, die der König hielt. Sie folgten ihm auf die Jagd, wann immer er Lust verspürte, der Stadt zu entfliehen und in seinen Wäldern die Sicherheit des Auges und des Arms zu erproben. Wurde ein Wettschießen veranstaltet, so waren sie die eifrigsten Schützen. Die Turniere, bei denen die Ritter, gepanzert wie in Kriegszügen und auf prächtig geschmückten Pferden, aufeinander losritten und einander mit Holzlanzen aus den Sätteln zu werfen trachteten, sahen sie stets als Zuschauer. Sie ließen keine Gelegenheit aus, sich mit den Tafelsitten vertraut zu machen, und baten sogar eines Tages einen der Kapläne, die im Schloß die kirchlichen Dienste versahen, sie in der französischen

Sprache, die allenthalben am Hof gesprochen wurde, und im Schreiben und Lesen zu unterrichten.

Der Entschluß freilich trug ihnen nichts als den Spott der Hofleute ein.

„Seht, die Waldmenschen", hieß es, „wollen die Sprache der Herren erlernen und wollen es sogar den Mönchen gleichtun und in der Schrift lesen!" Und viele von denen, die über solchen Ehrgeiz lachten, waren nicht einmal imstande, ihren eigenen Namen aufs Pergament zu bringen, ganz zu schweigen davon, daß sie nicht eine Zeile all der Sprüche lesen konnten, die ihnen die Geistlichen in jeder Messe boten und zu denen sie ja und amen sagten.

Die Waldmenschen, dieser Name war ihnen von Anfang an beigegeben worden, und alle Verachtung hatte sich darin gesammelt und aller Unmut darüber, daß der König sie an den Hof geholt hatte. Wohl durchschauten die Herren Richards Absicht, das Volk durch Robins und seiner Gefährten Aufenthalt im Tower zu täuschen. Doch war ihnen der Umgang mit den Geächteten darum noch mehr verhaßt. Häufig hörte man die Ansicht, daß es mehr als seltsam sei, Leuten Gastfreundschaft zu gewähren, die von Rechts wegen an den nächsten Galgen gehörten.

Richard Löwenherz tat so, als bemerke er von alledem nichts. Er glaubte sein Ziel erreicht zu haben, und das allein zählte für ihn. Befriedigt hörte er die Botschaften aus dem Land, daß viele Leute, obzwar zuerst verwundert über die Verbindung zwischen ihm und Robin Hood, sich allmählich daran gewöhnten, Richard Löwenherz und Robin in einem Atem zu nennen. Der König schien nun für viele nicht mehr nur der Herrscher, den man erdulden mußte. Schließ-

lich lebte der Mann, der stets für die Armen eintrat, an seiner Seite.
Es gab aber auch Stimmen im Land, die da sagten, Robin Hood habe seine gute Sache verraten und sei zu den Herren übergelaufen. Man sprach sogar davon, daß Richard ihn mit einer Kiste voll Gold und der Aussicht auf ein beträchtliches Stück Land in Wales geködert hätte. Solche Nachrichten ließ der König vorsorglich nicht bis an Robins Ohr dringen.
Es stimmte schon: Richard Löwenherz beschenkte Robin und seine Freunde reichlich. Er setzte ihnen einen Sold aus, damit sie ihre Ausgaben bestreiten konnten. Pferde und Kleider, Waffen und auch Schmuck sollten sie anschaffen, um nicht gar zu sehr von der Gesellschaft am Hof abzustechen. Doch Robin wollte von derlei nichts wissen. Er ging stets in dem Gewand herum, das er auch im Sherwood getragen hatte. Und er nahm sich im grünen Wams und Hut seltsam aus in der Schar der Herren und Bediensteten, die nicht genug tun konnten, Rang und Stellung durch ein auffälliges Äußere zu unterstreichen.
„Ich bin kein Pfau", erklärte er einmal dem König, als der ihn wegen seiner Kleidung ansprach. „Brokat und Samt sollen die tragen, die es danach gelüstet und die glauben, das Ansehen ihrer Person würde dadurch gehoben."
Richard Löwenherz verdroß die Antwort sehr. Denn auch er kleidete sich gern in bunte, kostbare Gewänder, wenn er sich nicht auf dem Kriegszug befand. Trotzdem ließ er Robins Worte im Land verbreiten, damit die Leute glauben sollten, daß ihr Held sich nicht gewandelt habe und daß er, der König, so

gnädig sei, ihm das zu gewähren.
Eine andere Begebenheit aber behielt Richard für sich und hütete sich, auch nur ein Wort darüber laut werden zu lassen. Nach einem Abend in den Gemächern der Königin, an dem er einige selbstgedichtete Lieder zum Preis der schönen Herrin vorgetragen hatte, nahm er Robin beiseite.
Es war im Januar des Jahres 1179. Der Winter war mit Macht über die Stadt hergefallen, und sogar die Themse drohte unter seinem Eisatem zu erstarren. Im Kamin des großen Zimmers, in dem der König unter strenger Bewachung zu schlafen pflegte, flammte ein mächtiges Feuer von Buchenscheiten und warf huschende Schatten an die schmucklosen weißen Wände. Vom Schloßhof drang das leise Klirren der gepanzerten Wachen herauf, die ihre Runden gingen.
Richard hatte viel Beifall erhalten an diesem Abend. Sein Geschick, Gedanken und Gefühle in die strengen Verse der Troubadours zu gießen, war auch von der Königin wohlgefällig aufgenommen worden. Jetzt saß er, noch immer im leichten rotseidenen Überwurf des Sängers, von dem sich weiß der Ginsterzweig abhob, die langen Beine wohlig von sich gestreckt, in einem einfachen Sessel.
„Du weißt", sprach er Robin ohne Umschweife an, nachdem er zwei Becher mit dunkelrotem, schwerem Wein aus Burgund gefüllt hatte, „daß ich mit dem König von Frankreich im Krieg liege. Philipp August will mir meine französischen Besitzungen streitig machen und meine Macht ganz auf diese Insel beschränken. Schon auf dem Kreuzzug, den wir gemeinsam unternommen haben, ließ er keine Gelegen-

heit vergehen, mich seine Feindschaft spüren zu lassen. In der wichtigsten Schlacht, als Jerusalem zum Greifen nah vor uns lag, hat er mir seine Hilfe versagt und seitdem nichts unterlassen, mich beim Heiligen Vater und beim Kaiser in ein schlechtes Licht zu setzen."

„Ich weiß", antwortete Robin. „Aber ich weiß auch, so gut wie Ihr, daß dieser Streit Euren Baronen sehr zupaß kommt. Sie reden ja offen genug darüber, selbst wenn sie sich an Eurem Hof aufhalten. Ein König, der jenseits des Meers damit beschäftigt ist, alten Besitz zu verteidigen oder neuen zu erwerben, der büßt im eigenen Land an Macht ein. Und ein schwacher Mann auf dem Thron, das schmeckt den Herren. Er muß ihnen freie Hand lassen, ob er will oder nicht, und jedes neue Aufgebot zum Krieg, jede neue Steuer muß er sich mit Zugeständnissen an die Befugnisse der Herren erkaufen. Die Steuern kann man auf das einfache Volk abwälzen, das Stück Macht, das man dazugewonnen hat, das bleibt. Es ist schon ein höllisches Spiel, das Ihr in Gang gesetzt habt, um Eure Macht zu vergrößern. Und wenn Ihr nicht Obacht gebt, verliert Ihr alles, England und die französischen Besitzungen, den Reichtum und die Krone."

Düster starrte Richard Löwenherz in die hell lodernden Flammen des Kamins.

Wer war dieser Mann, der sich ihm, dem König, gegenüber solche Freiheiten herausnehmen durfte? Ein Wort nur war nötig, und er würde den kurzen Rest seiner Tage in einem Verlies des Towers verbringen. Aber konnte er sich seiner entledigen, durfte er gekränkt sein, weil der andere Wahrheiten aussprach, die die Raben des Towers schon längst von den weißen Zinnen herabkrächzten? Er brauchte den Geächteten. Er mußte versuchen, ihn und seine Leute ganz auf seine Seite zu ziehen.

,,Ich benötige deinen Rat", sagte er darum nach einer Weile des Schweigens, ,,und deinen Beistand. Ja, schau mich nur verwundert an. Dein König kommt als ein Bittender zu dir, nachdem er dich an seinen Hof geholt hat."

,,Wenn die Bitte um Rat und Beistand nichts von mir verlangt, was gegen meine Ehre geht, will ich Euch gern helfen."

,,Du bist sehr kühn", sagte der König mit zurückgehaltenem Zorn, ,,und stellst mein Wohlwollen auf eine harte Probe. Wie sollte ich von dir etwas verlangen, das gegen deine Ehre geht? Und seit wann ist die Ehre der Wegelagerer so kitzlig?"

An Robins sich jäh veränderndem Gesichtsausdruck merkte Richard, daß er zu weit gegangen war.

,,Mein König", antwortete Robin mit bleicher Miene, ,,wärt Ihr nicht als Herrscher über dieses Land gesetzt, ich würde diese Beleidigung auf der Stelle rächen. So aber versichere ich Euch nur: Ja, meine Ehre ist sehr leicht zu verletzen. Und sie ist immer dann verletzt, wenn man etwas von mir verlangt, das gegen meinen Grundsatz geht, den Schwachen und Friedfertigen, den Armen und Bedrückten allen Schutz angedeihen zu lassen."

Der König war während der Entgegnung Robins aufgesprungen.

Für eine Sekunde schwankte er, ob er nicht doch die Wachen vor der Tür anrufen sollte, diesen Mann hinauszuführen. Dann entschied er sich aber, Klug-

heit vor Zorn gehen zu lassen.
,,Du glaubst, den Schutz der Schwachen und Friedfertigen für dich gepachtet zu haben'', sagte er in leicht tadelndem Ton. ,,Ich bin genauso an ihrem Geschick interessiert. Denkst du, mich dauern diese armen Menschen nicht, die ums blanke Leben die Äcker bestellen? Glaubst du, ich hätte kein Herz für die Krüppel und Waisen? Der Hunger meiner Untertanen geht mir genauso nah wie irgendeinem in meinem Reich.'' Er stand hoch aufgerichtet vor Robin und durchfuhr die Luft mit weit ausholenden Bewegungen wie ein schlechter Kanzelredner. Zweifelnd blickte Robin zu ihm auf.
,,Laß mich nur erst mit den äußeren Feinden fertig sein'', fuhr Löwenherz fort, ,,und du sollst sehen, wie ich die Barone an die Kandare nehmen werde. Dann wird jede Ungerechtigkeit aus meinem Reich gebannt, jedes Verbrechen vergolten, und sollte es vom mächtigsten meiner Gefolgsleute begangen worden sein. Und das Volk wird mich mit Recht den guten König Richard nennen können!''
Immer heftiger steigerte sich Richard in seine Rolle. Mit langen Schritten durchmaß er den Raum, stieß gegen Stühle und Kästen und schien es nicht zu merken.
,,Der Heilige Vater selbst wird mir den Segen geben und sagen: Seht, das ist ein König nach Gottes Willen. Nehmt euch ein Beispiel an ihm, ihr Herrscher der Welt. England soll das fröhlichste Land unter der Sonne werden.''
Unvermittelt ließ er sich wieder in seinen Sessel fallen. Für Sekunden bedeckte er die Augen mit der Rechten und verharrte in Schweigen, während Robin,

der staunend und ein wenig peinlich berührt dem Ausbruch des Königs gefolgt war, starr dasaß.
Worte, dachte er, schöne Worte. Während der König in seinem Schlafgemach Reden hält, wie fröhlich das Leben in diesem Land einmal sein soll, sind seine Beauftragten unterwegs, um unnachsichtig die Gelder einzutreiben, die er für seinen Feldzug in Frankreich braucht. Damals, als er gen Jerusalem zog, hat er die Juden ausplündern und morden lassen. Die sind jetzt zu einem elenden Häuflein zusammengeschmolzen, und so müssen die anderen bluten. Die englischen Bauern müssen zinsen, damit sein Heerhaufe, wenn der Sommer angebrochen ist, die Felder der französischen Bauern verwüsten kann. Englische Städte werden zur Ader gelassen, um die Belagerung französischer Städte zu ermöglichen. Und der König spricht von Gottwohlgefälligkeit, die er dermaleinst erlangen werde!
So tief war Robin in seine Gedanken eingesponnen, daß er fast nicht Obacht gegeben hätte auf das, was Richard nun sprach und was sein eigentliches Anliegen war. Wie von fern nur hörte er dessen Stimme, und nur Satzfetzen drangen an sein Ohr. Dann aber, als sein Name fiel, als er vernahm, wie der andere sagte, er könne ihm einen großen Dienst erweisen, wenn er sich seinem nächsten Zug über den Kanal anschlösse, wurde Robin hellwach. Jetzt hörte er auf jedes Wort der dringlich vorgetragenen Rede, und er lauschte mit einer Spannung dem, was der König von ihm verlangte, daß ihm die Füße schwer und die Fingerspitzen taub wurden.
„Du und deine Männer, ihr braucht nicht mitzukämpfen. Es genügt, wenn ihr mir vor aller Welt

Heerfolge leistet. Meinen Baronen würde das ins Mark fahren, und die Leute könnten endlich erkennen, wie gut unsere Sache sein muß, wenn Löwenherz und Robin Hood gemeinsam ins Feld ziehen."

„Wenn Löwenherz und Robin Hood gemeinsam ins Feld ziehen", wiederholte Robin nachdenklich. „Ist das Euer Ernst, Herr König?"

„Nie war ich ernster", sagte Richard und nahm wieder einen tiefen Schluck aus seinem Becher. Dabei versuchte er, das Zittern seiner Hand zu zügeln, das seine Aufregung verriet. Doch Robin sah an den dunklen Augen unter den buschigen Brauen, die starr auf ihn gerichtet waren, wie sehr der König auf seine Antwort wartete und wie dringlich er wünschte, Robin möchte dem Plan zustimmen.

Das Knistern der brennenden Buchenscheite erfüllte die Stille, und das Klirren der gepanzerten Wachen im Hof drang lauter als zuvor ins Zimmer. Richard Löwenherz hielt die Augen unentwegt auf Robins Gesicht gerichtet.

„Wenn ich einer Eurer Vasallen wäre", begann Robin, nachdem ihm in Blitzesschnelle die widersprechendsten Gedanken durchs Hirn geschossen waren, „ich würde mich geehrt fühlen. Aber ich bin nicht Euer Vasall. Ich bin der Sohn eines Freisassen, dem einer Eurer Barone das Land gestohlen hat, einer von den Männern, dessen Vorfahren mit Euren Vorfahren aus Frankreich gekommen sind, um sich diese schöne Insel zu unterwerfen. Wenn es nach Euren Wildhütern im Sherwood gegangen wäre, lebte ich längst nicht mehr. Sie wollten sich nur einen Scherz mit mir erlauben, der mich fast das Leben gekostet hätte. Ich habe jahraus, jahrein versteckt hausen müssen, um nicht Eurem Sheriff in die Hände zu fallen. Mein Los teilen Hunderte, Tausende im ganzen Land. Und keinen von ihnen habt Ihr an den Hof geholt. Doch sagt: Wird dadurch alles ungeschehen gemacht, was mir und meinesgleichen zugestoßen ist? Wird weggewischt, was an Raub und Mord, an Unrecht und Büberei aufgehäuft worden ist? Ich kann nicht aus meiner Welt, mein König, und ich will nicht aus meiner Welt. Und je länger ich Eure Gastfreundschaft genieße, um so deutlicher wird mir, daß ich nicht an diesen Hof gehöre, zwischen die Herren, deren Sprache ich nur schlecht verstehe und die mir — mit Recht — gram sind, weil ich sie verachte. Der Sherwood und alle großen Forste des Landes wimmeln von Menschen, unter denen ich mich wohler fühle. Jeder leibeigene Bauer, der nur ein einziges Hemd besitzt, steht mir näher als Eure Barone, die sich in feines Leinen kleiden."

„Darum eben wollen wir weg vom Hof", warf Richard ein, „weg von all der Falschheit und allem Neid, der hier herrscht. Im Feld, da zeigt sich's, wer ein wirklicher Freund ist. Bitte, Robin, begleite mich diesen Sommer nach Frankreich."

Diese Bitte war so herzlich vorgetragen, daß Robin unschlüssig wurde, ob der König um seine Freundschaft warb oder ob er nur darauf aus war, ihn auf seinen Kriegszug mitzunehmen, um beim Volk erneut und noch eindringlicher den Eindruck zu erwecken, wie sehr der König dem gemeinen Mann verbunden sei.

Doch Richards Miene spiegelte zu deutlich seine wahre Absicht. Zum Teufel mit der Süßholzraspelei, schien sie zu sagen, zur Hölle mit dem Schöntun und

Freundschaftspielen einem Hergelaufenen gegenüber. Aber jetzt galt es, alle Empfindlichkeiten beiseite zu setzen, um das Ziel zu erreichen. Wie oft hatte er davon geträumt, ein Heer zu besitzen, das ganz aus Leuten seiner Wahl bestand und nicht aus Vasallen, die ihre vierzig Tage Kriegsdienst im Jahr nur widerwillig ableisteten. Wo immer es anging, hatte er versucht, die Kriegsdienste seiner Herren durch Geldleistungen abzulösen und sich mit dem Geld eine Mannschaft zusammenzukaufen, die ihm bis in den Tod ergeben war. Mit Robin Hood und seinen Gefährten ließ sich wohl der Kern eines Heeres bilden, mit dem man Himmel und Hölle in die Schranken fordern konnte. Mochten die Barone getrost im Land bleiben und sich untereinander ihre Güter streitig machen oder ihre Zeit damit verschwenden, Waliser oder Iren zu bekriegen. Solange sie ihm Geld genug gaben, sein Heer zu unterhalten, war ihm gleich, was sie trieben. Aber dann, eines Tages, wenn er stark genug war, wollte er das Heer gegen diese Unbotmäßigen führen! Richards Brust weitete sich bei dem Gedanken. Wieder hielt es ihn nicht mehr in seinem Stuhl. Er sprang auf, faßte Robin bei den Armen und zog ihn zu sich empor.
„Laß mich nicht zu lange und laß mich nicht vergebens bitten", rief er, und deutlich schwang Drohung in seinen Worten.
Robin sah das große Gesicht mit den dunklen Augen über sich. Er roch den weingeschwängerten Atem des Königs. Der grob geschnittene Mund mit den kräftigen Zähnen und das eckige Kinn waren ihm nahe.
„Der Hof ist da, wo Ihr mit Eurem Gefolge seid", sagte Robin bedachtsam. „Ihr könnt Eurem Stand

nicht entfliehen, sowenig wie ich dem meinen. Und wenn ich mit Euch ginge auf Euren Zug nach Frankreich, es wäre Euch wenig nütze. Das Volk würde mich für einen Verräter halten, für einen Fahnenflüchtigen, der das Geschäft der Herren betreibt, und es würde meinen Namen nur noch mit Verachtung nennen."

„So weigerst du mir die Bitte?"

Richard Löwenherz ließ Robin los und trat einen Schritt zurück. Voller Enttäuschung schaute er auf den Mann im grünen Wams. Wieder regte sich der Zorn in ihm, wieder die Lust, sich mit einer Gewalttat an ihm zu rächen, ihn für seinen Trotz mit dem Leben büßen zu lassen. „Ihr könnt Eurem Stand nicht entfliehen", hatte dieser Mann gesagt. Zum Teufel mit solchem Gewäsch! Er wollte seinem Stand nicht entfliehen. Er war der König, war Richard Löwenherz, der Held der Schlachten, der Sänger, dessen Lieder etwas galten an den Höfen Europas. Mit Widerspenstigkeiten war er noch immer fertig geworden, wenn es sich lohnte, damit fertig zu werden. Lohnte es aber, diesen Robin weiter zu umwerben?

Bleiern, fast körperlich spürbar lastete das Schweigen auf den Männern. Richards Traum, mit eigenem Heer und ohne auf der Barone Gefolgschaft angewiesen zu sein, seinen Krieg zu führen, zerstob. Übrig blieb das Unbehagen, das Gefühl, sich etwas vergeben zu haben, indem er sich auf dieses Gespräch überhaupt eingelassen hatte.

„Geh jetzt. Ich bin müde", sagte er.

Noch einmal wollte Robin zur Rede ansetzen, wollte Richard erklären, daß er, während er im Ausland Krieg führe, die eigenen Untertanen der Willkür

seiner Herren ausliefere. Aber der König schnitt ihm mit einer Geste das Wort ab.
Von dieser Stunde an herrschte Verstimmung zwischen Richard Löwenherz und Robin Hood. Anfangs mit Verwunderung, dann mit stets wachsender Besorgnis sahen die Freunde, wie Robin schweigsam und in sich gekehrt durch die Gänge des Towers schritt und bei Tisch saß. Kaum daß er einmal ein Lächeln für sie übrig hatte oder ein freundliches Wort. Mehr und mehr glich er einem gefangenen Tier, das sich vor Sehnsucht nach der Freiheit verzehrt. Sogar die Wettspiele im Schloßhof, winters betrieben, um die Glieder geschmeidig zu halten, das Weitspringen und Steinstoßen, der Zweikampf mit hölzernen Schwertern, schienen ihm keine Freude mehr zu bereiten. Dabei hatte er doch früher in alldem geglänzt und den Baronen bewiesen, daß ihre Spiele, die sie stolz „ritterlich" nannten, auch vom verachteten Mann aus dem Volk geübt und beherrscht werden konnten.
Little John, der sich eines Tages ein Herz faßte und Robin nach dem Grund seines Kummers fragte, wurde zur Antwort: „Es ist alles gekommen, wie ich es befürchtet habe. Vom Wohlwollen des Königs ist nicht die Spur geblieben. Er wollte mich nur für seine Ziele einspannen. Ach, Little John, wären wir doch nie an den Hof gegangen."
Nur einmal noch wuchs Robin zu seiner altgewohnten Fröhlichkeit empor. Das war, als die Königin ihn bat, bei einem Wettschießen ihre Farben zu vertreten. Da traf sein Pfeil auf dreihundert Fuß mit Sicherheit ins Ziel, so als wollte er allen zeigen, daß Robin Hood, der vielbesungene Schütze, nichts von seinem Glanz

verloren habe.
Sogar Richard Löwenherz vergaß bei der Gelegenheit für Stunden seinen Groll, den er seit jenem Abend gegen Robin hegte. Er selbst hängte ihm die Siegeskette um und drückte ihn ans Herz. Doch beide spürten, daß sie im Grund einander fremd waren.
Der Winter ging vorüber. Die trotz der mächtigen Kamine stets kalten Gemächer des Towers wurden wieder wohnlicher. Die Stadt zu seinen Füßen erwachte aus der Starre, ihre Straßen belebten sich, aus den geöffneten Türen der Werkstätten scholl der Lärm der Arbeit. Richard schickte sich allmählich an, sein Heer für den Sommerkrieg zu rüsten, und sandte Boten im Land herum, die Vasallen zur Gefolgschaft zu mahnen oder die Gelder einzutreiben, mit denen sie sich vom Kriegsdienst loskauften.
Alles nahm wieder seinen gewohnten Gang. Nur Robin blieb bedrückt und unberührt von all der zurüstenden Geschäftigkeit rings. Er fühlte sich fremder denn je am Hof.
An einem regennassen Apriltag schließlich hatte er ein letztes Gespräch mit Richard Löwenherz. Er bat den König um Urlaub.
„Bei Barnesdale", sagte er, „steht eine Kapelle, die der heiligen Magdalena geweiht ist. Es treibt mich, eine Wallfahrt zu ihr zu machen. Die Heilige ist mir im Traum erschienen und hat mich zu sich gerufen. Laß mich ziehen, o König, ich bitte dich."
Der König sah Robin forschend und fragend in die Augen. Er wußte, daß die Pilgerfahrt ein Vorwand war, dem Hof zu entfliehen, und Robin gab sich keine Mühe, das zu verbergen. Er hielt dem Blick des Königs stand.

Richard war es schließlich, der als erster die Augen niederschlug.
,,Ich könnte dich halten, Robin Hood, mit Gewalt'', sagte er freimütig, ,,aber ein gefangener Robin Hood nützt mir wenig.'' Zum ersten Mal sprach er offen vom Nutzen, den der Aufenthalt Robins am Hof hatte bringen sollen. Jetzt, nachdem Robin sich geweigert hatte, ihn auf seinem Zug nach Frankreich zu begleiten, hätte für den König eigentlich nichts näherliegen müssen, als ihn ohne weiteres ziehen zu lassen. Aber Richard glaubte es sich und seiner Würde schuldig zu sein, Robin nur einen kurzen Urlaub zu gewähren. Denn sank nicht der Wert eines Aufenthalts am Hof, wenn jeder, wie er wollte, herzutreten oder weggehen konnte? So fuhr er fort: ,,Drei Wochen gebe ich dir, deine Wallfahrt hinter dich zu bringen. Bist du bis dahin nicht wieder bei Hof erschienen, betrachte ich dein Verhalten als groben Ungehorsam. Und ich werde Mittel und Wege finden, dich nach London zurückzuholen. Geh jetzt.''
Die letzten Worte waren in sehr barschem Ton gesprochen, und Robin hegte keinen Zweifel daran, daß er sich des Königs Ungnade zuziehen würde, wenn er über die gesetzte Frist hinaus oder gar für immer dem Hof fernblieb.
Doch scherte ihn das im Augenblick wenig. Die Aussicht darauf, wieder frei und ungehindert durch Felder und Wälder ziehen zu können, ließ ihn die Drohung Richards für gering ansehen. Der war schließlich auch nur einer der üblichen feudalen Herren, die für ihre Mitmenschen geringeren Stands weder Auge noch Ohr hatten, wenn diese ihnen nichts nützen konnten.

Adieu, Richard Löwenherz, dachte er, als er durch die dunklen, widerhallenden Gänge des Towers zu dem Raum ging, den man ihm und seinen Gefährten zugewiesen hatte. Diesen Abschied habe ich kommen sehen.
Und während er so dachte, stieg das Bild vom Sherwood im April vor ihm empor. Er sah die Buchen in ihrem ersten knospenden Grün, die noch kahlen Eichen, denen der Winter das vorjährige Laub nicht zur Gänze hatte nehmen können. Er hörte den Wind in den Wipfeln, der mutwillig mit den Zweigen spielte und dann und wann zu stürmischer Bö auffrischte. Ihm war sogar, als spürte er schon den Geruch von nassem, faulendem Laub in der Nase, herb und durchdringend.
Little John und Arthur Bland jubelten laut, als Robin ihnen von der bevorstehenden Reise sprach. Die Monate am Hof hatten sie endgültig davon überzeugt, daß dies nicht ihr Platz war. Und wenn auch Little John eine Dienerin der Königin zurückließ, die ihm von Herzen zugetan war, so zögerte er doch keine Sekunde, Robins Entschluß gutzuheißen. Ausgelassen tanzte er im Raum umher und sprang schließlich auf eine mit Schnitzwerk reich versehene Truhe.
„Liebe Getreue!“ trompetete er. „Da es unserem König gefallen hat, Robin und seine Mannen frei und ungehindert ziehen zu lassen, wollen wir ihm nach der Art fröhlicher Waldleute unseren untertänigsten Dank darbringen.“
Und er sang mit lauter Stimme, die sich an den fußdicken Mauern brach:

„Der König stolz von Engelland
Sitzt finster auf dem Thron.

Denn Robin hat sich heimgewandt,
Des Volkes lieber Sohn.

Ist heimgekehrt zu Baum und Tier
Und der Gefährten Schar.
Ach, stolzer König, glaube mir,
Für ihn das Best' es war.

Wart nicht auf ihn, ich rate dir,
Streich ihn aus deinem Sinn ..."

Hier stockte Little John, der Dichter und Sänger, weil ihm kein Reim mehr einfiel. Doch Robin half ihm lachend auf die Beine und vollendete die Strophe:

„Er taugte nicht zu Hofes Zier,
Er war dir kein Gewinn."

„Bravo!" schrie Little John. Er sprang von der Truhe herunter, faßte Arthur Bland am Hosenbund und wirbelte ihn einigemal im Kreis herum, daß diesem angst und bange wurde. Dabei rief er: „Freunde, auf ins Gelobte Land, wo Milch und Honig fließt!"

Fröhlichere und ausgelassenere Männer als die, welche am nächsten Morgen durch die Straßen Londons zogen, kann man sich nicht vorstellen. Nachdem sie der Königin ein letztes Mal ihre Aufwartung gemacht hatten, waren sie vom Kommandanten des Towers durch das Haupttor und über die Fallbrücke geführt worden. Hier hatte er ihnen zum Abschied eine Börse mit reichlich bemessenem Zehrgeld für drei Wochen überreicht.

Sie gingen quer durch London zum nördlichen Stadttor, durch das sie oft genug unter Hörnerschall geritten waren, wenn der König zur Jagd in seinen

Wäldern gebeten hatte. Doch heute verließen sie die Stadt mit dem frohen Bewußtsein, nie wieder in sie zurückkehren zu müssen.

„Mir ist, als sprengte die frische Luft mir die Brust", sagte Arthur Bland mit einem langen, tiefen Seufzer, als sie zwischen grünenden Kornfeldern einhergingen. „Ich wußte gar nicht mehr, wie gut sie schmeckt."

„Und der unebene Weg unter den Füßen", ergänzte Little John, „er schmeichelt meinen Zehen. Wartet nur, bis wir wieder auf Waldboden stehen! Das Laub und die Wurzeln, sie werden uns wie alte Bekannte begrüßen."

Sie ließen sich Zeit auf ihrer Wanderung. Am späten Nachmittag schon kehrten sie in Herbergen am Weg ein, und schliefen lange, ermattet vom ungewohnt gewordenen Fußmarsch. Am sechsten Tag erst sahen sie die Häuser von Barnesdale, eng aneinandergerückt, als suchten sie Schutz vor der Welt.

Und hinter den Häusern, blau in der aufziehenden Dämmerung, erblickten sie die Ausläufer des Sherwood. Eine Viertelstunde lang blieben sie wie angewurzelt stehen. Jeder war so stark mit seinen Gedanken beschäftigt, daß keiner ein Wort sagte. Little John traten sogar Tränen in die Augen, und er wischte sie nicht weg, sondern ließ sie ungehindert übers Gesicht in den Bart rinnen.

„Wir sind wieder zu Haus!" stellte Robin schließlich fest, und seine beiden Gefährten nickten stumm dazu, noch immer unfähig, etwas zu sagen.

Ein letztes Mal schliefen sie noch unter dem Dach einer Herberge, der nämlichen, in der sie einst den Bischof von Hereford überfallen hatten. Als sie in der

Gaststube saßen, an dem Tisch, über den die beinernen Würfel getanzt waren an jenem Abend, wurden sie fröhlich und gesprächig überm Austauschen von Erinnerungen. Der Wirt lud sie ein, bei Speise und Trank seine Gäste zu sein, und er überließ Robin mit Augenzwinkern sein bestes Zimmer: das, in dem der Bischof damals geschlafen hatte.
Worte reichen nicht aus, den Jubel zu schildern, mit dem sie im Sherwood empfangen wurden. Auf die Kunde, daß Robin wieder im Walde sei, strömten von allen Seiten Männer herbei, rauh und verwegen aussehend wie eh und je. Manche Gesichter von neu Hinzugekommenen kannte Robin noch nicht, und auch sie erblickten zum ersten Mal den Mann, von dem sie so viel gehört hatten. Bruder Tuck spielte mit übertriebenen Gesten den Haushofmeister und stellte Robin alle die Neuen vor. Much berichtete, wie das Leben in den anderthalb Jahren von Robins Abwesenheit seinen Lauf genommen hatte.
Viel Erregendes war freilich nicht geschehen. Der Sheriff von Nottingham hatte sich wohl gehütet, den Geächteten etwas zuleid zu tun, solange Robin die offensichtliche Gunst des Königs genoß. Und so war die Zeit unter den üblichen Streifzügen vergangen, die zur Erhaltung des Lebens notwendig waren.
Marian, die vor einigen Wochen schon aus ihrem Elternhaus zurückgekehrt war, hatte sich still in der Hütte gehalten und nur vom Fenster aus die Begeisterung verfolgt. Als Robin nun durch die Tür trat, stürzte sie ihm entgegen und umarmte ihn mit einer Heftigkeit, die ihm den Atem zu nehmen drohte.
„Ich bin wieder zu Hause“, sagte er nur, glücklich und zufrieden mit allem, was er angetroffen hatte.

„Endlich wieder zu Hause."
Am Abend versammelten sich alle um ein riesiges Feuer, und Robin und seine beiden Begleiter berichteten von ihren Erlebnissen am Hofe König Richards. Besonders Little Johns Vorstellung gab ihnen mehr als einmal Grund zu lachen, wie er die Herren und Damen beschrieb, wie er, ihre Bewegungen nachahmend, vorm Feuer hin und her ging und wie er ihre Reden quäkend wiedergab.
Als Robin aber erzählte, daß König Richard ihn hatte überreden wollen, an seinem französischen Feldzug teilzunehmen, wurden sie wieder ernst, auch viele, die nicht so recht begriffen, was dieses Angebot zu bedeuten hatte. Ihnen war wenigstens der Gedanke unerträglich, Robin hätte für immer oder doch für sehr lange dem Sherwood Valet sagen können.
Indes war der Ernst nicht von Dauer. Zu groß war ihre Freude darüber, Robin wieder unter sich zu wissen. Und Lieder klangen bald zum Himmel, Lieder, in denen das freie Leben im Wald gepriesen wurde.
Nur mit Mühe konnte Robin sich noch einmal Gehör verschaffen und zu einer Rede ansetzen, die den endgültigen Beschluß seiner und seiner Freunde Abenteuer am Hof zu London bilden sollte.
Noch einmal sprach er davon, daß sie nicht freiwillig in dieser Wildnis hausten und daß niemand, und sei's der König selbst, sie beschuldigen könne, mutwillig der Menschen Siedlungen verlassen zu haben. Aber keiner könne auch von ihnen verlangen, sich freiwillig in die Knechtschaft zurückzubegeben, nun, da sie sich nach allen Seiten Respekt verschafft hätten.
„Wir sind die Hoffnung der Armen und Bedrückten in diesem Land", schloß er. „Solange es uns gelingt,

unsere Freiheit zu behaupten und der Bedrückung zu trotzen, so lange wird das Volk den Mut nicht sinken lassen. Und das, Freunde, ist das Höchste, was wir erreichen können.“

Schlußbericht von Robin Hood und seinen Getreuen

Als Robin schon die vierte Woche vom Hof entfernt war und es noch immer kein Anzeichen dafür gab, wann und daß er überhaupt zurückkäme, rüstete König Richard hundert Mann, um den Unbotmäßigen zurückzuholen. Diesmal, so schwor er sich, werde er hart mit ihm und seinen Leuten verfahren. Milde und Gnade seien an solches Pack verschwendet. Der Sheriff von Nottingham hätte schon recht, wenn er die Galgen als einzig angemessene Wohnstatt für solch freche Aufrührer und Gesetzesverächter ansah.

Und so gab er denn seinen Leuten Befehl, die Geächteten erbarmungslos niederzuhauen, wo immer sie ihrer habhaft würden. Dieser kleine Feldzug, den Richard in ein paar Tagen beenden wollte, war zudem als willkommene Probe für das große Schlachten in Frankreich gedacht, das im Sommer wieder beginnen sollte.

Doch Richard Löwenherz hatte sich geirrt, wenn er glaubte, Robins Leute schnell und mit einem Schlag vernichten zu können. Einen Tag bevor er den Sherwood erreichte, hatten durchreisende Kaufleute Robin die Nachricht gebracht, daß der König mit großem Troß gen Norden ziehe. In aller Eile wurde das Lager aufgegeben, und ein langer Zug grüngekleideter Männer marschierte im Schnellschritt in Richtung Yorkshire. In Newcastle gönnten sie sich nur eine Stunde Rast und brachen dann nach Barwick auf. Carlisle war das nächste Ziel, von dort ging's nach Lancaster und weiter nach Chester. Und wo der König auch hinkam, stets hieß es, Robin und seine Leute seien den Tag zuvor durchgezogen.

Richard schäumte vor Wut.

Der Zug seiner gepanzerten Reiter kam nicht so schnell voran, wie es geboten gewesen wäre. Man mußte auf die Tiere Rücksicht nehmen und konnte nur die Straßen benutzen, während Robin mit seiner Schar sich seinen Weg durch Felder, Wiesen und Wälder suchen konnte. Zudem fand er überall, wohin er kam, die bereitwillige Unterstützung der Leute, die die Flüchtigen mit allem Lebensnotwendigen reichlich versorgten, auch wenn ihr ohnehin schon erbärmlicher Unterhalt dadurch noch weiter beschnitten wurde. Aber aller Respekt und alle Angst vorm König, der da schwerbewaffnet durchs Land stob, um den Liebling der Armen zu fangen, konnte die Dörfler und Städter nicht dazu bewegen, Richard ihre Hilfe zuteil werden zu lassen. So merkte denn Löwenherz wieder einmal, daß er recht eigentlich fremd in dem Volk war, über das er herrschte.

Nach vierzehntägigem Umherirren kreuz und quer durchs Land ließ der König die Verfolgung abblasen und begab sich nach London zurück. Der Krieg um die französischen Besitzungen duldete keinen Aufschub, und der Triumph, nach weiteren Wochen des Suchens Robin vielleicht doch noch zu fangen, wog einen möglichen Verlust wichtiger Stellungen in der Normandie und im Artois nicht auf.

Als Richard bei seinem Eintreffen in London nun gar erfuhr, die grüngekleidete Schar habe sich vor zwei Tagen nachts in seine Hauptstadt geschlichen und am Themseufer in sicherer Entfernung vom Tower ein weit über die Stadt schallendes Katzenkonzert veranstaltet, da brach sich sein Unmut auf seltsame Weise Bahn. Er fluchte und lachte in einem und tat den Ausspruch: „Mit diesem Robin werde ich wohl nie fertig werden!"
Wenige Wochen später zog er nach Frankreich, wo er mit wechselndem Glück kämpfte, und im Jahr darauf erreichte er einen Waffenstillstand mit dem französischen König. Doch lange sollte er sich des errungenen Erfolgs nicht freuen können. Im selben Jahr noch starb er, zweiundvierzigjährig, an einer Wunde, die er sich beim Kampf gegen den Grafen Guidomar von Limoges, den widerspenstigen Vasallen und alten Gegner, zugezogen hatte.
Robin Hood und seine Gesellen aber kehrten in den Sherwood zurück, sobald der König die Jagd auf sie aufgegeben hatte. Noch manches Jahr verbrachten sie als freie Männer miteinander. Sie wehrten sich erfolgreich ihrer Haut, wenn man sie angriff, und überfielen nach wie vor durchziehende Geistliche, Barone oder Kaufleute, wenn es galt, eine Untat zu rächen, oder wenn sie Geld und Lebensmittel brauchten. Das Volk hielt ihnen die Treue, unterstützte sie, wann immer es nötig war, und der Schwarm der Lieder, der ihre Taten feierte, wurde ständig größer. Es gab kein Dorf im ganzen Königreich, in das nicht Kunde von Robin Hoods Taten gedrungen wäre.
Wie lange Robin Hood gelebt hat, läßt sich nicht

ermitteln. Mit seiner Person geschah, was mit Helden des Volkes häufig geschieht: Sie wurde unsterblich. Wohl gibt es ein Lied, das von seinem Tod berichtet, doch in den Herzen der Armen und Bedrückten lebte er über Jahrhunderte weiter, jung und klug und tapfer, als DER GERECHTE VOM SHERWOOD.

Worterklärungen

9 *Horen* hier: die klösterlichen Gebete

10 *Krummstab* aus dem Hirtenstab hervorgegangenes Zeichen der Bischofswürde

10 *Fratres* (lat.) Brüder — hier: Mönche, die nicht die Priesterweihen empfangen haben und in den Klöstern die niederen Arbeiten verrichten (auch: Laienbrüder)

11 *Patres* (lat.) Väter — hier: Mönche, die die Priesterweihen empfingen

14 *Yard* englisches Längenmaß (= 91,44 cm)

15 *Beowulf* Held der angelsächsischen Sage aus dem 7. Jahrhundert

— *König Artus' Tafelrunde* König Artus ist ein sagenhafter britischer König, der im 5. Jahrhundert gelebt und an seiner runden Tafel die Helden des Landes versammelt haben soll, wo sie von ihren Taten berichteten

19 *Penny, Pfund* englische Währungseinheiten

— *Prälat* Inhaber eines höheren katholischen Kirchenamts

22 *Reisige* bewaffnete Krieger

— *Arme Brüder* Mönchsgemeinschaft, die sich wohltätigen Zwecken widmete

— *Pence* Pence und Pennies: kleinste englische Währungseinheit

32 *Disput* Auseinandersetzung

43 *Hörigkeit* die Unfreiheit der Bauern im Feudalismus; sie hatten neben Abgaben vor allem unbezahlte Arbeit auf den Feldern des Feudalherrn zu leisten und konnten von ihm mit dem Gut verkauft werden

48 *fronen* Ausdruck für die Arbeiten, die ein Höriger oder Leibeigener für Feudalherrn leisten mußte

— *Abt* der Vorsteher eines Klosters, in der Feudalzeit fast immer ein Mann aus dem Adel

49 *Schnapphahn* bildlicher Ausdruck für Wegelagerer, Räuber

52 *Kreuzzug* zwischen dem Ende des 11. und dem Ende des 13. Jahrhunderts rief die Kirche zu Kriegszügen auf, die angeblich zur Befreiung der Pilgerstätten in Palästina unternommen wurden, in Wirklichkeit aber das Ziel hatten, den Orient zu unterwerfen

86 *Satte* Schöpf- und Trinkgefäß

92 *Gran* altes Gewicht für Edelmetalle und Arzneien (60 bis 70 mg); hier gebraucht im Sinne einer Winzigkeit

103 *Lohe* hier: die zerkleinerte Rinde von Eichen, Fichten und anderen Bäumen, bei der Lederherstellung als Gerbmittel verwendet

104 *Mores lehren* mores (lat.) Sitten; Sitten beibringen

107 *Sprengel* kirchlicher Verwaltungsbezirk

Residenz hier: Wohnsitz eines geistlichen Oberhaupts

110 *Mitra* Kopfbedeckung eines Bischofs

114 *Freiwache* Die Ruhestunden zwischen zwei Wachen

— *Pike* übermannshohe Stange mit eiserner Spitze

119 *Autoritäten* hier: Herrscher, Bestimmende

120 *Vasallen* vom König mit Land belehnte Adlige, die verpflichtet waren, ihm auf seinen Kriegszügen zu folgen

123 *dem Kaiser in die Hände gefallen* der englische König Richard I. (Löwenherz) wurde auf dem Rückweg von seinem Kreuzzug am 21. 12. 1192 durch Herzog Leopold von Österreich gefangengenommen und an den deutschen Kaiser ausgeliefert, der ihn erst am 4. 2. 1194 gegen ein unermeßlich hohes Lösegeld wieder freiließ

125 *Messe* katholischer Gottesdienst

— *Evangelium* Berichte vom Leben Jesu

136 *Initialen* meist kunstvolle, oft über eine ganze Seite reichende Buchstaben, mit denen ein Kapitel beginnt

137 *Angelus-Läuten* in der katholischen Kirche die Aufforderung zu mittäglichem Gebet, das an das Erscheinen des Engels (lateinisch: angelus) bei Maria erinnern soll

— *Komplet* letztes Gebet des Tages in den Klöstern

141 *Sassen* hier: Bauern, die auf Herrenland siedeln

— *Sir* Anrede für englische Adlige, soviel wie Herr

144 *Weihnachtsamt* in der katholischen Kirche feierlicher Gottesdienst am Weihnachtsmorgen

145 *honorabel* hier: wohlhabend, von Stand

— *Ministrant* Junge, der dem Geistlichen beim katholischen Gottesdienst zur Hand geht

— *Sakristei* von der Kirche abgesonderter Raum, in dem die Gerätschaften und Gewänder für den Gottesdienst aufbewahrt werden

— *Tabernakel* meist aus Edelmetall gefertigter, kostbar verzierter Altarschrein

146 *Zeremonie* feststehende, vorgeschriebene, feierliche Gebräuche

— *Kommunionbank* Kniebank vor dem Altar

150 *Aufgebot* Verkündung des Willens zweier Brautleute, die Ehe einzugehen

156 *dominus tecum* kirchlicher Gruß: Der Herr sei mit dir

— *Floskeln* gezierte, inhaltsleere Redewendungen

161 *Unze* englisches Gewicht (28,35 g)

170 *Zisterzienser* Mönchsgemeinschaft; machte sich besonders um die Landwirtschaft verdient

— *Benedicte* kirchlicher Gruß: Sei gelobt

— *Prior* Vorsteher eines kleineren Klosters, auch Stellvertreter des Abtes

— *Filiale* Zweigstelle

171 *Schilling* hier: englische Währungseinheit, 1 Pfund = 20 Schilling

172 *Sintflut* nach der Überlieferung der Bibel eine Überschwemmung, durch die Gott die Menschheit wegen ihrer Sünden vernichtet hat

— *Noah* überlebte nach dem Bericht der Bibel mit seiner Familie und einem Paar von jeder Tierart die Sintflut

174 *traktieren* (schlecht) behandeln

176 *Hochamt* feierlicher Gottesdienst in der katholischen Kirche

184 *Habit* Gewand

185 *Kyrie* Gebet während der Messe

— *Chor* vom Kirchenschiff abgeteilter Raum, in dem die Mönche Platz nehmen

186 *Kordon* Sperrkette

187 *eskortieren* durch Bewaffnete begleiten

192 *Plantagenets* englisches Herrscherhaus, dem auch König Richard I. angehörte und das im Wappen einen Ginsterzweig (lateinisch: planta geneta) führte

203 *Monstranz* kostbares, oft mit Edelsteinen besetztes Gerät, in dem den Gläubigen die Hostie, das Abendmahlsbrot, gezeigt wird

220 *Lederkoller* ärmelloser lederner Überwurf, der bis zur Hüfte reicht

228 *Kaplan* niedrigster Rang in der katholischen Geistlichkeit

232 *Troubadours* aus Südfrankreich stammende und später in ganz Westeuropa auftretende adlige Dichter, die Schönheit und Güte adliger Frauen besangen

235 *Kandare* eisernes Mundstück, Teil der Zäumung von Reit- und Zugtieren

248 *Valet* (lat.) Lebewohl

Inhalt

ULRICH VÖLKEL

Luc und die Wölfe von Paris

Illustrationen von Rainer Flieger
Für Leser von 10 Jahren an

Zu den Waffen! hallt es durch Paris. Der König hat den Finanzminister Necker entlassen, von dem die Franzosen geglaubt hatten, er werde mit der Verschwendungssucht des Hofes und der Mißwirtschaft im Lande fertig. Von Luc erfahren die Pariser, wo das Pulver für ihre Gewehre zu holen ist.
Ulrich Völkel erzählt die spannende Geschichte vom Sturm auf die Bastille am 14. Juli 1789, vom Beginn der Großen Französischen Revolution.

Der Kinderbuchverlag Berlin

GUNTER SAALMANN

Das Vorbild mit dem Schnauzebart

Illustrationen von Ingrid Schuppan
Für Leser von 12 Jahren an

Die Hauptstraße von Alleben wird umbenannt in „Hermann-Duncker-Straße". Zur würdigen Feierstunde in der Restauration „Zur Katze" haben sich die Veteranen der Gegend eingefunden, darunter die Blumenstraußehrengäste in der ersten Reihe, unter ihnen besonders der Vertreter vom Kreis, Genosse Dr. Gründling. Auch der Schulchor ist da. (Luise Kleinschmidt, die Chorleiterin, hatte schon vorher einen Auftritt, denn seit die Mädchen einen Busen bekommen, vergessen sie gern ihre Halstücher. Aber das nur nebenbei.) In dieser Veranstaltung wird Fräulein Kleinschmidt durch eine unerhörte Frechheit so aus dem Konzept gebracht, daß sie zum ersten Male fremde Hilfe braucht. Aber Oma Klare betritt das Podest und rettet die Situation. Doch was sie nun erst ins Rollen bringt . . .

Der Kinderbuchverlag Berlin

ISBN 3-358-01060-0

4. Taschenbuchauflage 1989

Lizenz-Nr. 304-270/135/79
Gesamtherstellung: Grafischer Großbetrieb Völkerfreundschaft Dresden
LSV 7518
Für Leser von 10 Jahren an
Bestell-Nr. 631 000 4
00240